I0567969

Jan Müller

REICH ÜBER NACHT

Wunderwahre Geschichten

Illustriert von Stephanie Wolff

Jan Müller
REICH ÜBER NACHT
Wunderwahre Geschichten
2. Auflage November 2019

Copyright © 2014 Alfa-Veda-Verlag
www.alfa-veda.com

Illustrationen: Stephanie Wolff
Gestaltung und Initialen: Jan Müller
Lektorat: Sylvia Englert, Gé van Gasteren

ISBN: 978-3-945004-06-7

INHALT

ALS BETTELMÖNCH REICH ÜBER NACHT

*Wie ich als Bettelmönch zu Bett ging und über Nacht etwas Erstaunliches
erfuhr, das aber noch nicht der Weisheit letzter Schluss war.*

lue Ridge Mountains, Mittwoch, 22. August 2001.
Der Tag, an dem sich mein Lebensgefühl über Nacht
entscheidend verändern sollte, begann wie ein ganz
gewöhnlicher Tag, den ich bereits im Land der unbe-
grenzten Möglichkeiten weilte. Mit dem Unterschied,
dass ich schon kurz nach dem Aufwachen stöhnte.

Ich hatte gerade von einer schwarzen Flussschlange geträumt, die reglos
unter der Wasseroberfläche zu schlafen schien. Als ich sie ansah, war sie wie
die Fontäne eines Geysirs aus dem Wasser geschnellt, war groß und dick geworden, hatte sich auf mich gestürzt und in ein knuspriges Nougatmädchen
verwandelt, das mich mit Mandelaugen anlächelte und sich um mich schlang
wie Efeu um eine Eiche. Noch trunken vom Traum und dem Kribbeln, das
in meinem Körper nachklang, tastete ich im Halbschlaf nach Stift und
Notizbuch, um die schillernden Traumblasen in den Alltag hinüberzuretten,
bevor sie zerplatzten.

Dabei rutschte mir der Brief unseres Finanzbüros zwischen die Finger,
der mich daran erinnerte, dass ich heute meine letzte Barschaft abliefern
musste, wenn ich auch noch den »*Indian Summer*« in der Stille der *Blauen*

Berge verbringen wollte. Dieser gedankliche Seitensprung zum Finanzbüro ließ den scheuen Seifenschaum des Traums unwiderbringlich in Nichts zerrinnen und entlockte mir ein Stöhnen des Unwohlseins.

Während die Dusche auf meinen Schädel prasselte, zerplatzten schließlich die letzten Bläschen des Traums im zähen Strom der Finanzsorgen. Als ich mich mit dem Badetuch abtrocknete, stand ich bar jeglicher Illusion in der Wanne und sah nur noch die Haut- und Schmutzpartikel, die das Frotteetuch von meinem Rücken rubbelte.

Meine Lieblingsbeschäftigung war mir durch den Finanzbrief vereitelt worden. Denn gerade das Festhalten des Flüchtigen, das behutsame Fassen des unfassbaren Bereichs der Träume, das Ausdrücken der zarten Schichten des Unterbewusstseins war es, das mich dazu bewogen hatte, mich in dieses Spirituelle Zentrum in den Blauen Bergen zurückzuziehen, wo sich Sucher aus allen Erdteilen trafen, um gemeinsam in der »Halle der Stille« zu meditieren und als Archäologen des Geistes die versunkenen Schichten im kollektiven Bewusstsein der Menschheit zutage zu fördern.

Nach ausgiebiger Morgenmeditation, bei der das Thema Geld zum Glück in den Hintergrund trat, schlug ich den vom Regen dampfenden Waldweg zum Finanzbüro ein, um mich meiner letzten Reiseschecks und Dollarnoten bis auf einen Hunderter, einen Fünfer und drei Eindollarscheine zu entledigen.

Im Zimmer des Hauptgebäudes, in dem unser Finanzbüro untergebracht war, grinste mir hinter dem Schreibtisch ausgerechnet das hagere Hökernasengesicht von Jean-Claude Lüthi entgegen: »Jaa, wer kchömmet denn daa? Der Jahn!«

Wie ein Bankkassierer zählte und sortierte er Schecks und Scheine, während ich jammerte: »Hier, mein letztes Geld. Und wie kommt es, dass du als Schweizer in Amerika hinter diesem Schreibtisch sitzt?«

»Man muss sich halt zu helfen wissen, odder? Wenn ich hier nicht sitzen tät, müsste ich genauso viel zahlen wie du. Jetzt hock ich täglich zwei Stunden gemütlich am Schreibtisch, zähle Geld und zahle nur die Hälfte.«

»Ausgerechnet du? Du schwimmst doch im Geld. Du sitzt wohl lieber hinterm Schreibtisch, als durch die Wälder zu wandern?«

»Wandern? Geldzählen ist doch viel schöner.«

»Badest du auch in Goldmünzen wie Dagobert Duck?«

»Bischt du verruckcht? Goldmünzen muscht du in Münzkassetten aufbewahren und mit gepolsterten Pinzetten anfassen. Jeder Kratzer mindert ihren Wert.«

Aha, er hortete tatsächlich Goldmünzen. Ausgerechnet dieser Münzensammler hatte also einen Weg gefunden, hier billig zu leben.

Gedankenversunken schlürfte ich gegen Mittag im Speisesaal meine Suppe und ließ den Blick über die blassblauen Gipfel der Blue Ridge Mountains schweifen – dem ältesten Gebirge der Welt, wie die Einheimischen stolz betonten –, da tauchte der bärtige Kahlkopf von Gregorius vor mir auf. Gregorius setzte sich mit seinem Selbstbedienungstablett an meinen Tisch und fragte: »Hallo Jan, hast du dich schon beim Millionärsklub angemeldet?«

Ich gab ein hölzernes Lachen von mir. »Sehe ich aus wie ein Millionär?«

»Darum geht's ja gerade.« Er rückte das Glas Orangensaft, eine Schüssel Minestrone, Pizza und einen riesigen Eisbecher auf seinem Tablett zurecht. »Möchtest du nicht einer werden?«

»Dämliche Frage!« Hätte mir jemand diese Frage in Deutschland gestellt, ich hätte mir die zynische Bemerkung, die mir auf der Zunge lag, sicher nicht verkneifen können. Aber hier, im Land des Goldrauschs und der Traumfabriken, im Land der reichen Onkels und der Neureichen, hier wurde das Unmögliche geglaubt, hier hatte mancher Goldgräber sein Glück gemacht. Und darum verlief der Rest des Mittagsmahls in bedeutungsträchtigem Schweigen.

Als wir nach dem Essen unser Geschirr in die Spülecke brachten, meinte Gregorius: »Komm doch nachher mal vorbei. Ich hab was für dich.«

»Wahrscheinlich wieder eine Geldanlage, durch die man über Nacht ohne eigenes Dazutun arm wird.«

»Nein nein ... im Gegenteil. Du wirst nicht arm. Du brauchst nur hundert Dollar einzulegen.«

»Und dann?«

Gregorius sah sich verschwörerisch um und flüsterte, während wir die Treppe zum Ausgang hinunter stiegen: »Dann kriegst du eine Debitkarte über 750 000 Dollar.«

»Wann?«

»In zwei, drei Monaten.«

»Zu schön, um wahr zu sein.«

»Klar. Das sagen alle. Aber hör dir erst mal die Geschichte an. Roger kam vorgestern ganz aufgeregt zu mir, und seine Augen sprühten vor Begeisterung, als er mir die verrückte Geschichte erzählte.«

»Welche Geschichte?«

»Das erzähl ich dir draußen. Gehst du spazieren?«

»Ich will zur Quelle Wasser holen.« Ich tippte auf meine Stofftasche mit den leeren Flaschen. »Gehst du mit?«

Und während wir im Regenwald zwischen verrotteten Stämmen den Trampelpfad zur Quelle einschlugen, erzählte mir Gregorius die Geschichte

Vom Reichen, der sich entschloss, die Armen reich zu machen

Kurz nach dem zweiten Weltkrieg suchte die amerikanische Regierung nach Finanzberatern, die darauf achten sollten, dass sich Angebot und Nachfrage ihrer Währung stets die Waage hielten und nicht zu viele Dollars auf den Geldmarkt kämen, damit der Dollar keine Wertverluste hatte und der Kurs nicht sank. Einer dieser Männer war McRoy.

McRoy kannte sich in Geldgeschäften aus und spezialisierte sich auf Money Trading mit jenen hochkarätigen Gewinnspannen, von denen selbst die Banker normaler Banken nichts wussten. Wer Geschäftspartner in diesen Dimensionen werden wollte, musste mehrere Millionen haben, brauchte Empfehlungen und Bürgschaften aus dem engen Kreise der Beteiligten und musste unterschreiben, dass er niemandem davon erzählte. Denn die Kunden dieser Transaktionen waren die Nationen dieser Welt. In solche Kreise kam nicht jeder rein. Aber McRoy.

Dieser McRoy gab sich aber nicht damit zufrieden, seinen Reichtum durch geschickte Schachzüge von Monat zu Monat zu verdoppeln. Er war die Ausnahme der Regel, das Enfant Terrible. Vor etwa fünfundzwanzig Jahren fing er an, um Anleger für seine Geldgeschäfte bei jenen unteren Zehntausend zu werben, die weniger als zehn Millionen wogen, also eigentlich nicht diskutabel waren. Das erregte den Zorn der Auserwählten. Sie deklarierten seine Geldgeschäfte als Betrug, brachten ihn in Untersuchungshaft und froren seine Konten ein. Damit war seinen leichtgläubigen Anlegern ein für allemal bewiesen, dass ihr gutes Geld verloren war, wenn sie einem solchen Lügner Glauben schenkten.

So leicht gab McRoy aber nicht auf. Nach jahrelangem Prozessieren gelang es ihm, eindeutig nachzuweisen, dass seine Geldgeschäfte legal und mit der größten Sicherheit zu Reichtum führten und dass er seinen Anlegern klaren Wein eingeschenkt hatte. Diesmal hetzten die Reichen gleich das FBI auf ihn und ließen seine Konten wieder einfrieren. McRoy durfte von neuem prozessieren. Das Ganze wiederholte sich ein drittes Mal.

So waren zwanzig Jahre hingegangen. McRoy war längst nicht mehr der Jüngste und nicht nur reicher an Erfahrung, auch an Geld. Die Summe seines angelegten Kapitals betrug inzwischen eine Milliarde und zweihundert Millionen Dollar. Selbst wenn er viele Erdenleben vor sich hätte, konnte er diesen Reichtum nicht allein verprassen. Er rechnete sich aus, dass jeder Hundertdollarschein, den er vor dem Einfrieren der Konten angelegt hatte, inzwischen auf 750 000 Dollar angewachsen war.

Diesen Gewinn wollte er mit anderen teilen. Er hatte eine feste Summe zu vergeben und wollte solange Anlagen entgegennehmen, bis das Limit seiner Ausschüttung erreicht war. Dann erst wollte er auf einen Schlag das ganze Geld verteilen. So erfand er, um arme Menschen reich zu machen, die »100 Dollar Anmeldegebühr zum Millionär«.

Wer den Einsatz zahlte und damit sein Vertrauen und seinen Wunsch, zum Millionär zu werden, kundgab, sollte dafür eine dreiviertel Million bekommen.

»Nun«, fragte Gregorius und strich sich den Bart, »bist du dabei?«

Wir waren an der Quelle angelangt, die zwischen moosbewachsenen Felsen aus dem Berg sprudelte, und ich begann, meine Flaschen mit Quellwasser zu füllen. »Die Geschichte klingt zu edelmütig«, sagte ich. »So was gibt es nur im Märchen, nicht in Wirklichkeit. Außerdem habe ich mich längst entschlossen, mein Geld mit dem zu verdienen, was ich besser kann als Spekulieren und was mir Selbstbewusstsein und Erfüllung bringt: mit kreativer Arbeit, die anderen Menschen Nutzen oder Freude bringt.«

»Wie du willst. Ich weiß, es klingt verrückt. Aber was sind hundert Dollar gegen siebenhundertfünfzigtausend? Selbst wenn sie drauf gehen. Du würdest dir die Haare raufen, wenn deine Freunde plötzlich Millionär wären und du nicht.«

»Das stimmt. Gegen Reichtum hätte ich nichts einzuwenden. Wie viel sagst du, wird aus hundert Dollar?«

»Eine dreiviertel Million.«

»In welchem Zeitraum?«

»In zwei, drei Monaten hast du die Debitkarte.«

Ich war kein Träumer, kein Hans-guck-in-die-Luft, überhaupt keine Spielernatur. Menschen, die ihre irrationalen Hoffnungen auf Glückspiele setzten, konnte ich nur belächeln. Erst kürzlich hatte ich mich über die Logik meiner Stiefmutter gewundert, die jede Woche für sieben Mark fünfzig Lotto spielte und mir stolz berichtete, dass sie gerade fünf Mark gewonnen habe, also für das nächste Spiel nur 2,50 zahlen müsse. Ich hatte ihre scharfe Kalkulationsgabe bewundert, mich aber eines Kommentars enthalten. Denn kurz vorher hatte ich auf der Titelseite des Wiesbadener Kuriers folgende Nachricht gefunden, an die ich mich jetzt ebenfalls erinnerte.

Spender mit Hindernissen

Wie schwierig es sein kann, anderen Menschen Geld zu schenken, erfuhr kürzlich der Wiesbadener Multimillionär Manfred Guckelsheim (Name von der Redaktion geändert). Der 82jährige Guckelsheim hatte keine direkten Nachfahren und nur Verwandte, von denen er wusste, dass sie ihn lieber heute als morgen beerbten.

Um seinen Reichtum vor seinem Ableben sinnvoll unters Volk zu bringen, entschloss er sich, Geldpreise an Menschen zu vergeben, die es wert waren, geehrt zu werden: Menschen, die anderen das Leben gerettet hatten. Also kontaktierte er Behörden und Vereine, um Anschriften von Lebensrettern zu erhalten. Aber immer kam die gleiche Antwort: keine Auskunft wegen Datenschutz.

»Gut«, dachte er, »dann eben nicht. Es gibt wahrscheinlich sowieso nicht viele Lebensretter.« Und er suchte eine neue Zielgruppe: Er wollte Erfinder ehren, die etwas Segensreiches erfunden hatten. Er schrieb ans Patentamt und an Industrie- und Handelskammern und hielt endlich die gewünschten Adressen seiner Zielgruppe in Händen.

Diesen Personen schrieb er einen Brief, erklärte sein Vorhaben und bat um Rückantwort mit Kontonummer. Nur ein Viertel der Angeschriebenen antwortete.

Mehrere baten nachdrücklich darum, sie mit derartigen Angeboten nicht mehr zu belästigen: »Den Schwindel kennen wir.«

Wahrscheinlich hätte ich genauso reagiert. Hatte ich doch kurz nach meiner ersten Amerikareise einen Brief erhalten mit der Mitteilung, ich hätte einen Preis von 10.000 Dollar gewonnen und sollte nur noch meine Kontonummer angeben. Ich musste den Brief dreimal lesen, bis ich den Haken entdeckt hatte. Mein Kontostand wäre auf keinen Fall gestiegen, sondern wahrscheinlich drastisch gesunken. Auch diese Story fiel mir ein, als Gregorius zu Ende war.

»Ich habe gerade noch hundert Dollar«, meinte ich. »Wenn ich die hergebe, bin ich blank.«

»Gut, gut, ich wollt's dir nur gesagt haben.« Gregorius begleitete mich bis zur Haustür. »Vielleicht sprichst du beim Abendessen mal mit Mario. Der kann dir eine Story von einem reichen Italiener erzählen.«

Beim Abendessen setzte ich mich neben den schicken Mario. »Gregorius sagte, du wüsstest eine Geschichte von einem reichen Italiener?«

»Ja natürlich«, meinte er. »Das muss um 1995 herum gewesen sein. Ich war gerade ein paar Monate zu Hause. in Meran. Da hörte ich im Fernsehen, ein Reicher möchte Geld verschenken. Er habe aber zu den Wohltätigkeitsorganisationen kein Vertrauen. Deswegen werde er jedem, der ihm zehntausend Lire schicke, zwei Millionen Lire zurücksenden.«

»Und warum sollten die Leute erst was zahlen, wenn sie viel mehr zurückbekamen?«

»Als Zeichen, dass sie ihm vertrauten. Der Nachrichtensprecher brachte die ausführliche Adresse und kommentierte, ob es Betrug sei oder Wahrheit, werde erst die Zukunft zeigen. Auch in den Zeitungen stand die gleiche Nachricht. Wer sein Geld zu spät einschicke, wenn das Vermögen schon verteilt sei, hieß es, der bekäme seine Einlage zurück.«

»Und hast du dich beteiligt?«

»Ich dachte natürlich, das sei Quatsch.«

»Und was ist draus geworden?«

»Nach zwei Monaten ging es durch Presse und Fernsehen, dass alle, die rechtzeitig eingeschickt hätten, rund 25.000 Mark bekommen hätten. Und die restlichen hätten ihre Einlage zurückbekommen.«

»Und du hast dich geärgert.«

»Na ja, wer rechnet schon damit, dass so was stimmt?«

Marios Bericht stimmte mich nachdenklich. Konnte sich tatsächlich verwirklichen, was sich alle Armen wünschten und wogegen sich die Reichen sträubten? Dass Reichtum sinnvoller verteilt wurde? Denen, die zuviel hatten, machte es Freude, etwas abzugeben, und die zuwenig hatten, bauten ihre Vorurteile gegen Reiche ab und bekamen eine Chance, aus ihrem Leben etwas Besseres zu machen?

Kurz vor dem Schlafengehen klopfte ich bei Gregorius. »Her mit der Anmeldung. Ich bin dabei!«

»Phantastisch! Bald sitzen am Esstisch nur noch Millionäre.«

Meine letzten hundert Dollar war ich los. Aber was hatte ich gewonnen? Als armer Schlucker war ich zu Gregorius gegangen, als Millionär in spe ging ich zu Bett. Zum ersten Mal in meinem Leben sah ich konkret die Möglichkeit, dass mein Konto bald den gleichen Reichtum zeigen würde, den ich schon seit langem in mir ahnte. Reich über Nacht! Genau, wie es McRoy versprochen hatte.

Ich wusste, dass ich eine reiche Seele hatte, dass in meiner Phantasie seltene Schätze unter Schlamm und Stein vergraben schlummerten. Aber sie brachten noch keinen Gewinn, weil sie noch nicht gefördert, nicht erschlossen waren.

Ich spürte, dass ein Mensch, der innerlich so reich wie ich war, auch äußerlich den Reichtum leben müsse. Denn Äußeres und Inneres entsprachen sich. Eine reiche Seele dürfte auch äußerlich nicht arm sein.

Rätselhaft blieb nur, warum sich dieser Reichtum nicht auf meinem Konto bemerkbar machte. Wie kam es, dass ich die reichsten Schätze der Welt in mir verborgen wusste, dass ich eigentlich reicher war als alle Millionäre, die gehetzt und krank durchs Leben hasteten, und dennoch zeigte mein monatlicher Kontoauszug keine Reaktion auf diesen Reichtum? Mein Seelenreichtum schien ihn kalt zu lassen.

Diese Schikane hatte nun ein Ende. Lange konnte ich nicht einschlafen. In allen Einzelheiten malte ich mir aus, was ich mit dem Geld anstellen würde. Eine dreiviertel Million Dollar! Umgerechnet in Mark waren das über 1,3 Millionen. Also war ich D-Mark-Millionär.

Natürlich war mir klar, dass eine dreiviertel Million kein wahrer Reichtum war. Kein Geld, um einen Wahlkampf zu gewinnen, einen nationalen Haushalt zu sanieren, Entwicklungsländer von ihrer

Staatsverschuldung und dem Joch der Industrienationen frei zu kaufen. Eine dreiviertel Million war nichts! Nur ein Tropfen auf den heißen Stein. Aber immerhin. Man musste mit dem leben, was man hatte.

Vor einer Stunde hatte ich meine letzten hundert Dollar hingeblättert. Jetzt, eine Stunde später, war ich reich. McRoys Versprechen, arme Menschen reich zu machen, hatte sich bei mir erfüllt: reich über Nacht.

Am nächsten Morgen gab es nichts zu stöhnen. Das prickelnde Gefühl, in einem Traum voller schillernder Seifenblasen zu leben, blieb den ganzen Tag erhalten. Nach dem Regen roch der Wald frisch und saftig. Trunken stapfte ich über den weichen Boden zur »Halle der Stille« und dichtete dabei Haikus über das Gehen im Wald.

> *Wind zaust die Kronen.*
> *Trunken die Stämme.*
> *Wipfel torkeln himmelwärts.*

> *Bemooster Stein.*
> *Federnder Humus.*
> *Aufs Laubdach knistert der Regen.*

> *Der Boden trinkt.*
> *Gras richtet sich auf.*
> *Ich höre die Halme wachsen.*

> *Nach dem Schauer.*
> *Der spröde Boden jetzt weich.*
> *Neue Stapfen darin.*

Allein dieses Wohlgefühl war die hundert Dollar wert. Als frischgebackener Millionär betrat ich mittags den Speisesaal. Schon von weitem erkannte ich am Gesichtsausdruck, wer zum Millionärsklub zählte und wer nicht. Die einen aßen mit verträumtem Schmunzeln, verklärt in die Sonne blinzelnd, die anderen stocherten stumpf in ihren Nudeln, arm, realistisch und verbiestert, sich störrisch gegen die Millionen sträubend, die ihnen die Natur zuschieben wollte. Und dann gab es noch die dritte Gruppe: die Uneingeweihten, die von dem neuen Zauberwort noch nichts gehört hatten und genauso unbefangen plauderten und lärmten wie bisher.

Natürlich setzte ich mich zu den Millionären. Das Gesprächsthema war klar. »Wann ist die Ausschüttung?«

»Noch dieses Jahr.«

»Wie lange ist der Fonds noch offen?«

»Das Limit ist noch nicht erreicht.«

»Glaubst du dran?«

»Abwarten und Tee trinken.« Léonce sah zu mir. »Was meinst du?«

Ich überlegte einen Augenblick: »Verkehrt!«

»Was ist verkehrt?« Er runzelte die Stirn.

»Abwarten und Teetrinken ist falsch«, sagte ich. »Wer auf die Auszahlung wartet, hat McRoy noch nicht begriffen.«

»Wie meinst du das?«

»Wir müssen den Schwebezustand nutzen, den wir heute haben. Dieses traumhafte Gefühl, angehoben, leicht, beflügelt, reich in Seele, Leib und Konto.«

»Aber auf dem Konto ist noch nichts.«

»Was schert uns der Kontostand? McRoy hat sein Versprechen eingehalten. Bis gestern waren wir arme Schlucker. Wir glaubten, Armut sei uns vorbestimmt, weil unser Kontostand den Geist begrenzt und einengt. Erst McRoy hat das geändert. Ab heute kennen wir den Duft des Reichtums. Und den gilt es zu nutzen. Wir machen es wie McRoy.«

»Ja wie denn? McRoy hat das Know-how über solche Geldgeschäfte, hat Millionen und Beziehungen. So leicht kommst du da nicht ran.«

»Quatsch. McRoy hat uns nur eines voraus: die Geschichte, die er uns aufgetischt hat. Sie ist einerseits so märchenhaft, dass jeder denkt: zu schön, um wahr zu sein. Andererseits so erzählt, dass wir sie für bare Münze nahmen und bares Geld hinblätterten. Und davon lebt er.«

»Du meinst, er ist ein Schwindler?«

»Wieso Schwindler? Er hat klipp und klar erklärt, dass er dreimal des Betrugs bezichtigt wurde: von der Polizei, vom FBI, von den Gerichten. Er hat seinen Anlegern die ganze Zeit reinen Wein eingeschenkt. Bis sie merkten, dass sie seinen Lügenmärchen keinen Glauben schenken durften. Das wird alles ungeschminkt gesagt. Er verspricht, die Armen reich zu machen, und genau so fühlen wir uns jetzt. Aber nicht durch seine Dollar, sondern durch seine Geschichte. Er zeigt uns, wie man's machen muss.«

Im Eifer des Gefechts waren wir lauter geworden und hatten immer mehr Blicke auf uns gezogen. Bildhauer Albrecht hatte sich zu uns gesetzt und verfolgte mit hochrotem Kopf unser Gespräch. Fridolin, unser Geiger mit Mozartschopf, stand hinter ihm und runzelte die Stirn. »Du meinst, wir sollten alle Geldbetrüger werden?«

»Im Gegenteil! Wir erfinden ebenfalls Geschichten, die die Welt für bare Münze nimmt. McRoys Geschichte ist bestimmt nicht völlig aus der Luft gegriffen. In jeder Story steckt ein wahrer Kern: Er sagt ja selbst, er wurde dreimal des Betrugs bezichtigt. Diese Fakten wirkten glaubwürdig und überzeugend, weil er aus Erfahrung sprach. Wir nehmen unsere eigenen Erlebnisse und spinnen daraus ein Seemannsgarn, das jeder glaubt.«

Auch Pierre, unser Schriftsteller, der sein Geschirr in die Spülecke bringen wollte, war mit seinem Tablett in der Hand stehengeblieben und fragte amüsiert: »Du willst Lügen schreiben?«

»Was heißt Lügen? Hat jemand einen Zwanzigdollarschein dabei?«

Millionär Dagobert griff in die Tasche, holte seine Geldbörse hervor und gab mir einen Zwanzigdollarschein.«

»Warum ist dieser Zettel zwanzig Dollar wert?«, fragte ich in die Runde. »Papier ist doch viel billiger!«

»Das liegt am Aufdruck,« meinte Pierre.

»Eben: Der Wert entsteht durch die Behauptung eines Sachverhalts. McRoy erfand die Anmeldegebühr zum Millionärsklub. Die haben wir bezahlt. Jetzt müssen wir beweisen, dass wir würdige Vertreter der Finanzwelt sind: Wir müssen lernen, zu lügen wie gedruckt. Jeder, der zum Klub gehören will, tischt uns als Einstand eine Geschichte auf, die zwar einen Funken Wahrheit, aber auch eine Prise Lüge enthält. Doch wehe, er lässt sich beim Lügen erwischen! Dann hat er verloren. Wer die unglaublichste Geschichte auftischt, ohne der Lüge überführt zu werden, bekommt vom Verlierer seinen Aufenthalt hier finanziert und wird dadurch unabhängig von McRoys Auszahlung. Jeder darf so viele Geschichten erzählen, wie er will.«

Dieser Vorschlag sorgte im frisch gegründeten Millionärsklub für einigen Wirbel. Die einen meinten, es reiche, die Aufnahmegebühr an McRoy bezahlt zu haben, um sich als Millionär zu fühlen. Andere hielten dagegen, dass Naivität und Leichtgläubigkeit alleine noch niemanden zum Millionär gemacht habe.

Nach wildem Hin und Her bot sich unser Buchhalter und Kassenwart Jean-Claude, der McRoys Geschichte nur belächelt hatte und sich auch ohne Anmeldegebühr zu den Klubmitgliedern zählte, plötzlich an, die Recherchen zu übernehmen, um den Wahrheitsgehalt der Geschichten zu überprüfen. Sein Hintergedanke war ihm förmlich ins Gesicht geschrieben: Wenn er selber die Prüfung übernahm, hatte er die besten Chancen, den Verlierer aufzudecken und durch Erzählen einer spannenden Geschichte völlig kostenlos hier leben zu können.

Um Streitigkeiten vorzubeugen, bestimmten wir außerdem einen Protokollführer und einen Audiomann, der alle Geschichten mitschnitt, und verabredeten, uns jeden Abend bei einem anderen Mitglied des Millionärsklubs zu treffen, der uns seine Geschichte zum besten gab.

Aber wer sollte den Anfang machen? Niemand wollte sich als erster auf Glatteis begeben und einbrechen. Schließlich erinnerte ich mich an ein Erlebnis aus meiner Jugend und machte mich an das waghalsige Unterfangen, aus einem wahren Kern ein zünftiges, aber unwiderlegbares Seemannsgarn zu spinnen.

eine Jugendfreunde werden sich gewiss erinnern, dass ich im Winter 1968 eine Zeit lang spurlos von der Bildfläche verschwunden war, so dass sich in meiner Heimatstadt das Gerücht verbreitete, ich sei in den Philippinen beim Goldschmuggeln erwischt worden und stünde unter Inselarrest. Als ich das später erfuhr, musste ich schmunzeln.

Ich ging damals zwar einer recht waghalsigen Tätigkeit nach, die häufige Ausflüge nach Südostasien mit sich brachte, aber den Ort, der mich von der Bildfläche verschwinden ließ, konnte ich beim besten Willen keinem verraten, ohne dass er mich entweder für einen Phantasten oder für einen fabelhaften Erzähler gehalten hätte. Inzwischen aber ist genügend Wasser den Rhein heruntergeflossen, und so will ich es wagen, mit der Wahrheit herauszurücken, egal, was man über meinen Geisteszustand denken mag. Da ich damals rege Tagebuch führte, kann ich mich noch an jede Einzelheit erinnern.

Es begann während einer Stippvisite über Weihnachten und Neujahr in Rio de Janeiro, wo mir der Trubel zum Weihnachtsfest in der südlichen Hitze eher wie unser Karneval vorkam. In dem kleinen, aber gemütlichen Hotel Breganza auf einer der Seitenstraßen lernte ich dabei eine Dame namens Atlanta kennen, die auf den ersten Blick eher schlicht und unscheinbar wirkte und wenig sprach, aber eine unerschütterliche Ruhe an den Tag legte und vor allem: Augen hatte, – tja, wie soll ich sagen, Augen ... So etwas hatte ich noch nie gesehen.

Bei meiner Suche nach einem Gegenüber hatte ich nämlich immer nach Augen gesucht – jetzt erst wurde mir das recht bewusst – nach Augen, durch die man ins Innere der Seele tauchen und den tiefblauen See mit seiner spiegelglatten Oberfläche sehen könnte. Aber wohin ich auch blickte, überall sah ich nur vorgezogene Gardinen hinter Schlafzimmerfenstern oder Rumpelkammern voller Tand und Trödel.

Der tiefe dunkle See, den ich suchte, war nirgends zu finden.

Dieser Dame Atlanta aber hatte ich kaum in die Augen geschaut, da wurde mir auch schon schwindlig und ich glaubte, in ihre Seele zu fallen, eine Seele, unendlich weit und tief und groß und ohne jegliche Tüllgardinen. Sie war aber nicht aus Rio, sagte sie mir, überhaupt keine Brasilianerin, sondern käme aus einer Gegend zwischen Florida und den Bermudainseln, wo die Welt noch in Ordnung sei. Und sie lud mich ein, sie doch für ein paar Tage in ihre alte, von moderner Hektik verschont gebliebene Heimat zu begleiten. Warum nicht, dachte ich, ich liebte ja das Abenteuer, und vor allem – ihre Augen. Ein paar Tage, das könnte ich verschmerzen.

Wir buchten gemeinsam einen Flug auf die Bermudas. Als wir allerdings am Flughafen Hamilton in einen Flugschrauber umsteigen sollten, ein sonderbares Zwischending aus Hubschrauber und Propellermaschine, in das die Einheimischen mit gackerndem Geflügel unterm Arm über eine Art gut dazu passende Hühnerleiter kletterten, dachte ich: Wo bist du hier gelandet?

Immerhin, die urige Flugmaschine hob tatsächlich ab und flog Richtung Meer. Bald schon sah ich unter uns nichts als eine endlose Wasserfläche. Und jetzt kam das Erstaunliche.

Normalerweise, wenn wir in großer Höhe übers Meer fliegen, erkennen wir im Meer ab und zu hellere oder dunklere Flecken, ein Zeichen, dass der Meeresboden dort flacher oder tiefer ist. Aber aus dem Flugschrauber, der ja verhältnismäßig tief flog, sah ich unter mir auf einmal etwas Weißes. Nicht hell- oder dunkelblau, nein, völlig weiß, als wäre auf dem Meeresgrund ein riesiges versunkenes Amphitheater, eine Arena oder etwas Ähnliches.

Als hätte der Pilot erkannt, dass ich neugierig geworden war, was sich dort im Wasser befand, drehte er weite Runden um das Weiß im Meer, als kreise er in einer Warteschleife für die Landung. Wollte er hier etwa landen, wo doch weit und breit keine Insel, keine Küste, keine Landebahn zu sehen war? Die Schleife wurde immer enger, als wollte er den engsten Wendekreis erreichen, den die Maschine zuließ. Dabei flog er immer tiefer. Und jetzt geschah das Unglaubliche.

Als wühlte ein riesiger Wirbelwind das Meer auf, öffnete sich im Wasser mit einemmal ein weites Strudelloch, bis der Meeresboden mit dem weißen Rundbau an der trockenen Luft lag.

Und in diesem Augenblick setzte der Pilot zur Landung an.

Mir stockte der Atem. Was geschah hier? Ich zwickte mich in den Unterarm. Ich träumte nicht. In diesem Augenblick hätte ich am liebsten eine Kamera dabeigehabt. Aber wer dachte schon an so was? Wer konnte ahnen, wenn er eingeladen wurde, eine alte Heimat zu besuchen, dass er auf dem Meeresboden landen würde? Jeder wusste, dass kein Mensch dort leben konnte, das bestätigte uns jeder Biologe. Nur die Mythen- und Märchenerzähler nahmen das nicht so genau. Aber davon war ich – zumindest damals – weit entfernt. Mein Leben glich eher einem Kriminalroman als einem Märchen. Aber eine eigene Kamera war gar nicht nötig. Später fand ich diese Ansichtskarte, die genau zeigt, was ich bei der Landung sah.

Da hörte ich leises Kichern und Gegluckse. Ich war so von dem seltsamen Geschehen, das sich vor dem Fenster abspielte, gefangen genommen, dass ich die Mitreisenden völlig vergessen hatte. Die hatten offensichtlich bemerkt, dass ich – wie soll ich sagen – leicht nervös geworden war. Sie sahen alle zu mir herüber und kicherten. Eine Bäuerin mit breiter flacher Nase und auseinanderstehenden Zähnen, die ein türkises Kopftuch trug, lachte mir unverhohlen ins Gesicht.

Und jetzt sah ich bei der Bäuerin – es durchfuhr mich bis ins Mark – die gleichen tiefen Augen. Ich blickte in die Runde und erkannte, weil ja alle ringsum auf mich blickten, überall denselben tiefen Blick. Was war das für ein Volk? Da nahm die Bäuerin ihr Hühnchen unter den Arm und schob sich Richtung Ausgang. Tatsächlich. Die Tür hatte sich geöffnet und alle stiegen aus!

Durch das Gekicher war meine Aufmerksamkeit auf das Innere der Maschine gelenkt worden, und so hatte ich nicht mitbekommen, was bei der Landung noch geschehen war. Ich fühlte mich nur schwindlig und benommen, als hätte ich mich im Kreis gedreht. Und jetzt sah ich, wie einer nach dem anderen aus dem Flugschrauber über dieselbe Hühnerleiter ins Freie kletterte.

Ich will ganz ehrlich sein: Ich hatte mir zwar als junger Wagemut und Grünschnabel gewünscht, möglichst viel Abenteuerliches durchzumachen und das Leben bis zur Todesgrenze auszuschöpfen, denn das Schlimmste war für mich ein seichtes Leben voller Langeweile, aber jetzt beim Aussteigen war es mir doch etwas mulmig zumute.

Dieses Gefühl verschwand allerdings sofort, als mich Atlanta am Arm nahm und mit ihrer unerschütterlichen Ruhe aus der Maschine schob.

Und hier war alles wieder ganz normal. Keine Spur von Meeresspiegel, keine Witterungsränder, keine Hochwasserspuren, keine markierten Wasserhöchststände an den Häusern. Die Maschine stand in einem großen, weißen Kessel, einer Art Arena, die zu einer Seite einen Ausgang hatte.

Als wir durch den Ausgang traten, sah ich eine Landschaft wie im tiefsten Festland. Wäre dieser Flug mit Landung nicht gewesen, ich hätte nichts Besonderes bemerkt. Ganz wie Atlanta gesagt hatte: eine alte, von moderner Hektik verschont gebliebene Heimat.

Atlanta sprach weiterhin wenig, nur ein paar Brocken portugiesisch-englisch. Wenn sie sich allerdings mit den Einheimischen in ihrer eigenen Sprache unterhielt, wurde sie gesprächig. Und diese Sprache faszinierte mich. Mal klang sie wie ein altes, urtümliches Deutsch, mal wie griechisch, mal französisch, mal altindisch, und sie erweckte in mir eine Ahnung, eine uralte Erinnerung … Ich konnte nicht greifen, was das war. Ich wusste, es berührte mich, aber warum, das konnte ich nicht sagen.

Bis mich Atlanta einlud, einen alten Tempel zu besichtigen. Da stand eingemeißelt über dem Eingangsbogen die Inschrift: MATHEMÀ TI ÎK! Nach all dem Sonderbaren endlich etwas Vertrautes: die Römische Kapitale, die Mutter der lateinischen Schrift. Mir wurde klar, dass dieser

Ausflug kein Zufall war. Anscheinend hatte ich etwas zu lernen. Wir traten in den Tempel und durch einen zweiten Torbogen in eine mit durchbrochener Wand abgeteilte Nische. Das, sagte Atlanta, diene als Orakelstätte. Wenn jemand ein größeres Unternehmen beginnen wolle, käme er zur vereinbarten Zeit in diesen Tempel, und in der Nische hinter dem inneren Bogen stiegen Dämpfe auf, und die Sprache des Orakels sei oft zweideutig und rätselhaft. Aber jeder verstünde immer, was für seine Lage richtig sei.

Ich weiß nicht mehr genau, wie viele Tage wir in Atlantas alter Heimat blieben. Denn täglich wurde ich mit Dingen konfrontiert, die mein bisheriges Weltbild bis in die Grundfesten erschütterten. Ich musste einfach akzeptieren, was ich hören, fühlen, sehen, schmecken, riechen konnte, schließlich erlebte ich es mit meinen eigenen Sinnen. So gewann ich ganz allmählich ein völlig neues Verständnis für den Ein- und Ausgang der Raumzeitkrümmung und für andere Mechanismen, die mir erst in Atlantas alter Heimat klar wurden.

Kurz vor der Rückreise nach Hamilton lud mich Atlanta als krönenden Abschluss meines Aufenthalts zu einem persönlichen Orakelspruch ein. Als dann im Tempel die Dämpfe aufstiegen – es roch einerseits nach Kampfer, Menthol und Tigerbalsam, andererseits würzig wie Weihrauch oder indisches Räucherwerk – und das Orakel seinen seltsam rhythmischen Singsang begann, versank ich in einen Zustand, in dem ich mich nicht mehr bewegen konnte. Ich spürte keinen Körper mehr, ich wusste nicht, ob meine Arme und Beine verschränkt oder ausgestreckt waren, ich spürte kein Gewicht, mein Atem schien endlos lange in der Schwebe zu verharren – still und unbeweglich schwebte ich in einer daunenweichen Wolke, und in meinem Hinterkopf erschien ein Licht, als ginge hinter mir die Sonne auf.

Und alles, was ich bisher erlebt und erlernt hatte, bröckelte von mir ab wie spröder Schlamm, der sich um die Haut gesetzt und mich zu einem Dickhäuter gemacht hatte. Die trockne Kruste platzte ab wie Eichenborke, ich fühlte mich wie neugeboren, beweglich, tänzerisch, geschmeidig, eine Weidenrute, die im Winde peitschte, eine züngelnde Flamme in lauer Herbstnacht beim Kartoffelfeuer.

Wie von Ferne hörte ich den Singsang des Orakels, gleichmäßig wie ein Wiegenlied, und es kam mir vor, als sei es meine eigne Muttersprache.

Durch diesen Singsang schlief ich schließlich ein und bekam von meiner Umwelt nichts mehr mit. Als ich erwachte, hörte ich den Rotor des Flugschraubers, und ich saß wieder in der alten Blechkiste, die gerade durch ein Luftloch fiel.

Wie ich aus dem Tempel in die klapprige Maschine gekommen war, habe ich bis heute nicht erfahren. Erst als wir in Hamilton wieder in die Maschine nach Rio stiegen, merkte ich erstaunt, dass fast drei Monate verstrichen waren. Und ich hatte alle Hände voll zu tun, vor Ablauf meines Visums meine Heimreise zu buchen. Der Alltag nahm mich voll in Beschlag, und Atlantas alte Heimat rückte immer weiter ins Reich der Märchen und der Träume.

Als ich beim Rückflug nach Europa tief unter mir den endlosen Atlantik sah, konnte ich kaum glauben, dass auf dessen Grund ein ganzes Volk mit offenen Augen lebte. Wie zur Versicherung, dass mein Besuch am Meeresgrund kein Traum gewesen war, lernte ich den Liedertext in Atlantas Muttersprache auswendig, den sie mir zur Erinnerung geschenkt hatte:

> *Mâ thèmmat Îk.*
> *Mâ thèmmat Hêmat Îk.*
> *Mâ thèmmat Hêmat Màthemat.*
> *Mathemà ti Îk!*

> *Mir dämmert das Ich,*
> *die Heimat des Selbst,*
> *die Heimat des Wissens.*
> *Erkenne dein Selbst!*

> *Mà thê hêm!*
> *Mà thê hêm ad Îk!*
> *Mà thê hêm ad Îk ãtîk,*
> *àti Îk ãtîk.*

> *Mach dich heim!*
> *Mach dich heim zum Ich!*
> *Mach dich heim zum alten Ich,*
> *dem transzendenten Ich.*

Mad Hêm at Îk.
Mad Hêm at hêmatik.
Mad Hêm at Hêmat Màthemat.
Mâ thèmmati mad Îk.

Mein Heim ist das Ich.
Mein Heim ist heimatlich.
Mein Heim ist die Heimat des Wissens.
Mir dämmerte mein Ich.

Übrigens ist es mir später nie mehr gelungen, die Stelle mit dem weißen Kessel unter dem Meeresspiegel auszumachen. Alle Piloten, ebenso die Kapitäne von Privatjachten in Florida und auf den Bermudas, schüttelten nur energisch den Kopf, wenn ich sie bat, mit mir die Stelle mit dem weißen Kessel im Meer zu suchen.

»Sind Sie lebensmüde?«, war die lakonische
Antwort. »In diese Gegend bringen
mich keine zehn
Stürme!«

»Witzbold!«, rief der hagere Pierre und grinste verschmitzt.

»Sei doch still«, fuhr ihn Jean-Claude an. »Lass den Jahn fertig erzählen.«

»Das war's schon, ich bin fertig«, sagte ich und ließ meine »Ansichtskarte« und das »Lied in Originalsprache« durch die Reihen wandern.

»Merci vielmol.« Jean-Claude strahlte übers ganze Gesicht. »Buchstabierst du mir grad mal den Namen von dem Hotel in Rio? Und ich bräuchte ein paar Kontaktadressen von Freunden aus deiner Jugend.«

»Auf Anhieb fällt mir keiner ein. Wozu brauchst du das?«

»Dreimal darfst du raten. Die Story glaubt dir doch kein Mensch. Vielen Dank. Jetzt haben wir wenigstens schon mal den Verlierer.«

»Moment mal. Von glauben war keine Rede. Es geht um den Nachweis einer Lüge. Als Lüge gilt nur, was sich durch Dokumente eindeutig widerlegen lässt. Ich habe schließlich schwarz auf weiß als schriftlichen Beweis den Zettel mit dem Liedertext in Originalsprache.«

»Das beweist gar nichts.« Jean-Claude gab sich nicht geschlagen.

»O doch!« Unverhofft mischte sich Pierre, der selber Kurzgeschichten schrieb, in unseren Disput ein. »Es geht doch hier nicht um Fakten, sondern um Wahrheit: um literarische Wahrheit, wenn du weißt, was das ist.«

»Wenn daas so ist«, protestierte Jean-Claude, »dann kannscht du ja jede Lüge einfach umtaufen in literarische Wahrheit.«

»Du kennst dich doch in der Buchhaltung aus«, meinte Pierre. »Da werden die Zahlen und Fakten so lange zurecht gebogen, bis sie fürs Finanzamt stimmig sind. Was in Wirklichkeit geschah, spielt keine Rolle. Nur was du schwarz auf weiß besitzt, kannst du getrost zum Fiskus tragen. Literarische Wahrheit eben.«

»Dann kannscht du ja alles behaupten und das Blaue vom Himmel lügen.«

»Von wegen!« Pierre beugte sich vertraulich zu Jean-Claude. »Du hast doch sicher schon mal Rückfragen vom Finanzamt bekommen. weil deine Steuererklärung zu ungenau war oder Widersprüche enthielt. Das Finanzamt hegte berechtigte Zweifel, denn deine Worte waren nicht überzeugend. Den besten Beweis für die Macht des Wortes kennen wir aus der Bibel: Und Gott sprach: Es werde Licht, und es ward Licht.«

»Genau, die Macht des Wortes«, warf ich ein. »McRoy sprach. Ich werde reich, und er ward reich.«

»Aber wo isch die Grenze?« protestierte Jean-Claude. »Das muss genau definiert werden, wie ich den Lügner überführen kann. Bei McRoy war mir sofort klar, dass das nüt stimme kcha. Wer sich mit Finanzgeschäften auskennt, sieht sofort die Widersprüche. Es sind immer dieselben Märchen, die uns da ufgetischt werre. Es hat halt immer Leichtgläubige, die darauf reinfallen.«

»Siehst du, das ist es«, meinte Pierre. »Erlogene Geschichten riechen faul, abgedroschen, nach Klischee. Am besten erzähl ich dir mal die Geschichte, mit der meine Schriftstellerkarriere begann. Die behandelt nämlich genau diesen Punkt. Ende der Achtziger lebte ich mit Oskar in einem schäbigen Wohncontainer, wo es durchs Dach regnete. Oskar kommt übrigens morgen in Atlanta an, ich hole ihn nachmittags vom Flugplatz ab. Jedenfalls klingelte eines abends gegen zehn das Telefon und ...«

»Halt«, rief ich. »Bewahre die Geschichte bitte bis morgen auf. Jeden Abend eine Geschichte. Und wenn Oskar dabei ist, kann ihn Jean-Claude anschließend gleich als Zeuge vernehmen. «

Pierre runzelte die Stirn. »Ich bin mir nicht sicher, ob Oskar als Zeuge der Richtige wäre. Er spielt nämlich in der Geschichte den Antagonisten.«

»Was isch das denn?«, fragte Jean-Claude.

»Die Rolle des Gegenspielers, die du im Augenblick bei uns spielst«, klärte ihn Pierre auf. »Wir hatten nämlich damals eine recht unterschiedliche Auffassung von literarischer Wahrheit.«

Ich war Pierre dankbar, dass er Jean-Claude von den Schwachpunkten meiner Geschichte abgelenkt hatte. Trotzdem konnte ich in dieser Nacht lange nicht einschlafen. Jean-Claudes unerbittliches Nachhaken hatte mir klar gezeigt, dass er entschlossen war, seiner Aufgabe mit vollem Eifer nachzugehen. Durch sein Katz- und Maus-Spiel mit dem Fiskus war er anscheinend mit allen Wassern gewaschen. Mein einziger Trost war, dass er allabendlich eine neue Geschichte vorgesetzt bekommen würde. Und sicherlich gab es im Millionärsklub einen Erzähler, der sich als Verlierer besser eignete als ich.

Am nächsten Mittag setzte ich mich etwas abseits der Millionärsgruppe, um mit Jean-Claudes kritischen Augen nach einem potentiellen Verlierer zu suchen. Da tauchte erneut Gregorius' bärtiger Kahlkopf vor mir auf. »Deine Geschichte gestern ...«, begann er, doch ich winkte ab. Ich wollte beim Essen nicht an ihre Schwachstellen erinnert werden.

Gregorius ließ nicht locker. »Deine Geschichte hat mir einige Fragen beantwortet, über die ich mir schon oft den Kopf zerbrochen habe.«

Ich horchte auf. »Welche Fragen denn?«

»Spielte sie nicht in der Gegend vom Bermuda-Dreieck, wo seit Jahrzehnten Schiffe und Flugzeuge verschwinden?«

»Ja, das kann gut sein«, tat ich überrascht. »Interessante Idee.«

»Dein Erlebnis würde einiges erklären. Vielleicht leben die verschwundenen Besatzungen dort unten weiter.«

»Meinst du? Darüber habe ich noch gar nicht nachgedacht.«

»Ha, ha!«, lachte jemand neben mir. Der hagere Pierre hatte unsere Unterhaltung im Vorbeigehen aufgeschnappt und war mit dem Tablett in der Hand stehengeblieben. Gregorius fuhr unbeirrt fort: »Vielleicht sind die Flugzeuge bei der Landung im Kessel verunglückt und können nicht zurück. Oder ist das sogar das versunkene Atlantis, wonach die Archäologen immer suchen?«

»Eine glänzende Erklärung«, sagte ich. »Du bist ein heller Kopf.«

»Danke, das sag ich mir auch immer. Ich bin eben ein offener Mensch und sage mir: Alles ist möglich. Wer so engstirnig ist wie Jean-Claude, wird es nie zu was bringen. Sein begrenzter Geist hält ihn gefangen.«

»Ja, da hast du Recht. Er will ja nicht mal unserem Millionärsklub beitreten. Anscheinend ist er mit seinem Kontostand zufrieden.«

»Ich weiß, er hat ganz schön was auf der Kante. Aber was ist das gegen eine dreiviertel Million!«

Ich gab wieder mein hölzernes Lachen von mir. »Klar, gegen unsereins ist Münzensammler Jean-Claude bald nur ein armer Schlucker.«

Pierre prustete vor Lachen und verschwand mit seinem Tablett in Richtung Geschirrecke.

»Die Idee mit den Geschichten war jedenfalls genial.« Gregorius war fertig mit der Hauptmahlzeit, lehnte sich zurück und widmete sich der Schüssel mit Pudding und Himbeerkompott. »Ich bin schon gespannt, was Pierre uns heute Abend erzählt. Er ist ja Profi.«

Gegen Spätnachmittag sah ich Pierre mit dem dicken Oskar und einem schweren Koffer aus dem Auto steigen. »Hallo!«, dröhnte Oskars plärrende Stimme. »Ich hab schon gehört von heute Abend. Aber erstmal schmeiß ich mich in die Koje. Ich bin total groggy.«

Beim Abendessen bat uns Pierre, ihn nicht in seinem Zimmer zu besuchen, denn dort lägen lauter Schriften auf dem Boden ausgebreitet. Also versammelten wir uns auf der Terrasse des Speisesaals, wo wir neben der warmen Sommerluft die herrliche Aussicht über die weiten Gipfel der Blauen Berge und frische Obstsäfte genießen konnten. Und während sich Oskar noch von den Reisestrapazen erholte, erzählte uns Pierre in knappen Worten seine »Geschichte«.

Beidseits der Trennwand – von Pierre

it Computer, Schirm und Nachttischlampe saß ich auf dem Bett und tippte einen Kurzkrimi für den »Klüngelsdorfer Boten« in die Tasten. Da schrillte das Telefon: Im Nebenzimmer, hinter der dünnen, kaum schallisolierenden Trennwand schrillte das Telefon.

»Agentur Brummert«, hörte ich Oskars Stimme. »Was für ein Preis? Schnellschreiber? Ja gerne. Aber rufen Sie doch bitte tagsüber ... Konferenzschaltung? Ach so! ... Okay. Wie bitte? ... Zeitgeist? ... Und wie hoch ist der dotiert? Donnerwetter! ... Hab ich richtig ...? 20.000?«

Ich horchte auf, griff zum Schmierblock, lehnte den Kopf an die Wand und lauschte.

»80 Zeilen, kein Problem. Das geht bei uns ruck, zuck. ... Thema? ... Aus den aufgeschnappten Fetzen eines Anrufs was zusammenreimen? ... Welche Fetzen? ... Moment, ich schreibe mit: ... Großer Fisch in Sicht, Vollmondnacht ... Hab ich ... Nachbar total schockiert ... Okay, da machen wir'n Reißer draus. Mit Baby, Blut und Busen!«

Typisch Oskar, dachte ich. Tiefstes Drei-B-Niveau! Im Geiste sah ich, wie er sich mit seinen Wurstfingern Notizen machte und rülpsend das Spruchband an der Wand gegenüber seines Schreibtischs betrachtete: Ein Schreiber ist, wer Texte schreibt – ein Künstler ist, wer sie verkauft.

Symbiose nannte er das: Er war der Künstler, ich sein Lieferant.

Und wieder Oskars Stimme: »Kreuzfahrt um Mitternacht? Hai springt voll ins Boot? ... Prima. Das bringen wir mit Südseekolorit: Mit Hai und Hula-Hoop in Honolulu.«

Honolulu! Mein Gott, Oskar! Dabei war der Alltag doch viel deftiger. Schnellschreiber-Preis! Das wäre mal ein Thema. Ich griff zum Bleistift und notierte: »Kurz vor Mitternacht. Zwei im selben Boot. Plötzlich Aufruhr. Großer Fisch in Sicht. Nachbar total schockiert.«

»Einsendeschluss: Datum des Poststempels. Klar. ... Moment mal: Einunddreißigster? ... Aber das ist doch heute! ... Sie wolln mich wohl ...

Im Preiskonzept mit eingeplant? ... Zeit-GEIZ? Ach so! ... Da bleiben uns ja kaum zwei Stunden. Und ich muss noch bis zum Nachtschalter damit. Gut, dann Tschüss. Adresse hab ich, ja. Und danke für den Anruf.«

Ich sah auf die Uhr: Kurz nach Zehn. Um Null Uhr wechselte der Datumstempel. Jetzt hieß es handeln. Ruhig und hellwach. Ich atmete tief durch, dann schrieb ich auf ein leeres Blatt: »Lieber Oskar, habe alles mitgehört. Strikte Arbeitsteilung! Bitte Umschlag für drei Seiten vorbereiten. Prüfen, ob Benzin im Tank. Ab zehn vor zwölf mit laufendem Motor am Steuer sitzen. Ich komme mit dem Manuskript zum Wagen. Eintüten können wir während der Fahrt. Auf den Siegerpreis! In Eile. Pierre.«

Ich heftete den Zettel vor die Zimmertür, drehte von innen den Schlüssel um, setzte mich aufs Bett und tippte los.

Nebenan hörte ich Oskars Tür knarren. Sicher wollte er mir sein Konzept erklären. Oskars Watschelgang kam hastig näher, hielt vor meiner Tür, verweilte einen Augenblick und schlurfte dann zaghaft in sein Zimmer zurück. Mein Computer und Gehirn rotierten: Schauplatz, Handlung, Spannung, Steigerung, Pointe. Nach einer halben Stunde stand der Handlungsfaden.

Oskars Tür quietschte erneut. Leise klopfte es an meine Tür. »Pierre, mach doch bitte mal auf. Will nur sehen, ob alles in Ordnung ist.«

Genau! Wir würden eine Stunde diskutieren, und kurz vor zwölf wäre keine Story fertig. Ich holte Watte aus meiner Nachttisch-Schublade und stopfte sie mir in die Ohren. In allen Einzelheiten sah ich vor mir, was in der nächsten Stunde zu erwarten war. Meine Tasten klimperten wie Kastagnetten. Immer, wenn das Schreiben voll im Fluss war, klang für mich das Tastenklimpern wie Musik.

Von der Tür kam rhythmische Begleitung: dumpfes Fingertrommeln. Erst leise, gleichmäßig, dann kräftiger, nervöser. »Pierre, mach doch bitte mal auf! Wir haben nur noch eine knappe Stunde. Ich will nur sehen, ob der Drucker funktioniert.«

Klar, was sonst! Den Rest verschwieg er lieber. Ich tippte den Entwurf zu Ende, sah die Notizen durch, hakte Punkt für Punkt ab und warf den Zettel weg. Jetzt die Länge prüfen: 54 Zeilen. Fehlten noch 26. Also verdeutlichen, erweitern und ergänzen.

»Pierre, mach doch keine Zicken. Zwanzigtausend Piepen! Ich will bloß sicherstellen, dass zum Schluss nichts schief geht.«

Ja, ich kannte Oskars Argumente. Ich tippte und prüfte erneut die Zeilenzahl: 99. Also 19 Zeilen zu viel. Aber welche? Das Schreiben war erledigt. Jetzt begann das Schwierigste: das Kürzen.

Zwölf Zeilen hatte ich bereits gekürzt, da kam der erste Faustschlag an die Tür. Ich dankte Gott und meiner Ohrenwatte, angelte die dicken Kopfhörer aus dem Nachtschränkchen und stülpte sie als Ohrenschützer über.

»Mensch Pierre, mach auf! In zweiundzwanzig Minuten muss das Ding gestempelt sein!« – Lange Pause. Dann leise, zu sich selbst: »Vermasselt uns die Chance unseres Lebens!«

Ich musste lachen. Ich hätte keine Themen ohne Oskar, aber Oskar hätte keine Texte ohne mich.

Ein Schlüssel klapperte im Schloss. Vergebens. Eine Taschenlampe blitzte durch das Schlüsselloch. »Pierre, das gilt nicht. Zieh doch wenigstens den Schlüssel raus. Wir haben nur noch siebzehneinhalb Minuten. Wenn jetzt was schief geht, dann …«

Wieder Zeilen zählen: 84. Vier Zeilen streichen. Aber welche? Nichts konnte weggelassen werden, kein Satz, kein Wort, kein Komma, keine Silbe. Sehr gut, dachte ich. So muss es sein. Wir mogeln einfach mit der Zeilenlänge.

Ich stellte den rechten Rand fünf Millimeter schmaler ein, so dass mehr Buchstaben auf jede Zeile passten. Der alte Trick zum Zeilensparen. Im

Flattersatz fiel das nicht weiter auf. Dann stellte ich den Drucker an, drückte auf »Print«, stand auf und ging zur Tür.

»Jetzt reicht's mir aber! Diese Schreiberlinge!«

Ich hörte Oskar Anlauf nehmen, drehte den Schlüssel um, trat hinter den Türrahmen und öffnete sperrangelweit die Tür.

Oskar stolperte ins Leere, fing sich, sah mein leeres Bett und blickte sich entgeistert um. Mit dem Umschlag in der Hand trat er an den Drucker, nahm die drei Blätter heraus und starrte sie an. »O Mann, das gibt's doch nicht! Ich hab's geahnt!«

»Strikte Arbeitsteilung, wie vereinbart.«

»Okay! Aber wir brauchen einen Text, den jeder lesen kann. Und zwar sofort!«

»Willst du kurz vor Torschuss noch diskutieren? Lass uns lieber mit dem Manuskript zum Wagen laufen.« Ich nahm meine Jacke vom Haken und zog sie an.

»Versteh doch: Damit kann man nichts gewinnen. Hier, schau her!« Er schleuderte mir die Blätter vor die Füße. Ich fing ein Blatt in der Luft auf und erstarrte: Es war leer!

Oskar suchte im Regal nach Druckerpatronen. »Ich hab's geahnt! Und du Blödmann hast mich ausgesperrt.«

Während er mit fliegender Hast die Patrone wechselte, schaute ich auf die Uhr: Acht vor Zwölf. Wir könnten es noch schaffen bis zur Bahnhofspost. »Geh zum Auto, lass den Motor an. Ich komme nach.«

Ich drückte erneut auf »Print«.

»Okay, ich sitz am Steuer. Sag mir wenigstens den Titel.«

»Beidseits der Trennwand.«

»Trennwand?« Oskars Augen wurden groß. »Bist du plemplem?
Das Thema war doch völlig anders!«
»Eben: beidseits der Trennwand
– völlig anders.«

Während Pierre noch erzählte, hatte ich leises Flüstern gehört. Jean-Claude und Mario hatten die Köpfe zusammengesteckt, dann hatte sich Mario davongeschlichen. Jetzt kam er mit dem dicken Oskar zurück, während wir Pierre applaudierten. Als Oskar sah, dass Pierre schon fertig war, verzog er die Unterlippe und rief mit plärrender Stimme: »O Mann eh, hab ich was versäumt?«

Ich winkte ihn zu mir. »Wir hörten gerade die Geschichte, in der du den Helden gespielt und dafür gesorgt hast, dass ihr rechtzeitig eure Geschichte für den Wettbewerb einschicken konntet.«

»Wettbewerb? Für welchen denn?«

»Den ersten damals«, erklärte Pierre, »bei dem wir in zwei Stunden fertig sein mussten.«

»Ach mit Hai und Hula-Hoop in Honolulu? Das war vielleicht'n Ding du. Mit dem Preisgeld sind wir ans Meer und haben genau das erlebt, was als Thema vorgegeben war. Ich dachte erst, wir erfinden was, und dann ist alles genau so eingetroffen.«

»Bischt du sicher?«, fragte Jean-Claude. »Was habt ihr erlebt?«

»O Mann eh, das ist lange her. War da nich'n großer Fisch ins Boot gesprungen, ein fliegender Fisch oder so. Und dann der Schock, als wir erfuhren …«

Jean-Claude unterbrach ihn. »Kannscht du etwas langsamer reden. Ich mach mir grad Notizen. Also was war der Schock?«

»Das Preisgeld.«

»Habt ihr gewonnen oder nicht?«

»Ja klar, darum ging's ja gerade. Als wir den Anruf bekamen, haben wir gleich den Flug gebucht und ab auf die Insel.«

»Und wie hoch war der Preis?«

»Zwanzigtausend Piepen für den ersten Preis. Also haben wir alles mit meiner Goldenen Karte gebucht. Und als die Überweisung kam, war's nur der dritte Preis. Das war'n Ding, o Mann eh, kann ich dir sagen.«

»Gelohnt hat sich's trotzdem«, meinte Pierre, »durch die Publicity.«

»Okhay, ich stell dir nachher noch ein paar Fragen.« Jean-Claude wandte sich an mich. »Und wer isch morgen dran?«

Alle sahen sich um, keiner wollte der Nächste sein und unter Jean-Claudes Seziermesser geraten.

Da hob Albrecht die Hand: »Also wenn sich sonst keiner meldet, dann bin ich halt der Nächste. Mir fällt da nämlich ein, wie meine Bildhauer-Karriere anfing. Ganz gegen meinen Willen. Gelernt hab ich Steinbildhauer. Aber als Steinmetz musste ich immer nur Grabsteine meißeln: von wann bis wann einer gelebt hat. Das kann's doch nicht gewesen sein, hab ich gedacht, und als ich anfing zu meditieren, hat's mich auf einmal ganz stark nach Indien gezogen. Und ausgerechnet dort, wo ich mich mal richtig in die Stille zurückziehen wollte, so um 1991 muss das gewesen sein, ist mir Folgendes passiert.«

»Halt«, rief ich. »Jeden Abend eine Geschichte. Morgen kommen wir zu dir, bringen was zu trinken und zu knabbern mit, und du erzählst.«

»Also gut. Da räum ich endlich mal mein Zimmer auf. Aber eines müsst ihr mir versprechen: Auf dem Tisch steht eine frische Tonfigur, die darf keiner anfassen. Sonst werf ich euch alle raus.«

»Okay, wir benehmen uns gesittet.«

Als ich am nächsten Mittag über den frisch angelegten Waldweg zum Speisesaal wanderte, fiel mir ein neues Wegschild auf, das Albrecht aus Holz geschnitzt hatte. Darauf war eine Bärenspur und der Name »BEAR PAW TRAIL« eingeschnitten. Beim Essen sah ich Albrechts roten Kopf schon von weitem leuchten, setze mich zu im und fragte ihn, wie er auf den Namen gekommen war.

»Ja weißt du, am Morgen, nachdem ich mit Mario den Weg angelegt hatte, sah ich im frisch geharkten Boden eine Bärenspur. Und weil der Bär den Weg als erster benutzt hat, hab ich ihn nach ihm benannt.«

Nach dem Abendbrot traf sich der Millionärsklub also in Albrechts Zimmer, auf dessen Tisch eine mit feuchtem Tuch und Plastiktüte umhüllte Figur stand, die er aber selbst auf mehrmaliges Bitten nicht enthüllen wollte.

»Wenn's fertig ist, wird's enthüllt«, meinte er lakonisch. »Jetzt hört euch erst mal meine Geschichte an.«

ch kerbte mit dem Fingernagel gerade ihre Augenlider und gab ihrem Blick den letzten Schliff, da raunte jemand hinter mir: »Das gibt's doch nicht!«

Ich fuhr herum. Ein Inder im dunklen Anzug war lautlos in meine Lehmhütte getreten und starrte mit glühenden, dunkel umrandeten Augen auf die aus Ton modellierte Figur. »Was kostet das Ding?«

Ich hätte ihn am liebsten weggejagt. Wie hatte er den Weg zu meiner Lehmhütte gefunden? Wieso hatte ihn Kumar hier hoch gelassen? Hatte er ihm nicht gesagt, dass ich seit Monaten schwieg? Wie sollte ich mich ihm verständlich machen? Ich konnte einen Zettel schreiben und ihn bitten, wieder zu verschwinden. Aber etwas in mir sträubte sich dagegen. Ich wies auf den Zimmerbrunnen aus Keramik neben mir mit mehreren, nach oben kleiner werdenden Überlaufbecken, aus deren Mitte ein Kristallstab ragte, und öffnete einen Hahn. Aus der Spitze des Stabes sprudelte eine Fontäne, und der Aufbau mit den Überlaufbecken begann sich zu drehen. Dann knipste ich das Licht an, das den Stab von unten beleuchtete. Mit Gesten erklärte ich dem Besucher, dass die Figur später über den Stab gestülpt und diesen Brunnen krönen würde.

»Fantastisch«, sagte er und sah sich erstaunt nach einer Stromquelle um. Sein Englisch hatte kaum indischen Akzent, es klang eher amerikanisch. »Zum Transportieren allerdings zu groß.«

Ich nickte.

»Und die Figur? Wen stellt sie dar?«

Er ließ nicht locker. Ich schluckte. Mir blieb wohl nichts anderes übrig, als mein monatelanges Schweigen langsam zu brechen. Schließlich war mein Werk vollendet. Mit einem Räuspern fischte ich meine Stimme aus der Tiefe. »Diese Devi«, begann ich flüsternd, »ist das Kernstück meines Tempelbrunnens. Die Göttin, der ich die schönste Zeit meines Lebens verdanke. Sie kommen genau in dem Augenblick, wo sie zu Ende geht.«

»Wieso zu Ende?«

»Das Tonmodell ist fertig. Es muss nur noch gegossen werden. Dazu fehlt mir allerdings das Geld.«

Er zog die Mundwinkel nach unten. »Wie viel brauchen Sie? Ich gebe Ihnen das Doppelte, wenn ich dafür die Bronze bekomme.«

Ich setzte mich auf den mit Kuhmist gehärteten Boden und legte die Hand vor die Augen. Hier war ein Mensch, der mir den Bronzeguss bezahlen wollte, und er kam genau zum richtigen Zeitpunkt. Gleichzeitig verlangte er von mir, ihm die Figur zu verkaufen, noch bevor sie meinen Brunnen zieren konnte. »Das geht nicht. Sie gehört nicht mir. Sie ist die Krönung dieses Brunnens, das Herz meines Devi-Tempels.«

»Ich baue Ihren Tempel nach«, meinte er leichthin. »Genauso wie er hier steht.«

»Wo?«

»Am Stadtrand von New York.«

Ich starrte ihn an. »Dort kann man keinen Tempel aus barfuß gestampftem Lehm bauen.«

Mit einer Handbewegung wischte er meinen Einwand beiseite. »Warum nicht? Meine Villa steht bei einem Naturpark mit See und Trauerweiden, voller Statuen und Kunstobjekte.«

»Sie wohnen in New York?«

»Ja. Ich bin dort verheiratet.« Er sagte das in einem Ton, als müsse er sich bei mir dafür entschuldigen, und legte die Hände zum indischen Gruß zusammen. »Ich heiße übrigens Devendra und kenne Kumars Familie seit meiner Kindheit. Als ich ihn vorhin besuchte, sagte er, ein schweigender Einsiedler habe sich oberhalb seiner Plantage zurückgezogen und baue einen Devi-Tempel aus Lehm.«

* * *

Die Sonne stand weiß am Himmel. Devendra war in die Kokosplantage hinabgestiegen und brachte jetzt von Kumars Haus Tonschüsseln mit Essen nach oben. Ich schöpfte Wasser aus dem Brunnenschacht, schürte das Holzfeuer vor der Hütte, walzte den Fladenteig und stellte eine Pfanne auf die Glut. Devendra schien in der Stille des Regenwaldes, die nur vom Kreischen der Affen und Tropenvögel unterbrochen wurde, genauso aufzuleben wie ich. Plötzlich schrillte ein seltsamer Klingelton durch die Luft. Devendra zog ein längliches Gerät aus seiner Jackentasche, schob eine Antenne aus und bellte hinein: »Hallo Baby! Ja. Hab ich gefunden. Ein Meisterstück! Mindestens zwanzigtausend. Als kleiner Anfang. Klar. Lassen wir langsam anrollen. Aber kein Wörtchen zu meiner Frau. Wird ihr Geburtstagsgeschenk. Spätestens bis zum siebzehnten. Okay, das wär's schon. Küsschen, Baby. Bye!«

Ich hielt mir die Ohren zu. Da hatte ich mich nun in der Südspitze Indiens ans Ende der Welt verkrochen, hatte beim Bau der Hütte alles Metall vermieden, statt Eisennägel nur Kokosstrick und Palmblätter verwendet und Kuhmist in den Lehm gemengt, um die Götter anzulocken, und dieser Mistkerl brachte mit seinem Piepsding den tiefsten

Sumpf der Welt in diese Stille! Ich streute Weihrauch auf eine Schippe voll Glut und machte damit eine Runde um die Hütte. Aus der Pfanne qualmte es verkohlt. Unsere Fladen waren angebrannt.

Devendra sah mich schräg von unten an und biss sich auf die Lippen wie ein Lausbub, der auf Prügel wartete. Dabei wirkte er so rührend, dass ich lachen musste. Was hatte er verbrochen? Ein Ferngespräch geführt! Na und?

Ich legte neue Fladen in die Pfanne, breitete Bananenblätter auf dem Boden aus und verteilte darauf Reis mit Chutney und Gemüse. Während wir schweigend mit den Fingern aßen, ließ ich den Blick über die Ebene schweifen, vorbei am Backsteinhaus Kumars, über Palmen und Büsche bis zur diesigen Küste des Indischen Ozeans.

»Sorry für die Störung.« Devendra bestreute eine Papaya mit braunem Palmzucker. »Wie haben Sie eigentlich den Brunnen zum Leuchten und Sprudeln gebracht?«

Ich trat in die Hütte und zeigte ihm die eingebaute Batterie mit Lampe und den Gartenschlauch, der zur höher gelegenen Quelle führte und durch den Wasserdruck den Aufbau mit den Becken zum Drehen brachte. Er sah sich suchend um. »Haben Sie Skizzen vom Brunnen, Entwürfe, Zeichnungen?«

Ich holte meine Skizzen hervor, er studierte sie und hakte bei den kleinsten Einzelheiten nach.

»Wozu wollen Sie das alles wissen?«, fragte ich.

»Sie denken sicher, ich hätte einen Spleen. Aber ich glaube, in Serie hergestellt müsste sich Ihr Brunnen gut verkaufen lassen.«

»Dieser Brunnen? Wer will so was haben?«

»Ich. Und Sie. Man muss die Menschen nur begeistern. Ich höre schon die alten Ladies in New York: Ihr Tempel mit der Brunnen-Devi, eine Wucht. Kann man so was irgendwo bestellen?«

Ich spürte plötzlich ein flaues Gefühl im Magen, trat aus der Hütte und setzte mich ins Gras.

Devendras Augen sprühten vor Begeisterung. »Überschlagen wir doch mal ganz grob: Wenn wir für den Probelauf nur fünfzig Brunnen rechnen, in halber Größe, Stab und Figur aus Mattglas, Endpreis viertausend Dollar, davon zehn Prozent für Sie, was wäre das?«

»Zwanzigtausend Dollar.«

»Genau. Ihr Startkapital für weitere Figuren, Brunnen, Studienreisen.«

»… bis ich ein Bildhauer von Weltruf bin und von einer Vernissage zur nächsten jage.«

»Und ich habe Sie entdeckt! Wie klingt das?«

»Grauenhaft.«

Sein Gesichtsausdruck versteinerte. Eine Wand stand plötzlich zwischen uns. Ich merkte, dass er meine Antwort nicht begreifen konnte. »Sie haben nur gesagt, was ich gewinne«, warf ich ein. »Was ich verliere, haben Sie verschwiegen.«

»Unsinn. Keinen Cent verlieren Sie. Auch den Bronzeguss bezahle ich.«

»Und meine schöpferische Stille? Ohne die es keinen Tempel, keinen Brunnen, keine Devi gäbe? Und da wollen Sie mich aus der Stille reißen, bis ich Sklave eines Piepsdings bin wie Sie!«

»Sie sehen das zu eng. Wenn die Sache erst einmal ins Rollen kommt, läuft alles ganz von selbst. Sie brauchen sich nur zurückzulehnen und zu genießen. So geht das jedenfalls bei mir. Da kommt zum Beispiel ein

Inder mit einem Säckchen voll Saphire nach New York und fragt mich: Devendra, wo kann ich die verkaufen? Ich erkläre ihm, an wen er sich wenden soll, aber er lässt nicht locker: Du kennst dich hier aus, sagt er, können wir den Deal nicht über dich laufen lassen? Ich sage: Mach deinen Deal alleine. Aber er will nicht. Und was springt dabei heraus? Wieder ne Million … So geht das.« Er zuckte die Schultern. »Was soll ich dagegen machen?«

»Legen Sie doch mal Ihr Piepsding weg.«

»Hab ich schon versucht. Dann kommen mir meine Sekretärin und meine Frau auf den Hals. Ich sei ein Monster ohne Mitgefühl! … Andererseits: Ich bin jetzt hart an der Schwelle, wo ich wieder langsam treten muss …« Er stockte, sein Tonfall wurde nachdenklich, als spräche er zu sich selbst. »Wenn ich die Augen schließe, wird es dunkel. Früher sah ich viel mehr Licht, mehr Hoffnung. Als Junge war ich voller Ideale, voller Träume … Das Spielchen mit der Macht fing eigentlich erst an, als sie mich abgewiesen hat. Dieser Tanz ums Goldene Kalb … Wer zwingt mich eigentlich dazu? Geld hab ich längst genug.«

Er sah schweigend in die Glut und schob Palmenstümpfe nach, dass die Funken in den Himmel stoben. »… Trotzdem, keiner kann mir reinreden, befehlen … Irgendwann, vielleicht im Alter … lande ich doch noch im Himalaya.«

Immer deutlicher kam der Inder in ihm zum Vorschein und verdrängte den amerikanischen Geschäftsmann. »Und bei Ihnen ist es umgekehrt. Ihnen würde so ein Schwenk nach außen gut tun. Sie haben Angst vor Geld. Das ist grundfalsch. Geld ist wertneutral, ist reine Energie. Ob Sie damit Waffen oder Brunnen bauen, liegt bei Ihnen. Wie sind Sie eigentlich auf die Figur gekommen? Hatten Sie ein lebendes Modell?«

Ich nickte. »Die Schwester von Kumar. Ich nenne sie Devi, denn ich sah in ihr das Göttliche. Sie studierte Tempeltanz und brachte mir in den Ferien das Essen aus Kumars Plantage hoch. Leider waren die Fladen dann schon kalt und schmeckten wie Leder! Eines Tages brachte sie eine Pfanne mit, legte ein paar Steine zusammen, schürte vor der Lehmhütte ein Feuer und buk frische Fladen. Von da an wurde die Feuerstelle von Tag zu Tag häuslicher. Bald lagen Kupferkessel und Tongefäße herum und sie kochte hier oben für mich. Sie respektierte mein Schweigen und bewegte sich so leise, dass ich kaum ihren Sari rascheln hörte.

Nachmittags ging sie zum Ziehbrunnen, stellte ihre Tontöpfe ins Moos, unterhielt sich mit den Krähen, die nach Essensresten pickten, und scheuerte mit Sand und Wasser ihre Töpfe aus. Zu der Zeit baute ich den Brunnen. Sie schmückte ihn mit Lotusblüten und stellte Öllämpchen am Rande auf. Endlich war er fertig bis auf die Figur. Ich hatte schon mehrfach angesetzt, den Ton zu Formen, aber es wollte einfach nichts werden. Der Batzen Ton war nicht befruchtet. Es fehlte ihm der Same, das Modell. Ich brauchte eine Haltung, ein Gefühl.«

»Und dann?«

»Dann kam jene heiße Nacht, als der Ziehbrunnen hier oben völlig ausgetrocknet war. Gegen Abend stapfte ich hinunter zu Kumar, dessen Brunnen noch Wasser hatte. In seinem Backsteinhaus herrschte drückende Schwüle. Die Familie saß auf Schilfmatten davor am Lagerfeuer. Kumars Brüder, die in Kalkutta Musik studierten, waren zu Besuch. Ich freute mich, auch Devi in der Runde zu sehen, und setzte mich dazu. Der Monsun hätte längst einsetzen müssen, aber der Regen ließ auf sich warten. Einer der Brüder brüstete sich, er könne durch bestimmte Ragas Regen machen. ›Leere Sprüche!‹, meinte Kumar. ›Beweise es, bevor unser Brunnen versiegt!‹

Die Brüder nickten sich zu, der Ältere packte seine Bambusflöten aus und setzte die größte an die Lippen. Vom ersten Ton an saß ich wie gebannt. Er blies so tief und wehmütig ins Rohr, als wollte er uns von der tiefsten und dunkelsten Zeit seines Lebens erzählen. Dann griff er zur mittleren Flöte. Sie klang heller, voller Tatendrang.

Beim ersten Trommelschlag der Tabla fiel mein Blick auf Devi. Ein Zittern ging durch ihren Körper. Als die Tabla schneller wurde, hatte ich das Gefühl, mich rekeln und strecken zu müssen. Eine Fontäne aus Licht und Klang durchströmte meine Wirbelsäule. Im gleichen Augenblick hoben sich Devis Arme und bewegten sich. Erst langsam und schlangenhaft, dann wie eine Flamme im Wind. Beim Tablasolo stand sie auf und tanzte.

Die Flöte zauberte Stufen aus Klang in die Luft, auf denen Devi in den Himmel zu steigen schien. Ihr langes Haar, das sie als Zopf ums Haupt gewunden hatte, löste sich, bis ihre Mähne wild um Brust und Hüften schwang. Als Flöte und Tabla mit kräftigen Sprüngen zum Höhepunkt eilten, hielt sie plötzlich inne, den Kopf nach hinten geworfen, die Lider

gesenkt. Reglos stand sie da, das Antlitz dem Himmel entgegen ge-
streckt, als die Musik verebbte und Kumar anfing zu klatschen. Hinter
ihr der tiefblaue Samt des Alls und das tropische Glühen der Sterne.

Der Himmel färbte sich schwarz, ein dicker Tropfen klatschte auf meine Stirn. Dann prasselte der Regen herab, auf ihre Stirn, ihre Lippen,
ihre Hände, von denen das Wasser herunterfloss und segnend die Erde
tränkte. Wie eine Bronze stand sie im Regen, die Linke empfangend
zum Himmel gerichtet, die Rechte gebend zur Erde, bis ihr rosa Sari
völlig durchtränkt am Körper klebte und das Feuer verlosch. Das war
das letzte Mal, dass ich sie sah.«

»Und diesen Augenblick haben Sie verewigt. Ich spendiere Ihnen den
Abguss. Ich möchte die Bronze unbedingt sehen, bevor ich zurückfliege.«

* * *

Devendra saß in meinem Tempel und folgte mit seinem Blick dem
Lauf des Wassers, das in Strömen über breite Blattgewächse floss. Voll
und warm senkte sich der Regen übers Palmendach und tauchte uns in
weiches Dämmerlicht. Der Boden dampfte, roch nach Moos und Erde.
Zur Feier des Tages hatte Devendra seinen CD-Spieler mitgebracht und

indische Flötenmusik aufgelegt. Er trug ein weißes Tuch als Beinkleid und eine Kaschmirdecke um die Schultern. Die Bambusflöte mischte sich mit dem Prasseln und Quirlen des Regens.

Im Brunnen drehte sich der Beckenaufsatz mit der Bronze. Der leuchtende Kristallstab in der Mitte ließ den Schmuck durch die winzigen Löcher in Krone, Halsband und Gürtel glitzern und das Wasser sprudeln. Mit dem Gefühl, mein Werk vollendet zu haben, lehnte ich mich zurück.

Versonnen betrachtete Devendra die Figur, deren Glieder durch das fließende Wasser wie lebendig wirkten. »Ja, sie tanzt. Zur Flöte, zur Tabla, zum Regen, wie Ihr Modell. Wissen Sie, wo sie jetzt lebt?«

»Nein. Ich habe nie mit ihr gesprochen. Am nächsten Tag brachte mir Kumars Frau das Essen hoch. Statt fertiger Fladen lag ein Leinentuch mit einem Klümpchen Teig im Korb. Daneben ein jasminduftender Zettel: ›Lieber Gyani, ab heute musst du dir die Fladen selber backen. Für mich beginnt ein neues Leben. Ach, es könnte so schön sein und ist doch so schwer! Ich muss ihm helfen, zu sich selbst zu finden. Ich hatte ihn abgewiesen, aber jetzt ... Früher war er so sanft, und jetzt ist er so hart. Meine Sehnsucht geht in die Berge, in die Weite des Himalayas, aber mein Weg führt nach Amerika. Leb wohl! Deine Devi.‹«

»Sie hat mit ›Ihre Devi‹ unterschrieben?« Devendra runzelte die Stirn. »Was ist aus ihr geworden?«

»Soviel ich weiß, ist sie in Amerika verheiratet. Mit einem steinreichen Mann.«

»Und Sie vermissen sie nicht?«

»Vom Gefühl her hat sich nichts verändert. Ich spüre ihre Nähe wie zuvor. Im Herzen bleiben wir verbunden. Ihr Mann dagegen braucht ihre körperliche Nähe. Und sie will Mutter sein.«

»Mögen Sie Kinder?«

»Ja. Diese Brunnen-Devi ist mein schönstes.«

»Schade. Ich hätte die Statue gerne nach New York entführt.« Devendra stand auf und legte die Hände zum Abschiedsgruß zusammen. »Sie haben sie wirklich täuschend echt getroffen. Bald wird sie Mutter sein. Und am 17. ist ihr Geburtstag.«

Auf einmal sah ich Devendra mit anderen Augen. Ich hob die Bronze vom Sockel und legte sie in seine Arme. »Hier! Mein Geburtstagsgeschenk – für Ihre Devi.«

Als ich am nächsten Morgen in den Tempel kam, lag ein Umschlag auf dem leeren Brunnenaufsatz. »Als Trost für die Entführung Ihrer Devi – Devendra.«

Trost? Der Brunnen wirkte kahl und öde, der Tempel verlassen und verwaist ohne die Figur, die jetzt im Flugzeug auf dem Wege nach New York war. Ich riss den Umschlag auf: ein Scheck mit einer Zahl und vielen Nullen ... Es juckte mich in den Fingern, dieses kalte Stück Papier einfach ins Feuer zu werfen. Unschlüssig drehte ich den Umschlag um, da fiel ein Zettelchen heraus mit folgenden Zeilen:

»*Jetzt, da Sie die Figur verschenkt haben, kann ich es Ihnen sagen: Der Abguss, den Sie mir gestern gaben, war nur einer von drei. Ich habe die Fotos Ihres Brunnens nach New York gemailt, und verschiedene Kunstsammler fragten bereits nach Brunnen in Originalgröße. Kleinere Modelle können in das Sortiment eines Herstellers für Park- und Zimmerbrunnen aufgenommen werden. Die Keramik wird in Thailand hergestellt, die Elektronik und Mechanik in Taiwan. Um das Geschäftliche brauchen Sie sich nicht zu kümmern.*

Ich achte Ihre Stille. Unterschreiben Sie nur den Lizenzvertrag,
der in der Kiste hinter Ihrem Ton liegt. Darunter
finden Sie die Statue für Ihren Brunnen.
Unsre gemeinsame Liebe verbindet
uns. – Herzlich
Devendra«

Nachdem wir Albrecht applaudiert hatten, stellte ihm Jean-Claude Fragen, und Albrecht gab bereitwillig Auskunft. Plötzlich aber lief er krebsrot an und rief: »Du siehst doch, dass ich regelmäßig zahle. Ich bin Bildhauer, kein Buchhalter. Was weiß ich, wo die Brunnen stehen?«

»Schon gut, schon gut«, beschwichtigte Jean-Claude. »Aber du muscht doch deine Einnahmen versteuern. Da muscht du doch wissen, wie viele Brunnen schon verkauft wurden, odder?«

Albrecht kam sichtlich in Bedrängnis. Ich erinnerte mich, wie dankbar ich Pierre gewesen war, als er Jean-Claude nach meiner Geschichte abgelenkt hatte. Pierre wusste auch, wie knapp Albrecht bei Kasse war, und mischte sich wieder ein: »Apropos Steuererklärung: Mit dieser Literaturgattung musste ich mich erst kürzlich auseinandersetzen.«

Jean-Claude spitzte die Ohren und wandte sich ihm zu. »Erzähl.«

Albrecht warf Pierre einen dankbaren Blick zu und hob die Brauen.

»Ihr erinnert euch doch sicher«, begann Pierre, »dass ich letztes Jahr unbedingt ins Innere der Erde reisen wollte. Ich hatte in der Schweizer ZEITENSCHRIFT den Artikel »Die Erde ist hohl« gelesen, die Segelfahrt von Olaf Jansen durch die Polöffnung vom Nord- zum Südpol und das geheime Tagebuch des Polarforschers Admiral Byrd über seinen Flug durch das Loch am Nordpol ins Innere der Erde. In einem Interview stand, der Neffe von Admiral Byrd plane eine Expedition ins Innere der Erde, an der ich teilnehmen wollte.«

»Und die hast du dann als Geschäftsreise abgerechnet?«

»Nicht ganz: Ich wollte über die Reise ins Innere der Erde berichten und einen Nachrichtensender nach außen einrichten. Also kontaktierte ich Admiral Byrds Neffen in Los Angeles, wurde Mitglied seiner Hollow Earth Society und telefonierte häufig mit seiner Frau. Ich las alle verfügbare Literatur und sprach mit Seglern, Höhlenforschern, Physikern, TV-Spezialisten und Drehbuchautoren.«

»Und waas isch draus geworden?« fragte Jean-Claude.

»Wenn ihr wollt, erzähle ich das morgen Abend.«

Ja, wir wollten. Am nächsten Mittag sah ich Oskar und Mario im Speisesaal in der Ecke mit Internetanschluss sitzen, während Pierre von einem Tisch des Millionärsklubs zum anderen ging: »Ich sammle Geld für Oskars Geburtstagsgeschenk«, flüsterte Pierre. »Er hat am 29. Geburtstag, in drei Tagen. Wir wollen ihm die Anmeldegebühr zum Millionärsklub schenken.«

Ich zuckte die Schultern. »Meine letzte Barschaft hab ich bei Gregorius gelassen. Habe nur noch ein paar Münzen in der Tasche, damit mich die Hunde nicht anpinkeln.«

Auf dem Weg zur Geschirrecke schlenderte ich wie zufällig bei Oskar und Mario vorbei und schnappte folgenden Satz von Mario auf. »Das kannst du vergessen, 900 Meilen sind zwölf Stunden Fahrt. Was willst du dort?«

»Einen Klunker finden. Langsam bin ich zum Möbelschleppen zu alt.«

»Vergiss es. Das ist plumpe PR vom Diamond Park.«

»Nö, nö, mein Lieber! Die Meldung ist von CNN. 5,6 Karat! Der größte Fund wog über 40 Karat, das ist ein Vermögen.«

Ich wurde hellhörig. »Um welche Klunker geht's denn?«, fragte ich. Wortlos deutete Mario auf eine Internetseite. Ich setzte mich und las:

Urlauber findet 5-Karat-Diamant

CNN, 25. August 2001 – Der zwölfjährige Pfadfinder Michael Disley aus North Carolina hatte keine zehn Minuten im Arkansas „Crater of Diamonds State Park" gesucht, da fand er bereits diesen honigbraunen 5,6-Karat-Diamant. Die Mining Corporation schätzt den Fund, sobald er geschliffen und poliert ist, auf 12-15.000 Dollar.

Der Diamond State Park ist das einzige Gelände in der Welt, in dem Besucher Diamanten suchen und behalten dürfen. Bereits 328 Edelsteine wurden dieses Jahr gefunden. »Wir freuen uns jedes Mal, wenn ein Kind einen Edelstein findet«, sagt Besitzer James Cock. »Michaels Vater hatte sich gerade das Grabwerkzeug für die Mine ausgeliehen, da kam Michael bereits mit seinem Fund angelaufen.«

Das 15-Hektar-Gelände der ehemaligen Diamantenmine wurde 1972 als Nationalpark mit privatem Schürfrecht freigegeben. Auch wenn in dem alten Vulkankrater seit Jahren jedes Sandkorn mit der Lupe abgesucht wird, schwemmen starke Regenfälle immer wieder neue Edelsteine an die Oberfläche. Neben weißen, gelben und honigbraunen Diamanten wurden 40 Arten von Edelsteinen gefunden, darunter Amethyst, Peridot und Granat.

Michaels Fund war bereits der zwölfte Diamantfund über einem Karat in diesem Jahr. Der bisher größte Fund war ein weißer Diamant von 40,23 Karat. Die meisten Funde sind allerdings zum Schleifen zu klein und werden einfach als Andenken aufbewahrt.

Mit glühenden Augen hatte mich Oskar beim Lesen beobachtet. »Sag doch selbst: Da packt einen das Goldfieber, ne?« Seine Augen sprachen Bände. Ich bedankte mich bei Mario und stand auf. Pierre sammelte zwar für Oskars Anmeldegebühr zum Millionärsklub, ich aber wusste jetzt ein besseres Geschenk für Oskar. Ich hatte auch schon einen Plan, wie und von wem er es bekommen könnte.

Als sich am Abend alle wieder auf der Terrasse um Pierre versammelt hatten, erzählte er, wie er seine Reiseabrechnung beim Finanzamt eingereicht hatte: »Beim Vorbereiten meiner Steuererklärung stellte ich fest, dass ich noch eine größere Geschäftsausgabe brauchte. Also setzte ich meinen USA-Besuch als Studienreise ab. Ich wollte recherchieren, ob ich über die Hohle Erde ein Sachbuch, eine Reportage, ein Drehbuch oder einen Fantasieroman schreiben könnte. Daraufhin verlangte das Finanzamt den genauen Terminplan meiner Geschäftsreise. Und da so was keine drei Monate dauern darf, sonst gilt es als Urlaub, drängte ich alle Recherchen in einen 12-Tages-Plan. Und als Beleg legte ich den Bauzaunroman dazu, der zum Jahresende erschienen war.«

»Bauzaunroman?«, fragte Jean-Claude.

»Genau«, erklärte Pierre. »Unsere Fußgängerzone wurde letztes Jahr umgebaut. Um die Passanten bei Laune zu halten, schrieb die Stadt einen Wettbewerb aus und veröffentlichte jeden Monat eine Kurzgeschichte auf dem Bauzaun: Thema Buddeln. Das nannten sie ›Bauzaunroman‹. Zu Weihnachten erschienen die besten Geschichten im ›Buddelbuch‹ Mein Steuerberater meinte, die Sachbearbeiter im Finanzamt würden sich über die Abwechslung sicher freuen. Hier also der Bauzaunroman, den ich meiner Reisekostenabrechnung beifügte.«

Der Durchbruch – von Pierre

W er hat dir denn diesen Bären aufgebunden?« Amtsleiter Hölzel gab Schmuddel-Buddel den Zeitungsausschnitt zurück. »Die Erde ist keine Hohlkugel, sondern voll glühender Lava und Eisen. Und an den Polen gibt es keine Löcher. Bohr deine Abwässerschächte und verschone mich mit deinem Spleen!«

»Das ist ja der springende Punkt: Keiner glaubt's! Zu schön, um wahr zu sein!« Schmuddel-Buddel nahm zwei Fotos aus seinen Unterlagen und legte sie Hölzel auf den Schreibtisch. »Hier, schau dir das an! Die Erde ist hohl wie ein ausgeblasenes Ei, mit Löchern oben und unten, aber die Regierungen halten das streng geheim, aus militärischen Gründen. Diese NASA-Fotos wurden mir unter der Hand zugespielt.«

»NASA-Fotos? Dass ich nicht lache. Von einem Loch im Nordpol! Das sind Polaufnahmen von Wettersatelliten. Was aussieht wie ein Loch ist der Polarschatten im Winter.«

»Und was sagst du zu dem geheimen Bordbuch von Admiral Byrd? Der steht als Polforscher in jedem Lexikon.« Schmuddel-Buddel drückte Hölzel ein dünnes Heft in die Hand. »Als Byrd 1947 im Auftrag der Navy den Nordpol überfliegen sollte, ist er durch die Polöffnung in der Inneren Erde gelandet. Weil sich die Erdkruste am Nordzipfel Grönlands, genau beim 83. Breitengrad, nach innen krümmt.«

»Das ist Science-Fiction! Seismografische Messungen von Erdbeben beweisen eindeutig, dass die Erde kein Hohlkörper, sondern ein Festkörper ist. Das müsstest du als Tiefbau-Unternehmer wissen.«

Schmuddel-Buddels Augen flackerten wild. »Ich schwöre dir: Auf der Innenseite der Erdkruste ist genau so viel Platz wie außen. Das Nordlicht ist der Schein der Zentralsonne durch das Polarloch. Durch die Zentralsonne herrscht auf der Innenseite ein subtropisches Klima. Weintrauben werden dort so groß wie Orangen. Da laufen heute noch Mammuts rum, die durchs Polarloch bis nach Sibirien geschwemmt werden. 1898 servierten Polarforscher in Moskau frisches Mammutfleisch. Das sind alles bewiesene Fakten.«

»Schmuddel-Buddel, wann wirst du endlich erwachsen? Schon als Junge wolltest du nach Schätzen graben. Ich sehe dich noch bei strömendem Regen im Schlamm bei der Kiesgrube buddeln. Nur dein Kopf sah heraus.«

»Ja, damals hast du mich Schmuddel-Buddel getauft. Ich bestreite nicht, dass buddeln meine Leidenschaft ist. Deswegen bin ich ja Unternehmer für Tiefbau geworden.«

»Aber das berechtigt dich nicht, in der Fußgängerzone einen Bohrturm aufzustellen, als wolltest du in der Nordsee nach Öl bohren!« Hölzel trat ans Fenster und sah auf die Baustelle schräg gegenüber. »Das geht entschieden zu weit.«

»Das weiß doch keiner außer dir.« Schmuddel-Buddel stellte sich neben ihn. »Sag doch selbst: Von hier oben sieht's aus wie ein Silo.«

»Wenn die Presse Wind davon bekommt, dass du zwischen Hertie und Fink einen Tunnel ins Innere der Erde bohren willst, wird die ganze Stadt ausgelacht. Und ich selber kann einpacken. Ich habe meine Hand für dich ins Feuer gelegt. Du bist mein Schulfreund und absolut zuverlässig, habe ich bei der Ausschusssitzung gesagt. Du kannst den Bauauftrag nicht eigenmächtig ändern. Das ist strafbar.«

»Es wäre sträflich, diese einmalige Chance ungenutzt verstreichen zu lassen.« Schmuddel-Buddel nahm Hölzel das Heft weg und raffte die Fotos vom Schreibtisch. »Ich werd's euch allen beweisen. Die Menschheit wird mir noch dankbar sein. Ich bereue nur, dass ich dich eingeweiht habe. Ich hätte einfach heimlich …«

»Kommt nicht in die Tüte. Raus jetzt! Ich habe zu tun.«

Als Schmuddel-Buddel das Büro verlassen hatte, griff Hölzel zum Telefon. Aber Tiefbauamt, Bauamt, Stadtplanungsamt, selbst das Bundeskriminalamt, keiner dachte auch nur daran, etwas zu tun. Schließlich sagte einer schmunzelnd: »Der hat Sie veräppelt, Herr Hölzel. Sie sind doch sein Schulfreund. Schauen Sie mal aufs Datum!«

Beschämt, doch erleichtert sah Hölzel auf den Kalender: 1. April!

Seine Besorgnis wuchs jedoch erneut, als er geraume Zeit später von der Wach- und Schließgesellschaft die Nachricht erhielt, in der Fußgängerzone unter dem Silo seien nachts Bohrgeräusche zu hören, selbst an Wochenenden. Nach mehreren schlaflosen Nächten begab sich Hölzel am Sonntag gegen Mitternacht selbst auf die Baustelle in der Kirchgasse und legte sein Ohr an das Silo. Tatsächlich! Leise, aber deutlich dröhnte es durch den Stahl.

Er rief den Notruf an und ließ sich mit der Hauptwache verbinden. »So leid es mir tut. Wir müssen Schmuddel-Buddel in die Klapsmühle auf den Eichberg bringen. Er ist durchgedreht.«

Als die Beamten der Funkstreife in die Baustelle eindrangen und Schmuddel-Buddel festnahmen, war dieser sofort bereit, sich freiwillig in die Klapsmühle zu begeben. »Es ist vollbracht!«, lächelte er beseelt. »Ihr werdet sehen: Bald bin ich der meistgefragte Mann in allen Talkshows! Und die Menschheit erfährt die Wahrheit über das innere Paradies.«

Die Beamten tauschten Blicke mit Hölzel und lächelten ebenfalls. – Bis der Bauzaun fiel.

Am Tag der Eröffnung, pünktlich um 11 Uhr 11, rückten in der Fußgän-gerzone die Medien an. ZDF, Hessenschau, Sat 1, Kurier, Tagblatt, Reuter, FAZ, alle wollten das Spektakel miterleben. Schmuddel-Buddels Firma hatte kräftig die Werbetrommel gerührt: »Einweihung der ersten Passage zur Inneren Erde. Wir durchschneiden das rote Band der Brücke zwischen Außenwelt und Innenwelt. Unser Überschall-

Lift bringt Sie in wenigen Minuten zur anderen Seite des Tunnels. Magnolien- und Feigenduft aus der Inneren Erde wird in die Innenstadt geleitet, dass es eine Lust zu atmen ist. Ausgebuddelte Goldklumpen dekorieren Schaufensterauslagen mit Tropenfrüchten, größer als in Findhorn. Alle landwirtschaftlichen Erzeugnisse aus der Inneren Erde sind biologisch gewachsen und garantiert frei von Gentechnik.

Und der Hit: Kinder reiten gratis auf einem lebenden Mammut.«

Alle, auch die Bauzaungäste, waren sich einig: Jetzt erst machte der Einkaufsbummel richtig Spaß.

»Merci vielmol«, rief Jean-Claude, und seine Augen strahlten. »Damit haben wir endlich den Verlierer. Oder kannst du mir die Stelle zeigen, wo die Goldklumpen und lebenden Mammuts sind?«

»Klar! Hier, bitteschön!« Pierre hielt ihm das »Buddelbuch« hin, aus dem er vorgelesen hatte. »Hier stehen Mammut und Goldklumpen schwarz auf weiß. Das war der Beweis für's Finanzamt. Sie haben meine Recherche in den USA als Geschäftsreise akzeptiert. Willst du etwa päpstlicher sein als der Papst?«

»Ich geb's auf. Buchhalter und Schriftsteller schreiben zwar beide Bücher, aber sie leben doch in ganz verschiedenen Welten.«

Unser einziger wirklicher Millionär – mit Spitznamen Dagobert – schüttelte den Kopf. »So verschieden sind sie net, Jean-Claude. Die einen biegen halt Wörter, die anderen Zahlen. Das ist der ganze Unterschied.« Dagobert verfiel immer mehr in seine alemannische Mundart. »Ich bin natürlich auch net auf dem McRoy sein Märchen reingefallen. Aber ich kann euch a fantastische Story verzähle, wo wirklich passiert isch. Im schöne Schwabeländle.«

Dagoberts alemannische Mundart war Balsam für Jean-Claudes Ohren. Und so lauschten wir am nächsten Abend in Dagoberts gastlich hergerichtetem Apartment einer modernen Variante vom Märchen der Sieben Schwaben.

DIE SCHWEBENDEN SCHWABEN – VON DAGOBERT

m den runden Tisch vom runden Gerd, auf weichen Sesseln und Sofas, saßen sieben Schwaben. Aus allen Himmelsrichtungen des Schwabenreichs, aus den Grenzposten zu den Gelbfüßlern und zum Balkan, vom Schwäbischen Meer und vom Allgäuer Bergkamm am Ende der Welt, waren sie in ihre Hauptstadt Hanoi gezogen, um die Gewinnausschüttung ihrer gemeinsamen GmbH zu feiern.

Jetzt herrschte betretenes Schweigen: Die Ziffern, die der magere Waiblinger Willy ihnen offenbart hatte, rechtfertigten kaum die Reisekosten. Schließlich äußerte sich der Sindelfinger Siegfried, genannt der Rülpsofant: »Brööbs! Jetzt bräuchten wir ebbes Erhebendes.«

Der runde Gerd humpelte aus dem Zimmer und brachte die Hanoier Zeitung. »Hier! Was Erhebendes. Schaut euch mal das Foto an.«

»Zeig her!«, meinte der Rülpsofant. Drei Astronauten im Raumanzug waren zu sehen, die in einer Kabine durch die Luft schwebten. Der runde Gerd deutete auf die Schlagzeile. »Russische Astronauten in Hypnose. Die denken, sie wären im schwerelosen Raum.«

»Brööbs!«, meinte der Rülpsofant. »Eine typische Pressefälschung.«

»Zeig mal!«, meinte der Waiblinger Willy. »Wer weiß, vielleicht ist was dran an der Sache. Heut gibt's doch alles!«

»Das denk ich auch.« Der runde Gerd reichte das Bild herum. »Wenn's nämlich wahr ist, wisst er, was das bedeutet?«

»Was heißt das?« Der Eislinger Emil strich sich den Rauschebart.

Der runde Gerd setzte sich wieder. »Wenn man die Schwerkraft durch bloße Hypnose aufheben kann, dann heißt das, dass sie bloß eine Vorstellung ist, an die man glaubt.«

»Brööbs«, kommentierte der Rülpsofant.

»Wenn wir aber den Glauben aufgeben und einfach lockerlassen …«

»Mensch, das isses!« Der Allgäuer Albrecht klatschte sich an die krebsrote Glatze. »Das isses! Wir müssen den Glauben an die Schwerkraft einfach aufgeben, und dann …«

»Dann macht's hoppla!«, gluckste der runde Gerd, »und wir schweben durch die Luft. Das wär doch was Erhebendes, oder nicht? Wir müssen's bloß probieren.«

»Brööbs! So lang ich leb, hat noch keiner geschwebt.«

»Es hat halt noch keiner probiert«, meinte der runde Gerd. »Wir Schwaben sind doch geradezu prädestiniert dafür. Schon vom Namen her. Wir müssen's bloß probieren.«

»Ohne mich! Ich bin doch nicht blöd! Brööbs!«

Da krähte der Meersburger Michel: »Ich würde schon sagen, probieren sollten wir's mal. Einer muss doch den Anfang machen!«

»Hanoh«, brummte der Heilbronner Helmut, »probieren wir's mal.«

Der Eislinger Emil zupfte sich am Bart. »Aber wie?«

»Wir hocken uns einfach hin«, meinte der runde Gerd, »und stellen uns vor, wie es ist, wenn man schwerelos durch den Raum schwebt.« Dann humpelte er zum Fenster und ließ die Rollläden runter. »Im Dunkeln geht's gewiss besser. Am besten, wir machen die Augen zu.«

Eine Weile saßen sie mit geschlossenen Augen im Dunkeln. Da gluckste der runde Gerd. »Heidenei! Ich bin oben, ich hab geschwebt!«

Sie rissen die Augen auf: stockfinster. Als Willy das Licht anknipste, schaukelte der runde Gerd in seinem Sessel und blickte verklärt.

»Jetzt mach's noch mal bei Licht«, meinte der Rülpsofant.

»Bei Licht? Da geht's gewiss schwerer.«

»Bloß damit ich sehe, ob's stimmt.«

»Glaubst du's etwa nicht? Ich habe genau gespürt, wie ich abgehoben bin. Die Luft wurde ganz fest unter mir. Ich wollte nur immer nach oben, und schon ging's aufwärts.«

»Brööbs!«

»Du siehst doch, dass ich wieder unten hocke! Das ist der Beweis.«

»Du Fetz, du liedricher!« Der Eislinger Emil hob tadelnd den Zeigefinger. »Du willst uns wohl veräppeln!«

»Dann probiert's doch selber!«

Die sieben Schwaben setzten sich wieder und machten die Augen zu. Nach einer Weile meinte der Waiblinger Willy: »So geht's nicht. Ich hab Schiss, ich brech mir das Steißbein, wenn ich runterfliege.«

»Oha! Das ist nicht ungefährlich«, brummte der Heilbronner Helmut. »Wir sollten was drunterlegen.«

»Jetzt muss ich euch auch was zeigen. Aus dem Wochenblatt.« Der Allgäuer Albrecht zog ein zerknittertes Stück Zeitungspapier mit einem Foto aus der Hosentasche und zeigte es herum. »Die hocken im Schneidersitz und machen Weltmeisterschaften im ›yogischen Fliegen‹.«

»Brööbs! Die Balkan-Neger schreiben lauter Mist.«

»Siehst du denn nicht? Die hocken auf Schaumgummi. Das bräuchten wir auch. Und wir müssen ganz still werden, sonst geht's nicht.«

Der runde Gerd holte Kissen und Hirtenteppiche aus dem Schlafzimmer und legte den Fußboden aus. Als sie den Tisch zur Seite schoben, fiel ein Zettel zu Boden. Der Waiblinger Willy hob ihn auf und starrte ihn an. Die anderen setzten sich wieder, machten die Augen zu und wurden ganz still. Mitten in die Stille sagte der Waiblinger Willy: »Hört her, bevor ich's vergesse: Ich hatte vorhin den Punkt als Komma gelesen. Das heißt, bei den dreihundert Mark, die überwiesen werden, kommen bei jedem noch drei Nullen hinten dran.«

»Brööbs! Das hab ich gemeint: was Erhebendes!« Man hörte einen Bums, wie wenn jemand zur Erde fiel, und dann den Rülpsofant. »Hau! Ich hab geschwebt.«

»Du auch?«, krähte der Meersburger Michel. »Ich auch!«

»Und wie ich erst schwebe«, gluckste der runde Gerd. »Ich hab doch gesagt, wir müssen's bloß probieren.«

Die sieben Schwaben hoben und senkten sich quer über den Hirtenteppich und hüpften wie die Frösche. Da öffnete der runde Gerd das Fenster und schwebte hinaus. Und wie sie ihn schweben sahen, dachten sie an die Kosten der Rückfahrt und schwebten ihm nach in alle Himmelsrichtungen: zu den Gelbfüßlern und zum Balkan, zum Schwäbischen Meer und zum Allgäuer Bergkamm am Ende der Welt. Und bis dort, wohin sie schwebten, erstreckt sich bis heute das Schwabenreich mit seiner Hauptstadt Hanoi.

Alle sahen gespannt auf Jean-Claude, der sicher gleich Einspruch erheben und Dagobert als Lügner überführen würde. Aber weit gefehlt. Jean-Claude stand auf, öffnete das Fenster und schaute hinaus, als sehe er den schwebenden Schwaben nach.

»Dagobert, ich glaub dir jedes Wort«, prustete er hervor. »Du hescht mich überzeugt. Auch ein Buchhalter kann nit immer nur Zahlen biegen. Manchmal muss er Worte biegen, damit die Zahlen wieder stimmen.«

Ich strahlte Dagobert an. Was mir bisher nicht gelungen war, hatte er anscheinend mühelos durch Buchhalter-Seelenverwandtschaft erreicht. Eigentlich wäre er der ideale Verlierer. Als Millionär bräuchte er dafür höchstens in die Portokasse zu greifen. Vielleicht konnte er gerade deshalb so frei drauf los fabulieren. Er hatte zwar nicht in Ich-Form erzählt, aber er hatte als Waiblinger Willy jahrelang unsere GmbH geleitet und die jährliche Gewinnausschüttung veranlasst. Alle sieben Schwaben waren uns wohlbekannt und zum Teil sogar anwesend.

Ich schaute zum Allgäuer Albrecht hinüber, aber der machte ein so süßsaures Gesicht, dass ich bezweifelte, ob sich Schwaben genauso stolz für Witze hergeben würden wie die Ostfriesen, die an Touristen als ostfriesisches Souvenir sogar Tassen mit Innenhenkel verkauften. Im Grunde hatte Dagobert kaum übertrieben. War ihm Jean-Claude vielleicht deshalb so wohlgesonnen, weil ihm die Situation aus dem Alltag vertraut war? Oder betrachtete er Dagobert wegen seines Kontostandes als immun? Reiche unter Reichen? Sie schieben sich doch gegenseitig nicht den Schwarzen Peter in die Schuhe.

»Seg amol, Dagobert«, sagte Jean-Claude in diesem Augenblick. »Eine Sache kam mir aber nüt richtig vor: Seit wann heischt die Hauptstadt vom Schwabenreich Hanoi?«

»Ja wie?«, tat Dagobert erstaunt. »Hescht du das nit gewusst? Wo bischt'n du in die Schule gange? Wie soll sie denn sonst heißen?«

»Ich habe viel mit Schwaben zu tun. Aber Hanoi hab ich noch nie gehört. Alle sagen Hanoh!«

»Das kommt drauf an, was einer sagen will und wo er herkommt.«

»Ja, das kann ich bestätigen«, mischte sich Sascha, unser Schauspieler ein. »Ich wohnte als Junge mal an der Schweizer Grenze. Unser Latein-lehrer zitierte immer den Anfang der Odyssee auf alemannisch:

Anne-Maríele gang ússe go lúrge ob's Rósmarie bóllert.

Als Eselsbrücke für das griechische Original:

Andra moi énnepe, Músa, polytropon, hós malla pólla.«

»Wo hast du eigentlich noch nicht gewohnt?«, fragte Dagobert.

»Da gibt es so einige Fleckchen«, meinte Sascha. »Zum Beispiel im Innern der Erde. Aber da hätte ich mich bestimmt mehr zuhause ge-fühlt als in dem badischen Nest, wo mich die Dorfjugend überfallen wollte, nur weil ich ein Fremder war. Wenn ich damals nicht ...«

»Halt!«, rief Dagobert. »Warte bitte bis morgen. Morgen Abend kommen wir zu dir, bringen was zu trinken und zu knabbern mit, und du erzählst.«

»So sei es«, sagte Sascha.

Auf dem Heimweg durch den nächtlichen Wald überlegte ich, dass ich mit dem bisherigen Geschichtenwettbewerb eigentlich ganz zufrieden sein konnte. Immer wieder fand sich überraschend ein neuer Erzähler. Auf dem »BEAR PAW TRAIL« kam mir folgender Haiku in den Sinn:

> *Bärentatze im Boden.*
> *Jetzt der Mensch.*
> *Wer kommt als Nächster vorbei?*

Am nächsten Abend saßen wir alle dicht gedrängt in Saschas Bude und lauschten seiner Geschichte.

Fremder im Dorf – von Sascha

ch nahm das verzinkte Kabelrohr zusammen mit der leeren Kanne in die Linke und schwang mich aufs Rad. Eine Viertelstunde früher als sonst. Um diese Zeit war es noch hell, ich konnte die Böschung gut sehen. Bevor die Böschung begann, hatte ich nichts zu befürchten. Da ging die Straße frei durch flaches Feld. Zwei Kilometer bis ins Oberdorf. Wie lang sich diese Strecke heute hinzog!

An der Kurve mit den Büschen, wo die Wiese absank, suchten meine Augen den Straßenrand ab. Hier, dachte ich, war die Gefahr am größten. Im Gebüsch, im Straßengraben, hinter der Böschung hatten gut und gerne dreißig Kerle Platz.

Alles blieb still. Das Schlimmste war geschafft!

Bei der Brücke über den Ehrenbach fuhr ich genau auf dem Mittelstreifen, möglichst weit vom Geländer entfernt. Darunter konnten fünfzehn Kerle auf mich lauern.

Wieder blieb alles ruhig. Hatte sich Hedi verhört?

Jetzt die Rechtskurve, die an den Waldrand stieß. An dieser Stelle hielt ich einen Überfall für unwahrscheinlich. Nach dem Ortsschild standen schon die ersten Häuser, dann kam der Hof vom Bauer Isele. Erleichtert fuhr ich durch die Torfahrt, lehnte mein Rad an die Wand und trat in den Flur.

»Und?« Hedi nahm mir die Milchkanne ab.

»Alles friedlich wie immer.«

Hedi verschwand mit der Kanne und brachte sie kuhwarm zurück. »Aaf'm Hoimweg«, meinte sie. »I kenn den Joschi.«

»Danke«, sagte ich. »Wenn du nicht wärst …«

Hedi wurde rot. Sie sah aufs Kabelrohr. »Und wos isch des?«

»Mein Blasrohr.«

»Des bringt nix. So was hent die aach. Bloib lieber hier.«

»Spinnst du? Dann denken die …«

»Na und? Du bischt nur oiner gege vierzik, fuchzik«
»Aber warum? Was hab ich denn getan?«
»Du bischt halt fremd un gohscht wo andersch in die Schul. Pass acht!«
»Mach ich. Bis morgen.«
»Hoffentlich!«

Hedi berührte meine Hand und schaute zu, wie ich mein Rad durchs Tor schob und davonfuhr.

Mit der vollen Kanne fuhr ich unbeholfener. Das Blasrohr in der Linken, die Kanne in der Rechten, hielt ich mich steif am Lenkrad fest. Am Dorfrand war die Dämmerung hereingebrochen. Mein Blick glitt nervös am Waldsaum auf und ab. Nach der Kurve kam die Wiese, düster, schwarz. Kalter Wind zog mir durchs dünne Hemd. Bei der Brücke fuhr ich wieder auf dem Mittelstreifen. Wenn ich unbehelligt bis zur nächsten Kurve käme, hätte ich's geschafft.

Wie aus dem Boden geschossen standen sie quer auf der Straße.

Dreißig Schritte vor mir. Sechs, acht düstere Gestalten. Ich hörte meinen Herzschlag. Der Kraftprotz in der Mitte musste Joschi sein. Zehn Schritte vor der Straßensperre hielt ich an. Der Dicke lachte heiser.

Zwanzig Augenpaare starrten aus der Böschung. Ob sie das Schlottern meiner Knie sehen konnten? Keiner sprach. Sie glotzten nur. Ein Lampenstrahl blitzte auf, blendete mich.

Die Fahrradstange zwischen den Schenkeln, hängte ich die Kanne so gelassen wie möglich an den Lenker und hielt mein Blasrohr hoch. Das verzinkte Metall glitzerte im Schein der Lampe.

»Wisst ihr, was das ist?«

Joschi winkte lässig mit der Hand. Wie auf Kommando hob jeder sein Blasrohr hoch und legte auf mich an. Lauter Rohre aus ausgehöhltem Holunderholz.

Langsam, wie gelähmt, griff ich in die Tasche, zog einen Blasrohrpfeil heraus und hielt ihn hoch: ein Streichholz, mit Stecknadel verlängert und am Übergang mit Klebeband so dick umwickelt, dass der Durchmesser genau das Rohr ausfüllte. Drei solcher Pfeile hatte ich dabei.

Joschi lachte, gab den anderen ein Zeichen. Alle hielten ebensolche Pfeile hoch, steckten sie ins Mundstück ihres Blasrohrs, grinsten hämisch. Anscheinend hatten sie ebenfalls die Bastelecke im Sternchen mit der Anleitung für Blasrohr und Pfeile gelesen.

Mir wurde mulmig in der Magengrube. Schon sah ich mich im Bachbett liegen, Hals und Beine gebrochen, Kopf unter Wasser, ertrunken. Schlagzeile: Sturz im Dunkeln.

Was hatte ich dieser Horde nur getan? Was konnte ich dafür, dass wir wie Nomaden von einer Gegend in die andere zogen, von Unterfranken in die Schweiz, von dort ausgewiesen wegen Überfremdung, und jetzt in diesem Nest an der Schweizer Grenze wohnten? Dass ich, statt Fußball zu spielen, lieber Marionetten bastelte und Bühnenbilder malte? Waren sie neidisch, weil ich in Waldshut aufs Gymnasium ging und sie die Dorfschule besuchten? Sie glaubten wohl, ich käme mir als was Besseres vor. Was half mir jetzt das ganze Bücherwissen? Plötzlich kam mir eine Geschichte aus Afrika in Erinnerung.

Ich sah auf die Nadelspitze des Pfeils in meiner Hand. Im Licht der Taschenlampe blitzte sie gelblich. »Seht ihr diese gelbe Spitze?«

Das war neu. Wo gab es Stecknadeln mit gelber Spitze? »Wisst ihr, was das ist?«

Das fragte ich mich selbst. Ich schaute in die starrenden Gesichter, bis ich die Antwort wusste: »Schlangengift! Aus Afrika.«

Joschis Lampenstrahl blieb fest auf mich gerichtet.

»Wer das abkriegt, der ist eine Woche lang gelähmt.«

Gemurmel. Drei aus der Sperre traten außerhalb der Schussweite.

Ich schöpfte Mut, griff wieder in die Tasche, hielt den zweiten Pfeil ins Licht. »Und hier, die rote Spitze!« Ich drehte sie nach allen Seiten, zeigte sie nach links und rechts und wusste, das keiner erkennen konnte, ob sie rot war. »Wer die abkriegt, der kann einen Monat lang nicht reden und nicht schlucken. Kehlkopflähmung!«

Der neben Joschi wollte sich verdrücken. Joschi hielt ihn fest: »Der blufft doch bloß!«

»Tja!« Betont langsam kramte ich den dritten Pfeil aus meiner Hosentasche. »Wenn alles nur Bluff ist, dann haut dich auch der grüne Pfeil nicht um. Mein großer Bruder hat das Zeug erst letzte Woche aus Afrika mitgebracht, von einem Medizinmann in Swasiland.« Mein Bruder, der gerade Abitur machte, hatte uns in den Ferien besucht, jeder im Dorf hatte den bärtigen Hünen gesehen. Er lernte Suaheli und wollte nach dem Abitur nach Afrika. »Er sagt, den mit der grünen Spitze darf ich nur im Ernstfall schießen, nur aus Notwehr.«

Bedächtig steckte ich den grünen Pfeil ins Rohr. »Wer den abkriegt, der spürt am Anfang nichts als einen Pieks und bleibt drei Wochen ganz normal. Dann kriegt er Fieber, Schreikrämpfe und rote Flecken.« Fast glaubte ich es selbst. Über dem Lichtstrahl suchte ich nach Joschis Augen. »Und eine Woche später ist er tot. Aber beweisen, dass es an dem Gift lag, kann man nicht. So sagt mein Bruder. Ob's stimmt, das wissen wir erst nächsten Monat.«

Ich legte das Rohr an die Lippen und zielte auf Joschis breite Brust.

Totenstille. Keiner rührte sich. Lautlos erlosch die Taschenlampe. »Giftmischer!«, fauchte Joschi. »Hau bloß ab, du feige Sau!«

Nichts war mir lieber. Als ich mit schlotternden Knien an Joschi vorbeifuhr, schoss mir ein Schwall ohnmächtiger Wut entgegen. Er ahnte, dass kein Gift an meinen Pfeilen war. Aber die Ungewissheit war zu groß.

Auf dem Heimweg wurde mir klar: Er schämte sich! Ich hatte zwar weniger Muskeln, dafür aber mehr Köpfchen und vor allem: Fantasie.

Und ich war sicher, er würde es nicht noch einmal wagen,
eine solche Schlappe zu erleben. Tatsächlich wurde
ich, solange wir an der Schweizer Grenze
wohnten, nie mehr von der
Dorfjugend
belästigt.

»Wann und wo war daas?«, fragte Jean-Claude.

»Ich war dreizehn«, überlegte Sascha, »also war es 1958, in einem Ort an der Wutach, eine Dreiviertelstunde Zugfahrt bis Waldshut. Den Ort sag ich lieber nicht, sonst fühlt sich Joschi verraten. Ich nehme an, er lebt dort heute noch. Die Dorfbewohner sind sehr bodenständig.«

»Vielleicht ist er inzwischen Bürgermeister oder noch höher aufgestiegen«, meinte Jean-Claude. »Er hat ja genau das getan, womit Regierungen ihren Machtanspruch untermauern: ein Feindbild erschaffen.«

»Und ich musste dafür herhalten.« Sascha sah ihn zornig an.

»Wer der Feind ist, spielt überhaupt keine Rolle. Du hast ja vor aller Augen bestätigt, was für ein gefährlicher Bursche du warst, mit chemischen und biologischen Massenvernichtungswaffen, die alle bedrohten.«

»Jetzt übertreibst du aber.«

»Schau dir doch nur die Nachrichten an. Jede Regierung braucht Feindbilder. Seit der Kommunismus zerfallen ist, suchen die Amerikaner verzweifelt einen neuen Feind und bauen systematisch den Islam als neues Feindbild auf, unter dem Vorwand des ›cultural clash‹.«

»Aufbauen? Über Terror-Anschläge muss man doch berichten.«

»Auf der Bühne siehst du immer nur die Schauspieler, nie den Regisseur. Den erkennst du erst, wenn du dich fragst: wem nutzt es – *cui bono*? Für die Dorfjugend warst du keine Bedrohung, aber für Joschi.«

»Wieso? Ich kannte ihn doch gar nicht. Außerdem sind wir bald wieder weggezogen.«

»Das konnte er aber nicht wissen. Du warst intelligenter als er und hättest ihm die Führung streitig machen können. Die Schweiz konnte euch wegen Überfremdung ausweisen, er aber nicht. Der Überfall war seine logische Abwehrreaktion. Lies mal ›Verdammter Friede‹ von Leonard Lewis, da gehen dir die Augen auf.«

»Also bitte, meine Herren!« Es war Fridolin mit dem Mozartschopf, der sich einmischte. »Ihr philosophiert hier rum. Was soll die Stammtischpolitik? Lasst uns lieber Geschichten hören.«

»Hast du eine auf Lager?«, fragte ich.

»Ich? Wie kommst du darauf?« Fridolin strich sich mit der Hand übers Gesicht, kräuselte die Stirn und gab ein näselndes Gebrumm von sich. Plötzlich öffnete er Mund und Augen, als durchzucke ihn ein Geistesblitz. »In der Jugend! Genau! Da hab ich was erlebt, das könnte ich euch erzählen. Ich lernte gerade lesen und schreiben, da bekam ich kurz vor Weihnachten mein erstes …«

»Moment!«, rief ich. »Wie wäre es, wenn wir morgen zu dir kommen, was zu trinken und zu knabbern mitbringen, und du erzählst?«

»Bei mir? So viele passen doch gar nicht in mein Zimmer.«

»Platz finden wir schon. Und du spielst was auf der Geige vor. Wo ist eigentlich Benjamin mit seiner Bratsche?«

»Benjamin? Ja wo bleibt der bloß? Der wollte längst hier sein. Es heißt, er ist auf dem Wege.«

»Das scheint ein langer Weg zu sein. Seit Monaten heißt es, er ist auf dem Wege.«

»Ich schreib ihm heute mal und frage, wann er kommt.«

Fridolin war erster Geiger im Kammerorchester Hannover gewesen, bevor er sich unserer Gruppe angeschlossen hatte. Zu festlichen Anlässen hatte er oft mit Benjamin klassische Musik zum Besten gegeben.

Am nächsten Mittag begegnete mir Dagobert auf dem Weg zur Quelle. Ich begleitete ihn und schilderte ihm Oskars Begeisterung fürs Diamantensuchen. Außerdem gäbe es im Umkreis von 50 bis 90 Meilen mehrere Plätze, wo man nach Gold und Edelsteinen suchen dürfe.

Als wir im Restaurant ankamen, erklang vom Speisesaal Fridolins Geige. Oskar saß am reich geschmückten Millionärstisch vor seiner Geburtstagstorte und strahlte wie eine Glühbirne. Hinter ihm hing ein Banner: WILLKOMMEN IM MILLIONÄRSKLUB, LIEBER OSKAR.

»Wie?«, fragte Dagobert. »Bist du jetzt auch bei den Träumern?«

Oskar zeigte ihm stolz den Beleg für die Anmeldegebühr zum Klub.

»Schade ums Geld«, sagte Dagobert und zückte seine Brieftasche. »Hier hast du einen echten Hunderter. Und für heute Nachmittag lad ich dich zu einer Spritztour ins *Emerald Village* ein, eine Autostunde von hier. Zieh dir alte Klamotten an, es hat dort stark geregnet.«

Am Abend bei Fridolin fehlten Oskar und Dagobert.

»Ich konnte heute Nacht nicht schlafen«, begann Fridolin, »und hab an Benjamin geschrieben, damit er zurück kommt. Wollt ihr das hören, Jungs?«

»Was ist mit dem Erlebnis aus der Kindheit?« fragte ich.

»Ja, gut. Erst das singende Paket. Dann der Brief an Benjamin.«

Fridolins Beweis – von Fridolin

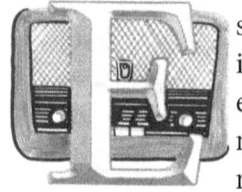s kam mit der Morgenpost. Ein ganz normales Paket in braunem Packpapier mit derber Schnur. Ich nahm es entgegen und entzifferte den Absender: »Weih-nachts-mann.« Nanu? Von dem bekamen doch meine Eltern keine Post. Jetzt las ich Silbe für Silbe den Namen des Empfängers, wobei ich lautlos Lippen und Zunge bewegte: »Fri-do-lin!« Ich hatte ein Paket bekommen! Mit echter Briefmarke und Stempel! Zum ersten Mal, seitdem ich lesen konnte.

Ich legte die Stirn in Falten wie mein Papa, wenn er Post bekam, lief in mein Zimmer, fegte den ganzen Kinderkram vom Tisch und stellte meinen neuen Schatz darauf. Ich betastete ihn von allen Seiten. Da! Ein Knacken. Leise, aber deutlich klang eine Stimme aus dem Paket: »Und jetzt singen wir gemeinsam: ›*O du Fröhliche*‹.«

Gemeinsam? Ob Papa und Mama jemals Post bekamen, die singen konnte? Seltsam. Aber als das Lied ertönte, sang ich mit.

»Und jetzt packen wir Geschenke aus«, klang es aus dem Paket. »Vorsicht! Nur die Schnur durchschneiden, nicht die Finger!« Mit der Scherenspitze löste ich behutsam den Knoten, um die Kordel nicht zu beschädigen, und schlug das Packpapier beiseite. Jetzt stand vor mir ein Paket, eingewickelt in Geschenkpapier mit Goldschnur. Engel spielten darauf Harfe und Trompete. Wieder erklang die Stimme: »Heute sitzen wir zusammen mit den Allerkleinsten hier im Rundfunk ...«

Oh! Meine Bestellung vom Wunschzettel: ein eigenes Radio, mit dem ich machen konnte, was ich wollte. Bei dem alten Radio von Opa durfte ich immer nur zuhören. Manchmal auch den Ton ganz laut drehen an dem Knopf, in dem mein Spiegelbild eine riesige Knollennase bekam, wenn ich nahe heranging. Oder an dem Knopf spielen, bei dem das magische, grüne Auge größer und kleiner wurde, wenn der Ton wechselte. Aber das Wichtigste, das Allerwichtigste durfte ich nie.

Schnipp schnapp. Im Nu war die Goldschnur durchgeschnitten, das Engelspapier aufgerissen, der Pappkarton auf den Tisch gestülpt, und schon lag das Radio auf dem Bauch. Ich wühlte in der Schublade, bis ich gefunden hatte, was ich suchte: meinen Schraubenzieher.

Bei Opas Radio hatte ich durch
die Löcher der Rückwand eine ganze
Stadt entdeckt, mit silbernen Häusern
und Türmen aus Glas, in denen gelbe
und rötliche Lichter brannten. Wenn
jemand Geige spielte, konnte ich genau erkennen, aus welchem Turm sie
erklang. Im linken Türmchen hing
oben die Triangel, im rechten stand
unten das Xylophon. Die silbern ver-
zierten Glastürme hatten ein rundes
Dach mit Blitzableiter. Ein warmer
Dunst kam aus der Rückwand, der
eigenartig roch. Nur die Spieler hatte
ich bisher nie entdeckt. Das mussten

winzige Wichtel sein, nicht größer als Marienkäfer oder Bienen. Aber
mein Papa glaubte mir nicht. »Im Radio sitzen keine Wichtel«, sagte er.
»Die Musik wird im Orchestersaal gespielt.«

Endlich war die Rückwand aufgeschraubt. Huch? Keine Türme aus
Glas, keine Triangel, kein Xylophon! Alles war viel kleiner als in Opas
Radio und aus Metall oder Plastik.

»Na, hast du deine Wichtel schon entdeckt?« Mein Papa war leise ins
Zimmer getreten. »Wo sitzen sie denn?«

Ich schaute in den Kasten und zeigte auf den großen runden Bau mit
schrägem Dach. »Hier.«

»Komisch. Ich sehe keine Wichtel. Hab wohl meine falsche Brille
auf.«

»Die kannst du nicht sehen. Die sitzen doch innen drin.«

»Und wieso gerade dort?«

»Na, weil da die Musik raus kommt. Aus dem Orchestersaal.«

»Für mich ist das ein Lautsprecher. Die Musiker sitzen woanders.«

»Wo sollen die denn sein?«

»In einem richtigen Orchestersaal. Der Flügel, den du gerade hörst,
ist größer als unser Klavier.«

»Und wie kommt die Musik ins Radio?«

»Über die Drahtspule hier. Das ist die Ferrit-Antenne. Der Ton wird
übers Mikrofon in elektrische Schwingungen verwandelt und von ei-

nem Funkturm aus als Radiowellen gesendet. Die werden von der Antenne empfangen, als Strom verstärkt und kommen als Ton aus dem Lautsprecher.«

Ich beäugte erst die Drahtspule, dann den Lautsprecher. »Aber wie kommt der Ton ins Radio?«

»Hab ich doch grade gesagt. Über ein elektromagnetisches Feld. Stell dir vor, in einem Teich liegt eine Muschel. Am anderen Ende schlägt jemand mit einem Stock Wellen, die breiten sich über den Teich aus und bringen die Muschel zum Schaukeln. Genauso ist das mit den Radiowellen, die der Funkturm sendet. Sie bringen die Lautsprecherwände in Schwingung, die den Ton in der Luft erzeugen.«

Ich bestaunte den Zauberkasten. Außen war er mit bunten Märchenbildern bedruckt: eine Fee, ein Zauberer, ein Froschkönig. Konnte das Radio ohne Wichtel Musik machen? »Aber wenn im Radio keine Wichtel sind, warum gibt's dann diese ganze Stadt?« Ich betrachtete die grüne Platte mit den vielen Türmen und Gebäuden. »Die Häuser sehen aus wie in der Nordstadt.«

Mein Papa schaute in den offenen Kasten. »Häuser? Wo denn?«

Ich zeigte auf die schwarzen und silbernen Flachbauten. »Hier sind die Fabriken und Lagerhallen.«

Mein Papa schüttelte den Kopf. »Das sind Aluminiumkästen mit elektronischen Bauteilen. Und das Schwarze sind Schaltkreise.«

»Und in diesen Häusern wohnen die Wichtel.« Ich zeigte auf die kleinen, hohen Würfel.

»Unsinn. Das sind Kondensatoren und Spulen.«

»Und hier sind Öltanks wie in unserem Heizungskeller.«

»Die liegenden Würste? Das sind Widerstände.«

»Und die hellblauen Wassertürme?«

»Das sind Transistoren. Die dicke, schwarze Spule ist ein Trafo, und das hier der Drehkondensator. Damit stellst du den Sender ein.«

Papa drehte an einem Knopf und zeigte auf ein rundes Teil aus vielen silbernen Scheiben, die sich gegeneinander bewegten wie Spielkarten beim Mischen. Plötzlich war die Musik weg, und eine Männerstimme sagte: »Nun die Meldungen zur Verkehrslage.«

Verdutzt schaute ich in den Kasten. Da entdeckte ich einen zweiten Rundbau mit schrägem Dach. Von dort sprach der Mann: »Zwischen Gütersloh und Kreuz Bielefeld zwei Kilometer Stau.«

Ich überlegte. »Papa! Wenn im Radio keine Wichtel wohnen, wozu sind dann überall die Straßen da?«

»Das sind Leiterbahnen, in denen der Strom fließt.«

»Ich sehe aber kein Wasser!«

»Elektrischen Strom siehst du nicht.«

Ich drehte an demselben Knopf, an dem mein Papa gedreht hatte, und sah, wie sich die Metallscheiben bewegten. Plötzlich waren wieder Weihnachtslieder zu hören. »Papa? Du hast doch gesagt, es gibt im Radio keine Wichtel, weil du sie nicht sehen kannst.«

»Genau.«

»Also gibt's auch keinen Strom und keine Radiowellen.«

»Warum nicht?«

»Weil du sie nicht sehen kannst.«

»Nee, nee, so einfach ist das nicht. Du kannst die Radiowellen zwar nicht sehen, aber du hörst die Musik.«

»Die machen doch die Wichtel. Vorhin haben sie selber gesagt, dass sie hier drin sitzen. Da: jetzt reden sie wieder.«

»Sie hörten: Wichtel machen Musik. Der Wichtelchor und das Heinzelmann-Rundfunkorchester brachten weihnachtliche Weisen für die Kleinsten. Und jetzt wünschen alle, die heute hier im Rundfunk versammelt sind, unseren Zuhörern da draußen:
Fröhliche Weihnachten!«

»Und?«, fragte Jean-Claude. »Konntest du deinen Papa überzeugen?«

»Hm!« Fridolin verzog die Unterlippe und stierte Jean-Claude an, als hätte er die Frage nicht gehört. Dann stand er auf, öffnete den Geigenkasten und stimmte die Seiten. »Und jetzt, meine sehr verehrten Damen und Herren, wertes Publikum, hören Sie Wolfgang Amadeus Mozarts Kleine Nachtmusik, gespielt auf einer echten Stradivari.«

»Damen?« rief Gregorius. »Ja wo sind sie denn?«

Alle lachten, denn unser Resort war in zwei Lager geteilt: Die Damen wohnten einige Kilometer tiefer im Tal.

Fridolin überhörte das Lachen. Er stellte sich an die Tür, die einzige Stelle, wo niemand saß, legte die Geige ans Kinn und strich mit dem Bogen über die Seiten, die den Raum sofort mit Schwingung füllten, ganz ohne Radiowellen und Antenne.

Nicht nur die Luft war mit Musik erfüllt. Während des Spiels wurde aus Fridolin ein völlig anderes Wesen. Vor uns stand kein Mensch mehr, sondern ein Violinschlüssel auf Notenlinien. Seine Arme und Hände wurden zu Viertel-, Achtel- und Sechzehntelnoten, seine Bewegungen zum Bindebogen, seine tanzende Hand zu Staccato-Punkten, sein wippender Fuß zum Taktstrich. Sein Gesicht bestand nur noch aus geschlossenen Augen und wehendem Haar. Fridolin war zur verkörperten Musik mutiert.

Als die Musik verklang und der Augenblick der Stille eintrat, verdichtete er sich langsam wieder zu einem Menschen aus Fleisch und Blut, der sich artig zum Applaus verbeugte. Sein Mund verzog sich zu einem breiten Smiley. Mit der rechten Hand grüßte er sein Publikum, als winke er mit dem Hut.

»So, nun aber Schluss mit dem Theater. Jetzt müsst ihr euch noch die Geschichte anhören, die ich für Benjamin geschrieben habe.«

»Moment mal«, rief ich, »eine Geschichte pro Tag.«

»Ach was«, wimmelte er mich ab. »Das muss jetzt sein, wo ihr schon mal hier seid. Ist ja nur ein Brief. Ich würde gerne wissen, ob ihr meint, dass ihn die Geschichte herlocken wird oder nicht.«

»Herlocken? Okay, dann schieß los«, sagte Jean-Claude.

Grashüpfer Benjamin – von Fridolin

rashüpfer Benjamin saß am liebsten in einem großen, duftenden Heuhaufen und zirpte auf seiner Bratsche so vor sich hin. So ganz in sich selbst vergessen sank er nämlich beim Zirpen immer tiefer und tiefer in den Heuhaufen und hörte schon längst nicht mehr die Bratsche, nein, die Klänge, die er hörte, kamen von weit, weit her, aus einem fernen, hellen Himmel, und eine sanfte Stimme sang zu seiner Melodie, und Lyra, seine geliebte Muse, stieg aus den Wolken herab, setzte sich zu ihm und gab ihm als Dank für seine schönen Weisen einen Kuss auf die Stirn. Das mochte er sehr, und darum saß er am liebsten tief in seinem Heuhaufen versunken und zirpte seine Weisen vor sich hin.

Wenn es aber Abend wurde und Lyra ihn verlassen musste, sah sie ihm jedes Mal mit einem stillen, wehen Blick in die Augen. »Wenn du einmal nicht mehr für mich spielst, dann weiß ich gar nicht, was ich machen soll.«

»Hab keine Sorge. Ewig werd ich für dich spielen. Ewig. Das ist doch das Schönste auf der Welt.« Und zum Zeichen seiner Treue nahm er den Siegelring, den er von seinem Vater geerbt hatte, und steckte ihn seiner Lyra an den Finger.

Eines Tages, es war Frühling, als die Morgenröte noch den Tau von den Gräsern wischte, hatte Benjamin so großen Hunger, dass er weit in die Wiese hinaus sprang bis an den Bach, wo das Kraut besonders grün und würzig roch. Da wehte ein Wind vom anderen Ufer und brachte den Duft der Butterblumen herüber. Butterblumen roch er für sein Leben gern, und er sah die frischen Blüten drüben stehen. Aber der Bach war zu breit für einen Hüpfer wie ihn.

Als er seine Nase in den Wind hielt und mit geschlossenen Augen den Duft einsog, raschelte es neben ihm im Gras, und eine junge, noch ganz helle grüne Grille hüpfte neben ihn und hielt ihm eine frische Butterblume hin. »Willst du mal probieren? Ich hab ganz viele davon.«

»Ganz viele Butterblumen?« Benjamin konnte es nicht fassen. »Und ich darf dir beim aufessen helfen?«

»Freilich. Für wen habe ich sie denn gepflückt? Etwa, um sie ganz alleine aufzuessen?«

Benjamin war begeistert. Die kleine Grille duftete selber wie eine Butterblume und war auch genauso hellgrün. Sie führte Benjamin auf ihre Wiese, und nun hatte das Schnabulieren kein Ende mehr. Benjamin fühlte sich so wohl in ihrem frischen, duftigen Versteck, dass er gar nicht mehr an seinen alten Heuhaufen und seine alte Bratsche denken mochte.

»Wenn du willst, kannst du morgen wiederkommen«, zirpte sie.

»Mal sehen«, brummte Benjamin, sagte »Auf Wiedersehen« und machte sich hüpfend auf den Heimweg.

Aber der Duft der Butterblumen wurde schwächer und schwächer, und als er kaum noch zu riechen war, konnte Benjamin beim besten Willen nicht mehr weiter springen. Er drehte sich um, setzte sich auf einen hohen Halm, schnüffelte in Richtung Wasserrand und atmete den letzten gelben Duft, der manchmal stärker, manchmal schwächer durch den Wind herüber wehte. So kam das Abendrot, und Benjamin schlief auf dem Halm ein, die Nase ausgestreckt in Richtung Butterblumen.

* * *

Schon viele Monde ist es her, dass Benjamin im Heuhaufen gezirpt hat. Anfangs konnte Lyra es nicht glauben. Sie saß auf ihrem weißen Himmelssitz und lauschte sorgfältig auf jede Geige, jede Bratsche, die ertönte. Da gab es Tausende und Tausende von Weisen. Da gab es große Meister, die virtuos und mit dem letzten Schliff um Lyra warben. Jeder hatte seine Stimme, seinen Ton, jeder brachte seine eigne Liebesweise. Aber ach, die schönste Weise war nicht mehr zu hören.

Das Zirpen Benjamins, das sie aus Tausenden von Melodien hörte, zu dem sie selber so gut singen konnte, fehlte. Die erste Stunde, da es fehlte, der erste Tag, dauerten für Lyra eine Ewigkeit. »Vielleicht hat er verschlafen«, dachte sie. »Vielleicht ist er gerade noch beim Essen.« So tröstete sich Lyra von einer Morgenstunde auf die nächste, bis der Mittag kam. Viele Geigen, Zimbeln, Leiern tönten aus dem großen Heuhaufen zum Himmel, aber diese einfache und zarte Weise, die so selbstvergessen vor sich hin strich, fehlte.

Der erste Tag verging, doch Lyra hoffte noch. »Vielleicht hat er sich gestern das Gelenk verknackst.« Die erste Woche strich dahin, doch Lyra hoffte noch. »Vielleicht hat er sich einen Arm gebrochen.« Der erste Mond verstrich, doch Lyra hoffte noch. »Wer weiß, vielleicht ist er schon wieder fast gesund und fängt schon morgen wieder an zu zirpen.«

* * *

Etwa einen Mond nach Sommeranfang war es, da tönten eines frühen Morgens laute Hochzeitsgeigen aus dem Buttertal. Nun, Hochzeitsgeigen tönen alle Tage, und Lyra hörte sie normalerweise gern. Aber als sie heute diese Hochzeitsgeigen hörte, wurde ihr dabei ganz anders. Irgend etwas an dem Ton erschreckte sie. Aus dem Heuhaufen ertönten immer noch die alten Melodien. Benjamin war wieder nicht dabei.

Nur eine hell tönende Zither erkannte sie. War das nicht der alte Grashüpfer der Benjamin oft auf der Zither begleitet hatte?

In Windeseile öffnet Lyra ihren Himmel und steigt, so schnell sie kann, zu ihm herab. »Du musst mir helfen«, ruft sie. »Benjamin, wo ist er bloß geblieben?«

»Mach dir keine Sorgen, Lyra. Er ist auf Reisen und kommt nächste Woche wieder.«

»So? Nächste Woche? Bist du sicher?«

»Na ja, er wohnt im Augenblick im Buttertal. Er ließ uns melden, er sei nächste Woche wieder hier.«

»Wie lange ist das her?«

»So drei, vier Monde wohl.«

»Dann müsste er doch längst schon wieder hier sein.«

»Ja, komisch, da hast du eigentlich Recht. Wie kommt es nur, dass er so lange weg bleibt?«

»Seit heute morgen klingen Hochzeitsgeigen aus dem Buttertal. Kannst du mir sagen, was das heißen soll?«

»Nein, Lyra! Das kommt nicht in Frage. Dafür sorge ich. Er hat dir doch den Siegelring gegeben!«

»Beeil dich. Hier, nimm dieses Blatt und gib es ihm.«

Mit zitternden Fingern schrieb Lyra zwei Worte auf ein Blatt und drückte ihren Siegelring darauf. Dann nahm sie dem alten Freund die Zither aus der Hand. »Beeil dich. Es ist höchste Zeit. Ich bleibe hier und achte auf die Zither.«

»Was hast du denn geschrieben?«

»*Ni vartadhvam*«, sagte sie, »komm zurück!«

So machte sich der Zitherspieler mit Lyras Nachricht auf den Weg.

Ob er Benjamin noch rechtzeitig erreichte?

Wer kann das sagen? – Nur die

Zukunft wird es

zeigen.

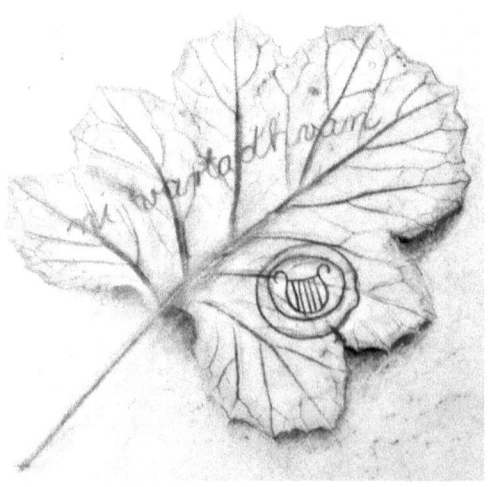

»Hast du Grüße von uns dazugeschrieben?« fragte Jean-Claude.

»Hm.« Fridolin ging mit der Geige zur Tür und öffnete sie. Kühle, würzige Waldluft wehte ins Zimmer. »Kinnings, hier muss mal gelüftet werden. Zum Ausklang ein paar sommerliche Klänge aus Vivaldis Vier Jahreszeiten. Bitte nehmt eure Flaschen und Keksschachteln wieder mit. Ich bin nicht euer Butler, der euer Partychaos aufräumt. Und wer noch durch den Wald muss«, er hob den Zeigefinger mahnend in die Höhe, »bitte nicht auf Schlangen treten! Genießt das Konzert der Grillen und Baumfrösche. Ich danke euch fürs Zuhören und wünsche euch eine erholsame Nachtruhe.«

Nach den Vivaldiklängen trat ich ins Freie, lauschte dem lauten Gezirpe und roch die Würze des Waldes. Auf dem Weg in mein Zimmer kam mir ein neuer Haiku in den Sinn.

> *Zirpen des Regenwaldes.*
> *Nacht für Nacht.*
> *Was ist der Grillen Gespräch?*

Donnerstag, 30. August 2001 – Gestern kam Dagobert erst gegen Abend vom Goldgräbertrip zurück. Neben Geburtstagskind Oskar waren Pierre und Gregorius mitgefahren. Alle stiegen ziemlich verdreckt aus dem Wagen. Aber ihre Gesichter sprachen Bände. Oskar war total aus dem Häuschen. »Hast du gut gemacht«, rief er mir zu, als er ausstieg.

»Was hab ich gut gemacht?«

»Dagobert hat mir alles erzählt.«

»Was hat er erzählt?«

»Dass der Tipp von dir kam. Hier: mein erster Fund.«

Oskar hielt ein hellgrün glänzendes, erbsengroßes Steinchen zwischen Daumen und Zeigefinger. »Fast ein Karat.«

»Dann hat sich's ja gelohnt. Was für ein Stein?«

»Smaragd, laut Minenpersonal.«

»Und wie viel wert?«

»Das konnten sie mir nicht sagen. Ich soll einen Juwelier fragen.«

»Und welche Kosten hast du gehabt?«

»Das war das Beste: Dagobert hat mir alles spendiert. Morgen fahr ich mit Gregorius wieder hin. Kommst du mit?«

»Danke, für mich ist das nix. Ich übersetze lieber den Rik-Veda, als im Schlamm zu wühlen.«

»O Mann, hast du ne Ahnung. Goldwaschen gibt's dort auch. Gregorius war begeistert.«

Heute zeigte mir Gregorius auf dem Weg zur Quelle ein Glasröhrchen mit Goldkrümeln. »Du bekommst eine Schüssel und lernst, wie du den Sand im Wasser hin und herwiegen musst, bis sich die Goldplättchen vom schwarzen Sand absetzen«, erklärte er, »Da kommt Goldfieber auf.«

»Aber nur, wenn du fündig wirst.«

»Klar. Das ist ja das Schöne. Sie garantieren dir, dass du in jedem Eimer fündig wirst. Der Sand kommt aus der stillgelegten Mine. Wir suchen noch Mitstreiter für morgen, damit das Auto voll wird. Kommst du mit?«

»Was kostet so ein Eimer?«

»Zusammen mit Leihgebühr für's Werkzeug 25 Dollar.«

»Nee danke. Ich habe nur noch 3 Münzen, den Rest hat McRoy.«

Damit war das Thema beendet. Eine Weile gingen wir schweigend durch den Wald. Dann meinte er: »Übrigens hat mich Fridolins Brief an Benjamin an eine Geschichte erinnert, die ich mal einer Freundin erzählt habe.«

»Prima«, meinte ich. »Dann bist du heute Abend dran.«

»Nein, nein, so war das nicht gemeint. Sie ist viel zu phantastisch. Den Verlierer zu spielen kann ich mir nicht leisten.«

»Ach was«, warf ich ein. „Abgehobener als Dagoberts Geschichte wird's nicht werden. Und die hat Jean-Claude anstandslos durchgewunken.«

Es dauerte den ganzen Bärentatzenweg, von der Quelle bis zum Restaurant, bevor Gregorius bereit war, am Abend den Erzähler zu spielen. Ich riet ihm zu erklären, dass es sich um eine erzählte Geschichte handelte, so dass nicht die Wahrheit der Geschichte bewiesen werden musste, sondern nur die Tatsache, dass sie tatsächlich genau so erzählt wurde.

Und so setzte sich Gregorius am Abend vor die Gruppe, strich sich über den Vollbart und leitete seine Geschichte mit der Erklärung ein: »In Amsterdam lebte einst eine Freundin von mir, mit der ich oft telefonierte. Zu ihrem Geburtstag erzählte ich ihr am Telefon folgende Geschichte.«

HOCH OBEN IM RIESENRAD – VON GREGORIUS

Jahrmarkt in Amsterdam. Zwischen Schiffschaukel und Achterbahn ragte majestätisch das Riesenrad in den Himmel, rückte Gondel für Gondel vor, bis jede Gondel mit neuen Fahrgästen besetzt war.

»Komm!« Ich nahm Eva bei der Hand. »Wir steigen in die Luft, und wenn wir oben sind, genau in der Mitte, bleiben wir stehen.«

Wir waren die Letzten, die einstiegen. Kaum saßen wir in der Gondel, begann sich das Rad zu drehen. Unsere Gondel stieg und stieg und stieg. Der frische Nachtwind hatte den Geruch von Zuckerwatte und gebrannten Mandeln längst verweht. Es roch nach rauen Wolken, die in Streifen durch die Luft fegten.

Kräftig pfiff der Wind durch das knarrende Holzgerüst. Das Stoffdach unserer Gondel schlackerte. Eva fror. Ich schlug meinen Mantel auf, und wir kuschelten uns hinein.

Der Trubel des Jahrmarkts lag weit unter uns. Als ich nach unten schaute, sah ich den Jahrmarkt nur noch als schwachen Lichterschein.

»Schau nur«, rief ich, »wie hoch wir sind!«

Eva schaute nicht, sie schmiegte sich an mich und schloss die Augen. Ich tat es ihr gleich. Langsam schwand der Erdboden und der feste Asphalt, auf dem wir vorhin noch gestanden hatten, aus der Erinnerung.

In diesem Augenblick spürten wir den vom Meer heranbrausenden Orkan. Mit ungeheurer Wucht erfasste er die Breitseite des Riesenrades. Das Licht der Gondeln erlosch. Das Rad blieb stehen. Wir standen an oberster Stelle, genau in der Mitte. Ich erschrak. Hätte ich mir den Scherz vorhin nur verkniffen. Jetzt waren wir hilflos dem Unwetter ausgesetzt, in schwindelnder Höhe!

Der Lärm war ohrenbetäubend. Im Heulen des Sturms knarrte und ächzte die Achse des Riesenrades. Unsere Gondel schaukelte wie wild. Wir hörten ein scharfes Knacken. Schlagartig hörte das Schaukeln auf, stattdessen wurden wir vom Wind in die Wolken gehoben.

Zitternd klammerten wir uns aneinander. Ich öffnete die Augen. Die beleuchteten Straßenzüge von Amsterdam zogen weit unter uns vorbei, die Grachten, die Waterkant.

Immer höher trug uns der Sturm. Unter uns eine schwarze Fläche: die Nordsee. Vor uns tauchten die Lichter der englischen Küste auf. Höher und höher wurde die Gondel getragen. In der Ferne der gewölbte Horizont als Silhouette gegen den Sternenhimmel, Unsere Gondel stieg und stieg und stieg.

Plötzlich wurde es still. Der Wind legte sich. Unsere Gondel bewegte sich gleichmäßig wie ein Satellit um die Erde.

»Schau nur, die Sonne!« staunte ich.

»Mitten in der Nacht, wie kann das sein?«

In tiefem Türkis stieg – erst violett, dann rosa, dann orange – hinter dem runden Horizont die Sonne auf. Weißgelb und gleißend stand der Sonnenball am Himmel, um ihn herum der Sternenhimmel mit den Planeten.

»Schau nur, der rote Mars, und da, die Venus!« Noch bevor wir alle Planeten fanden, hatten wir uns so weit von der Sonne entfernt, dass sie nur noch ein goldener Stecknadelkopf im Nebel der Milchstraße war.

Hier draußen war der Lärm der Welt verhallt, verschluckt von einer tief berührenden Stille. Ein leises Summen erklang, eine Melodie, die jemand leise vor sich hin sang. Wir spürten die Gegenwart eines uralten Wesens.

Die Luft — oder was immer es war — war zum Anfassen weich und warm, fast wie eine Flüssigkeit, die sich geschmeidig an Wangen und Nacken schmiegte, unsere Körper umschloss und in sich barg.

* * *

Ein leises Knistern, wie platzender Seifenschaum. Die Bläschen glitzerten wie Milchstraßen. Alles verschwamm, die Welt verschwand. Ich spürte nur Eva, ganz nah. Wir schmiegten uns aneinander wie die Hälften eines Tennisballs, wie Yin und Yang. Ich spürte die kitzelnde Naht zwischen uns. Und selbst die Naht war immer weniger zu spüren. Unsere Seelen flossen ineinander. Es gab keine Eva mehr, es gab nur *ein* Wesen, von einer dünnen, goldenen Haut umspannt.

Ich versank in einem tiefen See, tauchte unter und vergaß mich selbst. Die Welt stand still.

Wie lange? Jahrmillionen?

Oder waren es nur zwei Sekunden?

Ein Ruckeln. Unsere Gondel zitterte. Ich öffnete die Augen. Eva saß neben mir. Ihre Wangen rosig frisch. Wir saßen in der obersten Gondel, genau in der Mitte. Das Rad stand still. Wir schauten uns an, offen und unschuldig, wie Kinder im Paradies. »Wenn du willst, Eva, kehren wir nie mehr zur Erde zurück.«

Sie hob die Brauen und überlegte. »Vielleicht«, meinte sie, »sollten wir doch noch mal runter. Ich hab nämlich was vergessen.«

Ruck. Das Rad rückte vor. Gondel für Gondel. Einer nach dem anderen stiegen die Gäste aus und mischten sich in den Trubel.

»Wie war es, Eva? Hat dir unsere Fahrt gefallen?«

Sie lächelte und seufzte: »Es ging so hoch. Und doch so tief.«

Unsere Gondel war am Boden angelangt. Wir
betraten – wie zum ersten Mal – die Erde.
Plärrend lockte das Geheul der
Geisterbahn.

»Tja«, Jean-Claude rümpfte seine Hakennase und zuckte die Schultern, »was soll ich dazu sagen? Das läuft wohl wieder unter der berüchtigten ›literarischen Wahrheit‹. Gib mir mal Namen und Anschrift deiner Freundin und wann du ihr das erzählt hast.«

Gregorius warf mir einen unsicheren Blick zu, dann meinte er. »Das fällt unter Datenschutz. Sie ist inzwischen verheiratet, und wenn ihr Mann von dieser Geschichte erfährt ... Er kann sehr impulsiv sein.«

»Schon gut. Ich glaube, ich bin doch nicht der Richtige für die Rolle des Kontrolleurs. Oder wie hieß das noch mal: Antilogist?«

»Antagonist«, sagte ich, »der Gegenspieler.«

»Gegenspieler, genau!« mischte sich Léonce ein. »Du müsstest stolz auf deine Rolle sein. Eine Geschichte ist nämlich immer nur so gut wie ihr Gegenspieler. Eure Geschichten sind alle viel zu lahm. Wo bleibt der Bösewicht, die Spannung?«

»Hast du was Besseres?«, fragte ich.

»Natürlich.« Léonce schlug mit der Hand auf den Tisch. »Bei mir geht's um Leben und Tod. Und es ist genau so passiert, vor zwei Jahren. Damals bin ich zum ersten Mal aus einem Flugzeug gesprungen, und der Wind riss mir sofort die Brille von der Nase. Wenn sich der Fallschirm nicht automatisch geöffnet hätte, säße ich jetzt nicht mehr vor euch.«

»Und davon handelt deine Geschichte?«

»Nein, nicht von mir. Es geht um die Skydiverin Lucy. Der Kick der Profis ist ja der Freie Fall, bevor der Schirm sich öffnet. Der Fallschirm dient nur als notwendiges Übel zum Bremsen vor der Landung.«

»Stopp!«, rief ich.

»Ja, ja, ich weiß: ... Morgen Abend.«

Am nächsten Tag entdeckte ich bei meinem Weg zur Quelle einen neuen, von Albrecht und Léonce angelegten Weg mit dem geschnitzten Wegweiser zur »HOUNTED HUT«, einer halbverfallenen Hütte, wo verrostete Bratpfannen an den Wänden hingen, was mich zu neuen Haikus anregte.

Einsames Haus.
Wurzeln säumen den Weg.
Rostige Pfanne am Pfahl.

Knarrende Äste.
Laub raschelt leise im Wind.
Ferne klopft ein Mensch.

Als wir uns am Abend bei Léonce trafen, zeigte er uns in allen Einzelheiten, wie er sich vor dem Sprung aus dem Flugzeug die Brille um den Kopf gebunden und wie sie ihm der Fallwind um die Ohren geschlagen hatte. »Mein erster Sprung«, erklärte er entrüstet. »Und keiner hat mich darauf vorbereitet. Ohne Brille seh ich überhaupt nix. Völlig durcheinander falle ich vom Himmel. Könnt ihr euch vorstellen, was ich für Muffensausen hatte?«

»Ja nu.« Fridolin fuhr sich mit der Hand übers Gesicht, vom Scheitel bis zum Kinn. »Wann kommt denn nun die Geschichte?«

Mit einem vorwurfsvollen Blick setzte sich Léonce die Brille wieder auf. »Also gut. Wie mir's erging, will ja keiner wissen. Hier die Geschichte von Lucys Sprung, die vor zwei Jahren durch die Presse ging.«

Im freien Fall – von Léonce

Sie springt.

In einer Höhe von viertausend Metern tritt sie aus dem sicheren Rumpf der Cessna in den freien Luftraum, ohne zu ahnen, was ihr dieser Absprung bringen wird.

800 Skydives hat Lucy schon hinter sich. 800 Mal hat sie aus lichter Höhe die Zwergenlandschaft unter sich erblickt, grüne und gelbe Schachbrettfelder, Wasserflächen, Waldflecken und Siedlungen, dazwischen den Sprungplatz, auf dem sie Minuten später landen wird. Die Menschen auf der Erde sind so winzig, dass man sie gar nicht sieht.

Hier oben, kilometerhoch über der Landschaft, ist Lucys Zuhause. Umhüllt von jener Kraft, die das ganze All durchdringt, fühlt sie sich erhaben über die Erdenschwere des Menschen. Keine irdischen Gedanken stören sie.

Als tragendes Luftkissen spürt sie den Fallwind von zweihundert Kilometern pro Stunde unter sich. Mit angelegten Armen gleitet sie auf dem Bauch nach vorn, macht einen Salto rückwärts, einen vorwärts, rollt sich einmal links herum, einmal rechts herum und breitet dann ihre Arme wie Schwingen aus.

Mit einem Film im Space Museum von Washington hatte alles begonnen: Der Erdball aus der Sicht des Alls, langsames Zoomen auf die Menschenwelt. Damals hat sie zum ersten Mal gespürt, wie befreiend dieser Abstand ist. Die Stimme des Sprechers erschien ihr wie die Stimme Gottes, der die ganze Schöpfung überblickt, behütet und versteht.

Das Gedränge der Erde kam ihr vor wie Ameisengewimmel. Seither steigt sie so oft sie kann in viertausend Meter Höhe aus der Flugzeugtür ins Freie, Beine nach hinten, Hohlkreuz, Kopf im Nacken.

Eine Minute hellster Wachheit, in der sie völlig mit dem Augenblick verschmilzt.

Nur Skydiver wissen, warum Vögel singen.

Frei ist sie, unendlich frei und sicher. Besonders seit sie Cypres hat, das neue Sicherheitssystem, das ihr Harald zu finanzieren half, der im Flugzeug neben ihr saß. Wenn sich der Fallschirm 225 m über der Erde noch nicht geöffnet hat, leitet Cypres selbsttätig die Öffnung ein. Harald hat darauf bestanden, dass sie es installieren lässt.

Beim Skydiving fällt sie pro Sekunde etwa 50 m. Nach 60 Sekunden ist sie von 4000 Metern auf rund 1000 gefallen. Dann piepst der Höhenwarner im Helm und sie muss die Reißleine ziehen, um den Fallschirm zu öffnen. Der Skydive, der Rausch des freien Falls, ist dann zu Ende. Sie gleitet am offenen Schirm durch die Luft, zieht an den Steuerleinen und landet schließlich auf dem Sprungplatz, genau beim Windsack.

Jetzt.

Lucy zieht am Griff. Gleich wird die Geschwindigkeit drosseln. Da weiten sich ihre Augen: Der Griff gibt nach! Kein Widerstand, kein Ruck: Der Fallschirm bleibt geschlossen. Ihr stockt der Atem. Sie hält die *Bridle*, das Nylonband, von dem ihr Leben abhängt, lose in der Hand: gerissen!

Blick auf den Höhenmesser: noch 800 m zum Boden. Noch sechzehn Sekunden freier Fall. Sie zieht den Griff zum Öffnen des Reserveschirms. Oft geübt, doch nie im Ernstfall angewandt: Wenn sich der Hauptschirm nicht öffnet, verheddert, verhakt, rettet sie nur der Reserveschirm.

Ihr Herz setzt aus: Auch dieser Griff gibt nach! Ohne Ruck, ohne Widerstand hält sie den Griff in der Hand. Wer hat das Stahlseil durchgesägt, um sie zu töten?

Der Höhenmesser zeigt 500 m ... noch 10 Sekunden ... 9 ... 8 ... 7 ...

Als ihr klar wird, dass nichts mehr zu retten ist, schließt sie die Augen und spürt, wie ihr Geist aus dem Körper schlüpft. Von oben sieht sie, wie sich ihr Körper zusammenkrümmt wie ein Embryo im Mutterleib. Die Arme umklammern die Knie, der Kopf senkt sich nach unten und wird als erstes auf den Boden prallen und zerschellen.

Die Zeit steht still. Ihre Seele fliegt in die Weite, nimmt Abschied von ihrem Körper, vom Erdball, von diesem winzigen Sonnensystem im unendlichen Meer der Galaxien. Abschied von dem Traum, Harald näher zu kommen und seine Frau zu werden. Das nächste Mal vielleicht.

Im Zeitraffertempo spulen die Szenen ihres Lebens rückwärts:

Der Sprung aus der Cessna.

Das Orten an der Flugzeugtür, um den Piloten zu dirigieren.

Das Anlegen von Schutzhelm, Brille, Handschuhen.

Das Straffziehen der Gurte.

Das Lachen mit Harald und den anderen Springern.

Das Einsteigen in die Cessna. Prüfen und Anschnallen der Schirme.

Das Aufschließen des Spinds, wo ihr Fallschirm die Woche über lag.

Das Wochenende davor: Kuno holt den Schirm aus dem Kofferraum seines Wagens und legt ihn in den Spind. Kuno, der sie verehrt und von einem Sprungplatz zum anderen fährt. Von Saarluis nach Marl, von Marl nach Rheine, von Rheine nach Damme. Seine Gefühle kann sie nicht erwidern. Sie betrachtet ihn nur als einen Mann mit Auto, der sie chauffiert.

Kunos zusammengepresste Lippen beim Verstauen des Schirms.
»Also dann viel Vergnügen beim nächsten Sprung!«
Sie achtet nicht auf seinen verkniffenen Mund.
Sie kennt das schon. Trotzig, aber gefügig.
So hat er auch seine Lippen verkniffen,
als sie in Marl zum Sportwart sagte,
er sei keineswegs ihr Partner,
sondern nur ihr Chauffeur.
Jetzt weiß sie sein
Lippenkneifen
zu deuten.
Im freien
Fall

.

Ein dumpfer Knall ruft ihre Seele zurück in den Körper, ihr Bewusstsein in die Gegenwart. Ein starker Ruck nach oben. Lucy reißt die Augen auf, blickt automatisch auf den Höhenmesser am Handgelenk: 200 m. Wie der Flügel eines Schutzengels hat sich der Schirm über ihr ausgebreitet.

Kuno hat Cypres übersehen! Sie zieht an den Steuerleinen, lenkt den senkrechten Fall mit hartem Knick in schnelle Vorwärtsfahrt. Ihre Füße berühren den Boden, sie läuft vorwärts, stolpert und fällt ...

Neben dem Windsack liegt ein winzigkleiner Punkt. Vom Himmel aus betrachtet kleiner als eine Ameise. Ein zweiter Punkt stürzt auf ihn zu, umarmt ihn, verschmilzt mit ihm.
Der Punkt am Windsack regt sich wieder.
Kein Unglücksfall – es war ein
Glücksunfall.

»Und du sagst, es ging durch die Presse?« fragte Jean-Claude. »Wo kann man das nachlesen?«

»Im Internet«, sagte Léonce. »Da erfährst du auch das Nachspiel für den Antagonisten. Der ist zwar wichtig für die Spannung, aber er selbst kommt selten ungestraft davon. Kuno schmort jetzt wegen Mordversuch im Knast. Denk daran, du Antagonist.«

Er warf Jean-Claude den »Antagonisten« wie ein Schimpfwort an den Kopf und wandte sich demonstrativ von ihm ab. Es war klar, dass er keine weiteren Fragen beantworten würde. Sein Gesichtsausdruck verriet, dass ihm Jean-Claudes ewiges Nachhaken nach irgendwelchen beweisbaren Fakten ziemlich auf die Nerven ging. Schließlich wandte er sich an mich. »Wer überprüft eigentlich Jean-Claude, wenn er seine Geschichte erzählt?«

»Gute Frage«, sagte ich. »Ich würde sagen: Immer der fragt.«

»Okay.« Er rieb sich die Hände. »Wann kommt er an die Reihe?«

»Frag ihn doch selber«, sagte ich.

Aber Jean-Claude winkte ab. »Frag mal Oskar. Den hat doch jetzt das Goldfieber gepackt. Der kann bestimmt was erzählen.«

»Ja, leider«, sagte ich. »Dagobert hat sich schon beschwert, der Ausflug wäre Oskar gar nicht gut bekommen. Er verpulvert jetzt sein letztes Geld in der Hoffnung auf den großen Fund.«

»Gregorius genau so. Die können halt nicht rechnen. Der Einzige, der mit Sicherheit daran verdient, ist der Besitzer des Grundstücks.«

»Aber Spaß scheint es ihnen zu machen. Sie kommen zwar schlammbekleckert zurück, aber strahlend und mit roten Backen.«

»Als Freizeitsport isch es ganz lustig«, meinte Jean-Claude. »Ich hab als Kind am Hochrhein Gold gewaschen.«

»Im Rhein gibt's Gold?«

»Natürlich. Das berühmte Rheingold. Noch vor 150 Jahren gab es Goldwäscher vom Hochrhein bis nach Mainz. Den letzten großen Fund hat ein frischgebackener Hobbygoldsucher im August 1997 gemacht. Bei Disentis am Vorderrhein, südöstlich vom Vierwaldstädter See: 123 Gramm, der größte Flussgoldklumpen der Schweiz. Und ein Jahr davor hat einer ein Nugget von einer Unze gefunden. Du muscht halt wissen, wo du suchen muscht.«

»Und wo ist das?«

»An den flachen Schotterbänken, wo wenig oder keine Strömung herrscht. Dort lagert sich Kies und Sand ab. Gold ist ja schwerer als Sand. Beim langsamen Fließen sinkt es auf den Grund. An diesen Stellen lohnt es sich, am besten nach einem Hochwasser. Außerdem muscht du wissen, wie man schürft.«

»Und wie geht das?«

»Du stellst dich mit Gummistiefeln und dicken Socken ins kalte Wasser und schaufelst Sand und Kies in eine Schleuse, wo der Sand hängenbleibt. Den schwemmst du in der Schüssel so lange über den Rand, bis du nur noch feinen schwarzen Sand hast. Beim Schaukeln der Schüssel siehst du irgendwann die ersten Goldplättchen. Du brauchst Geduld und Ruhe. Heute würde ich nicht mehr stundenlang im kalten Wasser stehen.«

»Und warum machen das die Leute?«

»Zur Entspannung, ähnlich wie Angeln. Aber zum Reichwerden bischt du mit Aktien besser bedient. Natürlich nur, wenn du dich auskennst. Deswegen fasziniert mich Spekulieren heute mehr.«

Am nächsten Nachmittag traf ich bei der Quelle Gregorius, der gleich zum Thema kam: »Du hast dich gestern mit Jean-Claude unterhalten. Der hat doch auch eine Vorliebe für Gold. Meinst du, ich könnte ihn fragen, ob er mir gute Fundstellen zeigen kann?«

»Besser nicht. Er ist knallharter Realist und hat für Träumereien wenig übrig.«

»Was heißt Träumereien? Aber vielleicht hast du Recht. Ich glaube, er könnte nie was Ausgedachtes erzählen. Meinst du, meine Riesenrad-Geschichte war fantastisch genug, dass sie gewinnen könnte?«

»Phantastisch schon, aber es fehlte der Antagonist, der Konflikt, den der Held überwinden muss.«

»Ach so! Du meinst, sie hat keine Chance zu gewinnen?«

»Du sagst es. Aber du kannst ja noch was erzählen. Hast du nicht was Spannendes auf Lager? Wo es um Leben und Tod geht, um einen inneren Kampf, um Liebe oder ...«

»Okay, hab schon kapiert. Ich habe ja meiner Freundin damals viele Geschichten erzählt. Auch wenn sie fantastisch klangen, der wahre Kern war immer eine Tatsache, verpackt in ein Märchengewand.«

»Gut, dann bring doch heute Abend genau diese Einleitung. Damit Jean-Claude literarische Wahrheit und Fakten unterscheiden lernt.«

So versammelten wir uns am Abend erneut bei Gregorius, und nach seiner Einleitung hörte Jean-Claude besonders aufmerksam zu, ich glaube, um unter dem Märchengewand die dahinterliegenden Tatsachen zu erkennen.

Nándini – von Gregorius

ándini, die Tochter des Königs Dschânaka, hüpf-
te mit ihren Gespielinnen über die weißen Karos
im hellgrünen Park des Palastes. Hellgrün war das
Licht unter den vielen Birken, deren Blätter in der
Junisonne tanzten und raschelten.

Da klang die Mittagsglocke durch den Park, und die Gespielinnen liefen zum Frauenflügel, wo im Speisesaal frischer Ingwersaft mit Honig,
Erdbeersahne und Teignudeln mit Oliven, Gurken und Tomatensoße
auf sie warteten.

Nándini freute sich schon auf das Essen, da fiel ihr Blick auf ihre
vom Gras beschmutzten Hände, und sie musste an die Gouvernante
denken, die an der Tür zum Speiseraum stand und mit hochgezogenen
Augenbrauen prüfte, ob ihre Fingernägel sauber wären, und der Appetit
war ihr vergangen. Nein, sie würde der Gouvernante ihre Hände nicht
zeigen! Heute nicht!

So blieb sie auf den weißen Karos sitzen, verzog die Unterlippe und
wischte sich mit dem Ärmel ihres Kleides über Nase und Augen.

Da ging das Fenster zum Treppenhaus auf, und Sahakâri, ihr
Zwillingsbruder, rief »Huhu!« und warf ihr ein goldenes Bällchen zu.
Sofort sprang sie auf, lief dem Bällchen nach, das über die Wiese sprang,
und warf es zurück zum Fenster. Sahakâri wohnte im Turmzimmer des
Männerflügels, und immer, wenn er seine Schwester traurig sah, lief er
schnell zum Treppenhaus und warf ihr das Bällchen zu. Eigentlich war
auch das nicht erlaubt, denn der Männer- und der Frauenflügel waren
streng getrennt, und die Wiese, auf der die Jungen spielen durften, war
auf der anderen Seite des Palastes. Nur vom Treppenfenster aus konnte
er den Mädchenpark erreichen.

Aber weil er sie einfach nicht traurig sehen konnte, setzte er sich über
die Regel hinweg und spielte auf diese Weise Ball mit ihr. Übermütig
warf er den Ball noch weiter hinaus, dass er fast bis zum Rande des
Gartens rollte. Nándini sprang ihm nach, doch die Wiese war am Rande

abschüssig, und der Ball rollte ihr davon bis ins Gebüsch, das den Park umgrenzte.

* * *

Der Park des Königs war aber zum Schutz vor Räubern von einem breiten Gürtel fleischfressender Pflanzen umgeben, die in hellen rötlichen Farben blühten und einen wunderbaren Duft verströmten. Kam ein Räuber in ihre Nähe und wollte an den weitgeöffneten Blüten riechen, streckten sie ihre klebrigen Fühler aus und setzten sie dem Räuber auf die Brust. Betäubt vom süßen Duft, ließen sich die Räuber die sanfte Berührung gern gefallen, denn sie spürten zunächst nur einen zarten Kitzel im Herzen, fielen den mächtigen Pflanzen bereitwillig in die Arme und küssten die feurig leuchtenden Blüten.

»Pfui!«, rief Fridolin, aber Gregorius erzählte unbeirrt weiter.

Auch Nándini spürte den Duft, und ein wehmütig neues Gefühl durchströmte sie. War das nicht etwas anderes als der kühle, ernste Blick der Gouvernante, bei dem ihr jedes Mal das Herz zusammenschrumpfte? Hier war Freiheit, wild und ohne Regeln. Hier wurde sie mit offenen Armen empfangen – trotz ihrer schmutzigen Nägel. Und sie warf sich freudig in die stolze Blüte mit dem gescheckten Muster, die ihr die Blätter einladend entgegenstreckte und ihr sanft die Fühler auf die Brust setzte.

Sahakâri hielt sich entsetzt die Hand vor den Mund, als er mit weitgeöffneten Augen sehen musste, wohin das unschuldige Ballspiel seine Schwester verschlagen hatte. »Komm zurück!«, rief er aus Leibeskräften.

»Ich kann nicht!«, rief sie. »Oh, es ist so süß. Ich will nicht weg.«

Betroffen schloss er das Treppenfenster und schlich auf leisen Sohlen zurück in den Männerflügel.

»Dieser Blödmann!«, rief Oskar dazwischen. »Warum rennt er nicht in den Garten und holt sie raus?«

»Abwarten, mein Lieber, lass mich weiter erzählen.« Gregorius trank einen Schluck, um seine Kehle zu ölen, und fuhr fort.

Was hatte er getan? Er lief in sein Turmzimmer und warf sich weinend aufs Bett. Wie konnte er Nándini retten vor dem langsamen Ausgelutschtwerden bei lebendigem Leibe? Schon zu häufig hatte er miterleben müssen, wie die Räuber, die von den Pflanzen ergriffen wurden, am Anfang freudestrahlend in ihren Fühlern hingen und durstig den Nektar aus ihren Kelchen saugten. Aber von Woche zu Woche wurden sie blasser und dünner, bis die Pflanze ihre behaarten Blütenblätter schloss und die eingeschrumpften Körper ganz umschlang. Im Spätherbst, wenn sich die Blüte wieder öffnete, stand im Blütenkelch wie eine kunstvoll geschnitzte Elfenbeinkrone nur noch das blanke Gerippe, das langsam zu Boden fiel und unter dem Laub verschwand.

»Boah!«, entfuhr es Fridolin. Als Gregorius ihn tadelnd ansah, hielt er sich erschrocken die Hand vor den Mund, und Gregorius fuhr fort.

Nein! So durfte das junge hoffnungsfrohe Leben Nándinis nicht enden! Was konnte er nur tun, um sie zu retten? Von Gewissensbissen geplagt, lief er zum Treppenfenster zurück und rief: »Nándini! Nándini!«

Nándini wandte ihm mit glühenden Augen den Kopf zu und winkte.

Sahakâri sah sich hilflos um, da entdeckte er die Schwerter an der Wand. Er griff ein kleines Schwert mit scharfer Klinge, das er mit seiner Jungenkraft noch halten konnte, sah sich nach allen Seiten um, kletterte aus dem Fenster und sprang in den Park. So schnell er konnte lief er über die Mädchenwiese bis zu dem abschüssigen Rand. Da lag er, der verflixte Ball, noch weit genug vom Saum der Pflanzen entfernt, dass sie ihn einfach hätte aufheben können. Warum hatte sie ihn nicht gefunden? Warum hatte sie am Rande suchen müssen, bis es zum Umkehren zu spät war?

Er nahm den Ball und steckte ihn in die Tasche. Nie mehr wollte er solche Bälle werfen, wenn es ihm nur gelänge, Nándini zu befreien!

Er nahm das Schwert fest in die Hand, lief zu der Pflanze und schlug mit dem Schwert wütend auf den Fühler, den sie auf Nándinis Herz gesetzt hatte, konnte ihn aber nicht durchtrennen.

»Bist du wahnsinnig?« rief Nándini entsetzt. »Du zerstichst mir das Herz!«

Jetzt erst wurde sich Sahakâri der Gefahr voll bewusst, in der sich Nándini befand. Die Pflanze begann bereits, mit Nándini zu verschmelzen. Jeder Schlag auf die Pflanze tat Nándini im Herzen weh. Er konnte doch seine Schwester nicht verletzen. Kraftlos ließ er das Schwert sinken, steckte es mit wütendem Schwung bis zum Schaft in die Erde, warf sich ins Gras und hielt die Hände vors Gesicht.

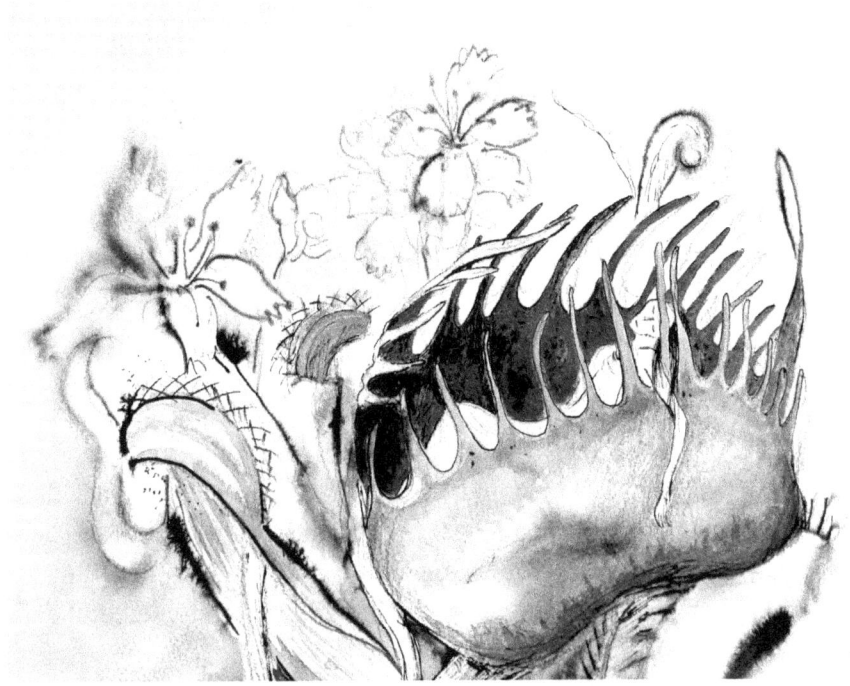

Der Duft der Pflanzen aber drang auch ihm in die Nase. Schon spürte er den Drang, der nächsten Pflanze in die offenen Blätter zu laufen, da schlug er sich an die Stirn und wollte zum Haus zurück. Der süße Duft aber verströmte ein lähmendes Gift, das die Muskeln schwer und müde werden ließ. Er versuchte sich aufzurichten, doch jede Bewegung Richtung Haus war wie eine zähe, schleppende Last. Wandte er sich dagegen zum Wiesensaum, schien es ihm, als könne er sich frei und leicht bewegen, und neue Kraft und Lebenslust durchströmte ihn.

So lag er am Rande des Duftgürtels und wartete auf die Augenblicke, da der Wind den Pflanzenduft verwehte und er schleppend einen Ellbogen oder ein Knie in Richtung Palast setzen konnte.

* * *

König Dschânaka aber saß in seiner unterirdischen Zauberkammer im Innersten des Palastes und hatte in seiner Kristallkugel alles gesehen. Er wusste, dass die fleischfressenden Pflanzen, die er als Schutz um den Palastpark hatte setzen lassen, ebenfalls eine menschliche Seele hatten. Es waren Verbannte, die in versteckten Kammern des Palastes schliefen und ihr Pflanzendasein als Traum erlebten.

85

Diese Verbannten wurden aus ihrem schrecklich-schönen Dasein nur erlöst, wenn es einer liebenden Seele gelang, sie mitsamt der Wurzel auszugraben und in der Nähe des Palastes einzupflanzen. Sobald eine Pflanze am Hause gepflegt und gegossen wurde, verlor sie ihre fleischfressende Eigenschaft und wurde zunächst friedlicher und schlichter. Bald wurde sie so schlicht und unscheinbar, dass sie niemand mehr beachtete. Und gerade dann reifte, wenn sie von einer liebenden Seele gehegt und gegossen wurde, die Menschenseele in ihr heran, bis sie in ihrer Schlafkammer erwachte und wieder ein Mensch war.

Inzwischen hatte sich Sahakâri mühsam und schrittchenweise bis zur Duftgrenze vorgekämpft und konnte endlich wieder frei atmen. Er stand auf, lief zum Haus zurück, kletterte in das immer noch offene Fenster, lief in sein Zimmer und warf sich wie erschlagen aufs Bett. Sein Magen knurrte, ein ätzender Schmerz durchfuhr seine Knochen, aber er sah nur immer das Bild seiner Schwester vor Augen, raffte sich hoch, warf den Ball in seine Spieltruhe und schlich verstohlen, mit dem Finger im Mund, zum Vater.

Als er in die Nähe der inneren Kammer kam, begann sein Herz wie wild zu flattern. Er setzte sich vor die Tür, um sich zu sammeln. Eine sanfte goldene Stille lag in dem Kellergewölbe, das zur geheimen Zauberkammer führte. Sahakâri schloss seine Augen und sah im Geist noch einmal die Bilder ablaufen: den Ball, den Wurf zum Rand, die suchende Schwester. Und dann die schrecklich-süße Umarmung mit der Pflanze.

Da erinnerte er sich an die Geschichte der Pflanzen, die er als kleines Kind oft gehört, später als Ammenmärchen abgestempelt und inzwischen fast vergessen hatte. Und er wusste auf einmal, was zu tun war.

Ohne den Vater zu stören, schlich er wieder in sein Turmzimmer. Dort nahm er ein Tuch aus dem Schrank und tränkte es mit duftendem Sandelöl. Dann sprang er aus dem Treppenfenster und holte aus dem Schuppen des Gärtners Spaten und Eimer. Zum Schutz vor dem Duft band er sich das Tuch vor die Nase und konnte so unbetört den Duftgürtel betreten. Es dunkelte bereits, als er mit dem Ausgraben begann.

»Was tust du?«, fragte Nándini empört. »Lass mich, ich will hier bleiben.«

Sahakâri gab keine Antwort.

»Hör auf, Sahakâri! Du zerstörst das Glück meines Lebens.«

Sahakâri hörte nicht auf das Flehen seiner Schwester. Er biss die Zähne zusammen und grub und grub. Bald wurde Nándinis Stimme schwächer, dann hing sie betäubt in den Armen der Pflanze.

Nach einer halben Stunde war es geschafft. Sahakâri stellte die Pflanze mit der Wurzel in seinen Eimer und hob die schlafende Nándini auf seine Schulter. Er brauchte all seine Kraft, um beide zum Haus zu tragen. Unter dem Treppenfenster setzte er den Eimer und seine Schwester sanft ab. Er verschnaufte nur kurz, fing dann gleich wieder zu graben an, bis er eine Grube, tief genug für die Pflanze, ausgegraben hatte.

Als Sahakâri die Pflanze mit der Wurzel in die Grube setzte, Erde aufschüttete und ebnete, hatte sie bereits etwas von ihrer Klebrigkeit verloren. Er lief mit dem Eimer zum Goldfischteich und holte Wasser. Als er die Wurzel goss, löste sich der Fühler von Nándinis Herz, und seine Schwester sank erschöpft zu Boden.

Sie griff sich an die Brust und stöhnte. Dann schlug sie die Augen auf und fragte: »Oh? Hab ich meinen Prinzen nur geträumt?«

Sahakâri sah ihr ernst in die Augen, und die Tränen liefen ihm übers Gesicht. »Etwas Schreckliches ist geschehen. Hier, diese Pflanze hatte sich festgesaugt an dein Herz.« Er wusste, dass Nándini die Pflanzen von klein auf gefürchtet hatte. Aber jetzt erschrak sie nicht, als sie die Pflanze sah. Eine seltsame Art von Hassliebe lag in ihrem Blick.

Sahakâri wusste nicht, was er davon halten sollte. »Komm«, sagte er nur. »Der Vater wartet.«

Er half ihr, durchs offene Fenster des Männerflügels zu steigen, dann liefen sie durch einen Seitengang in den Keller, der weder zum Männer- noch zum Frauenflügel gehörte, und gingen auf Dschânakas Zauberkammer zu.

Nándini schlug sich an die Brust. »Was soll ich sagen, wenn er mich fragt, wie alles kam?«

»Mach dir keine Gedanken«, sagte er und schob sie zur Tür.

»Ich will nicht, ich kann jetzt nicht zu ihm. Sieh nur, wie schmutzig meine Fingernägel sind.«

Sahakâri legte ihr die Hand auf die Schulter. Er wusste, dass der Vater, wenn er in der Zauberkammer saß, durch die Kristallkugel alles sehen konnte. Und er wusste auch, dass sich die Tür der Kammer öffnen würde, wenn der Vater sie einlassen wollte.

Nun standen sie vor der verschlossenen Tür. »Ich kann nicht«, sagte Nándini. »Ich kann ...«

Da knackte es leise, die Tür sprang auf. Nur einen Spalt, doch Sahakâri merkte es sofort. Er legte die Hand an das schwere Holz und schob die Tür soweit auf, dass sie eintreten konnten.

* * *

König Dschânaka saß breit in seinem Stuhl und tat, als habe er das Knacken nicht bemerkt. Erst als Nándini neben ihm stand und ihre Hände verstohlen hinter dem Rücken verbarg, sah er ihr nickend in die Augen und winkte sie zu sich. Da verlor sie ihre Scheu und lief ihm in die Arme. Dschânaka schlug seinen weiten, weinroten Mantel auf und nahm Nándini auf den Schoß. Und als sie anfing zu schluchzen, deckte er den Mantel über sie, dass man nicht einmal ihr blondes Köpfchen sah. Sie fühlte sich geborgen wie in ihrer frühesten Kindheit. Bald war sie im Schoß des Vaters eingeschlafen.

Sahakâri setzte sich daneben auf den Boden. Der Vater würdigte ihn keines Blickes. Sahakâri war froh darüber, denn er fühlte sich schuldig

und hätte dem Blick des Vaters nicht standhalten können. So saßen sie lange Zeit zusammen in einer wunderbaren Stille. Erst als Nándini wieder erwachte, lächelte ihm der Vater zu, dass ihm ganz warm ums Herz wurde, und sagte: »Ihr habt bestimmt Hunger. Geht was essen.«

Sie küssten den König auf die Wange, dann flitzten sie los, durch die Kellergänge, durchs Treppenhaus, in den Speisesaal der Mädchen, wo jetzt keine Gouvernante auf sie lauerte. Aber der Ingwersaft war noch da, und die Erdbeersahne, und im Wärmeofen warteten zwei große Teller mit Teignudeln in Soße, Oliven und Gurken.

* * *

Seit diesem Tag hegte und pflegte Nándini täglich die Blume unter dem Treppenfenster, gab ihr Wasser, befreite sie von den welken Blättern, Woche für Woche, Jahr für Jahr, bis eine mächtige Königskerze daraus geworden war. An dem Tag aber, als Nándini achtzehn Jahre alt wurde und ins heiratsfähige Alter kam,
erwachte die Menschenseele der Pflanze in ihrer Kammer,
trat als Prinz vor den König und bat ihn
um Nándinis
Hand.

»Hm«, meinte Oskar, als Gregorius fertig war. »Und wie kommt es, dass der Heckenzaun aus fleischfressenden Pflanzen auf einmal weg war, nachdem nur eine ausgegraben wurde?«

»Der war nicht weg. Den Zaun gibt es heute noch! Nur die eine Pflanze wurde versetzt.«

»Und warum verliert die Pflanze am Haus ihre verschlingende Kraft?«

» Das hab ich doch erzählt: Durch die Pflege einer liebenden Seele. Nicht aufgepasst oder wie?«

»O Mann eh!« murrte Oskar. »Wir sind doch hier nicht in der Schule.«

»Also darf auch literarische Wahrheit nicht einfach aus der Luft gegriffen sein«, meinte Jean-Claude. »Wir bräuchten jemanden, der erklärt, welche Fakten da angeblich in Märchengewänder verkleidet wurden und ob die Analogien der Wahrheit entsprechen.«

»Völlig richtig«, sagte Pierre. »Die literarischen Lügen sind das Schlimmste. Das sind die echten Verbrechen an der Menschheit.«

»Also bitte«, meine Jean-Claude. »Jetzt übertreibst du aber.«

»Keineswegs. Literatur wird überliefert und dem Wissensschatz der Menschheit einverleibt. Literarische Lügen verfälschen die Geschichte, leiten Menschen in die Irre, führen zu Irrlehren. Sie sind der größte Fluch der Menschheit, denn sie verfestigen sich, je öfter sie nachgekaut werden.«

»Schon gut, ich habe verstanden.« Jean-Claude wurde still und starrte nachdenklich aufs Fensterkreuz. Draußen war es längst dunkel.

»Mit achtzehn ins heiratsfähige Alter – dazu hätte ich auch eine Geschichte«, meinte er. „Am achtzehnten Geburtstag meiner Freundin wollten wir uns verloben. Ihr Vater war ein Pünktlichkeitsfanatiker. Wir nannten ihn nur „die Uhr". Aber auf der Hinfahrt …«

»Halt«, riefen Fridolin und Pierre wie aus einem Munde.

Alle mussten lachen, denn sie wussten schon, welcher Spruch jetzt kommen würde. Ja, wir waren schon ein lustiges Völkchen, und das Geschichtenerzählen brachte immer neue Überraschungen. Sogar Jean-Claude wollte uns etwas Phantastisches erzählen. Lag es vielleicht am Zauber des wuchernden Waldes oder am munteren Sprudeln der Quelle, das mich selber zu immer neuen Haikus anregte?

Weißgelbe Kiesel
plätschert das Quellwasser rund
und braungrünen Fels.

Moose und Farne.
Runzlig gepolsterter Fels.
Wald, meine Mutter.

Am nächsten Abend betraten wir zum ersten Mal Jean-Claudes heilige Räume. Er hatte, wie zu erwarten war, peinlich genau aufgeräumt, aber offenbar auch alles versteckt, was nur im Entferntesten an ein Privatleben oder an seine Leidenschaft als Münzensammler hätte erinnern können. Er spielte den zuvorkommenden Gastgeber, wartete, bis alle ein Getränk vor sich stehen hatten, reichte Schalen mit gesalzenen Erdnüssen, Cashewkernen und Pistazien herum und begann zu erzählen.

PUNKT 12 BEI MAYAS VATER – VON JEAN-CLAUDE

Heute muss ich pünktlich sein, sagte ich mir. Wenigstens einmal im Leben. Ich legte behutsam den Strauß mit achtzehn Rosen neben den Fahrersitz, ging noch einmal um den frisch polierten Capri, kratzte den letzten Fliegendreck von der Scheibe, betrachtete kritisch das zu flache Reifenprofil, sah auf die Uhr und dampfte los. Halb zwölf, da konnte ich gemütlich fahren. Ich brauchte höchstens eine Viertelstunde bis zu Maya.

»Komm am Montag, wenn ich mündig werde«, hatte sie gesagt. »Dann fahren wir zusammen in den Frühling.« Frühling! Dabei fing es an zu nieseln. »Und du musst bei meinem Vater einen sehr korrekten Eindruck hinterlassen. Sei pünktlich auf die Sekunde ...« Was manche alten Herren für Marotten hatten.

»Und fahr vorsichtig. Denk an die Haarnadelkurve kurz vor dem Haus.« Blutjung und trotzdem so korrekt. Das nannte man Elternhaus. Haarnadel ... Auch nur mit Asphalt gepflastert ... Keine Sorge, heute wollte ich besonders langsam fahren.

Ich nahm den Rosenstrauß und roch daran. Die Straße führte durch leichte Hügel voller Frühlingsgrün. Jetzt kam das Vorgebirge mit den ersten Kurven. Ich legte den Strauß zurück und sah auf die Uhr.

Viertel vor zwölf. Phantastisch! Noch zwei, drei Kurven, dann war ich da. Der Regen wurde stärker, der Himmel spiegelte sich in der Straße.

Der Wagen vor mir drosselte das Gas. Ach, du Schande: eine Autoschlange! Im Schneckentempo ging es weiter, Schritt für Schritt ...

Fußgänger müsste man sein! Da wäre man in zwei Minuten da ... Bei dem alten Herrn mit Glatze, Marotten und 900 Angestellten ...

Ich trommelte mit den Fingern auf den Lenker und verfolgte den Sekundenzeiger. In der Klemme ... Ausgerechnet vor der letzten Kurve ... Jeder Zentimeter wurde lang und länger.

Drei vor zwölf. Ich könnte es noch schaffen. Gleich nach der Kurve kamen schon die ersten Häuser mit dem Bungalow des alten Herrn. Der Regen prasselte aufs Autodach. Verträumte Landwelt.

Keiner überholte. Seit geraumer Zeit kam nichts entgegen. Nur die Warteschlange weit und breit ... Jetzt oder nie! Ich scherte aus und gab Gas. Gleich kam die Kurve, und die Sicht zum Bungalow war frei. Mehrere Wagen in der Schlange drückten auf die Lichthupe. Idioten!

Ach so: ein Lastwagen! Einreihen, schnell!

Puh! Warum griffen bloß die Reifen nicht? ... Spiegelglatter Asphalt. Verflixtes Profil! ... Wozu Autos überhaupt ein Lenkrad hatten! Einen Steuerknüppel bräuchte man in diesem See ... Wie war das mit dem Breitmaulfrosch: »Ich sehe keinen Laster, Laster, Laaaaa...«

Es quietschte. Der Capri schleuderte herum, tanzte Wiener Walzer und blieb mit einem Ruck im Straßengraben stehen.

Ich war hellwach und unverletzt. Dem Akrobaten-Kunststück meines Autos hatte ich völlig unbeteiligt zugeschaut. Besonnen, still, als sei ich außerhalb des Körpers. Beim letzten Ruck fühlte ich nichts als eine tiefe Erleichterung. Die aufgestaute Spannung hatte sich gelöst, das Befürchtete war eingetroffen. Schlimmer konnte es nicht werden.

Eine unverhoffte Heiterkeit ergriff mich. Ich begann, ein Lied zu pfeifen, rückte im Autospiegel meinen Schlips zurecht, zog mir den Scheitel nach, löste den Sicherheitsgurt, nahm den Blumenstrauß und öffnete die Wagentür. Ich stand dreißig Schritte vor dem Bungalow.

Da kam der alte Herr mit Maya auf mich zu: »Sie haben Glück gehabt, junger Freund. Sie hätten zwar vor dem Haus parken können ...
Aber immerhin: pünktlich auf die
Sekunde!«

„Und? Bist du Schwiegersohn geworden?« fragte Léonce.

»Selbstverständlich. Der alte Herr meinte, dieser Vorfall hätte ihm gezeigt, dass ich seine Prinzipien ernst nahm. Aber das ist jetzt auch schon wieder dreißig Jahre her. Vor zehn Jahren ist er gestorben. Die Firma leitet heute Mayas jüngerer Bruder. Leider hat die Ehe nur drei Jahre gehalten. Wir passten auf Dauer einfach nicht zusammen.«

»Okay«, meinte ich. »Das klingt glaubhaft«

»Einspruch!«, rief Léonce. »Du kannst nicht einfach bestimmen, was glaubhaft ist und was nicht. Es geht um Geld. Wer verliert, zahlt dem Gewinner seinen Aufenthalt. Wir müssen alle Fakten überprüfen.«

»Daas isch ufs Tüpfli wahr!«, rief Jean-Claude. »Meinst du, ich will verlieren?«

»Gut, dann sag mir doch mal den Nachnamen des alten Herrn und den Unfallort. Musstest du den Wagen in die Werkstatt bringen?«

»Ja selbstverständlich, bitteschön.« Jean-Claude gab bereitwillig Auskunft und Léonce notierte sich alles.

»Was für ein Umstand«, meinte ich. »An dieser Geschichte war doch wirklich nichts Phantastisches.«

»Nichts Phantastisches? Na hör mal!« protestierte Jean-Claude. »Das waren die spannendsten Minuten meines Lebens. Schließlich stand Einiges auf dem Spiel. Du meinst nichts Erfundenes.«

»Außer einem kleinen Unfall ist doch nichts passiert«, meinte ich.

»Das heißt aber noch lange nicht, dass nix gelogen ist«, mischte sich Dagobert ein. »Hast du schon mal zwei Lebensläufe für verschiedene Bewerbungen geschrieben? In beiden Lebensläufen warst du für den jeweiligen Job genau der Richtige, aber eine völlig andere Person. Die Wirklichkeit ist immer anders als was auf dem Papier steht. Stimmt's nette?«

Ich musste ihm zustimmen. Auch Léonce nickte schmunzelnd. »Ich werde die Fakten genau überprüfen«, meinte er, »darauf könnt ihr euch verlassen. Wie ermitteln wir eigentlich den Gewinner? Wer entscheidet das?«

»Gute Frage«, sagte ich. »Ich würde sagen, der Gewinner wird von allen gewählt, die was erzählt haben. Jede Geschichte darf eine Stimme abgeben. Die Geschichte, die am meisten Stimmen sammelt, hat gewonnen. Wäre das okay?«

Jetzt begann ein ähnliches Stimmengewirr wie zu Anfang, als wir die Regeln des Wettbewerbs diskutiert hatten. Die Buchhalterseelen Jean-Claude und Dagobert schlugen komplizierte Punktsysteme vor, wurden aber von der Mehrheit überstimmt: Alle Geschichten kamen auf den Wahlzettel. Wer mehrere Geschichten erzählte, bekam auch mehrere Zettel. Man durfte nach Belieben fünf Kreuze verteilen, nur nicht für die eigenen Geschichten. Die Geschichte mit den meisten Kreuzen hatte gewonnen. Der Gewinner wurde vom Verlierer so lange finanziert, wie er in diesem spirituellen Resort bleiben wollte.

Als das Wahlsystem einstimmig angenommen war, meinte Léonce: »Wo wir gerade beim Gewinner sind. Ich hätte da noch eine Geschichte, bei der euch die Haare zu Berge stehen werden. Die wäre den ersten Preis wert.« Dabei sah er Jean-Claude herausfordernd an. Und plötzlich begriff ich: Léonce hatte nur wenige Spender und musste sich einen Teil seines Aufenthalts als Tellerwäscher verdienen. Das war für ihn besonders demütigend, da er früher ein gefragter Chef- und Fernsehkoch gewesen war. Oft schon hatte er sich über den Schweizer »*Korinthenkacker*« im Finanzbüro beschwert. Anscheinend wollte er gewinnen und Jean-Claude eine Lüge nachweisen, damit ihn ausgerechnet dieser »*Tüpflischiißer*« finanzieren müsste. »Ich hab da kürzlich in New York was erlebt, da Schlackern euch die Ohren.«

Jean-Claude spitzte sofort dieselbigen. »Was hast du erlebt?«

»Das erzähl ich euch morgen Abend.«

»Aber wehe, es ist nicht phantastisch«, drohte Jean-Claude. »Und ich werde jedes Tüpfli überprüfen. Das mit dem Fallschirmsprung ließ sich ja leider einwandfrei verifizieren.«

»Ja, der Freie Fall war kurz, aber aufregend«, mischte sich Sascha ein. »Genau wie Jean-Claudes Fahrt durch die Haarnadelkurve. Die hat mich übrigens an ein ähnliches Malheur erinnert, als ich noch Laienschauspieler war. Um ein Haar hätten wir damals …«

»Halt!« erhob ich Einspruch. »Willst du die Pointe vorwegnehmen? Lass uns morgen hören, ob und wie du das Malheur bewältigt hast.«

»Oh, danke für den Hinweis. Aber ich will mich nicht vordrängeln. Morgen ist ja Léonce an der Reihe.«

Léonce legte seine Stirn in Falten. »Wie lang ist deine Geschichte?«

»Nicht länger als der Fallschirmsprung oder die Haarnadelfahrt.«

»Gut, das kommt mir gelegen. Meine Geschichte ist nämlich ellenlang. Am besten erzähle ich sie an meinem Geburtstag. Bis dahin kann ich noch ein paar raffinierte Lügen austüfteln, dass sich die Balken biegen, ohne dass mir unser *Tüpflischiißer* was nachweisen kann.«

Jean-Claudes Miene versteinerte. Er hatte schon munkeln hören, dass ihn Léonce hinter seinem Rücken als »*Tüpfelchen-Scheißer*« bezeichnete. Jetzt aber fühlte er sich öffentlich beleidigt. »Wann hast du denn Geburtstag?« fragte er.

»In acht Tagen, am Zehnten. Dann lass ich die Bombe platzen.«

»Wenn einer so auf den Tisch haut, steckt meist nicht viel dahinter. Wir werden sehen, ob sich Balken biegen«, sagte Jean-Claude im Plauderton. Unterschwellig aber hatte ich das Gefühl, er wollte Léonce herausfordern und verleiten, seine Lügen so zu übertreiben, dass er sie ihm schwarz auf weiß nachweisen konnte.

Auch Sascha schien das zu spüren. »Jetzt gebt mal Ruhe, ihr Streithälse«, meinte er. »Morgen bin ich also dran. Aber diesmal nicht bei mir im Zimmer. Wir treffen uns auf der Terrasse.«

Am nächsten Abend saßen wir in der kühlen Abendluft auf der Terrasse vor dem Speisesaal und ließen den Blick über die Silhouetten der Blauen Berge schweifen. Der Nachtwind blies uns um die Nase, und von ferne ertönte das Konzert der Baumfrösche. Sascha saß vor uns am Geländer, seine Silhouette hob sich gegen den sternenfunkelnden Himmel ab, und während er erzählte, hatte ich das Gefühl, er habe sich die Terrasse wegen der Kulisse ausgesucht. Denn seine Geschichte handelte von einem Schattenspiel.

rei Minuten vor unserem Auftritt entdeckte ich das Malheur. Solange der Trickfilm unseres Vorgängers lief, bemerkte keiner den Riss in der Leinwand. Auch ich hatte den feinen schwarzen Spalt übersehen und nichtsahnend die Hundemeute verfolgt, die zu Mozarts kleiner Nachtmusik mit wehenden Schlappohren über die Leinwand hetzte, von rechts nach links, dann Kehrtwende und im gleichen Tempo zurück, ein ständiges Hin und Her. Nach der siebten Kehrtwende hatten die Zuschauer den Handlungsablauf begriffen. Seine Einfachheit war genial und gab dem Film Witz und Tiefe.

Nach der zwölften Kehrtwende ging ich vom Zuschauerraum hinter die Bühne. Dieser Wahnsinnsfilm war unschlagbar: Der ganze Saal brüllte. Dagegen erschien mir unser Schattenspiel, das wir für das Licht- und-Schatten-Festival einstudiert hatten, fade und ohne Pfiff. Als ich endlich hinter der Leinwand am Tageslichtprojektor stand, um unser Stück vorzuführen, war meine Stimmung auf dem Tiefpunkt.

In diesem Augenblick blendete mich der Strahl des Filmprojektors jenseits der Leinwand und ich bemerkte den Spalt: Die mittlere Naht war geplatzt. Auf der Zuschauerseite war mir der feine schwarze Spalt im bewegten Bild nicht weiter aufgefallen, da die Leinwand von vorne beleuchtet wurde. Unser Schattenspiel-Projektor aber leuchtete von hinten und würde die Zuschauer vor dem Spalt blenden. Und ausgerechnet dort, in der Mitte des Parketts, saß De Gruyter, der noch Laienspieler für seine Europa-Tournee suchte. Die Projektorlampe würde ihm durch den Riss direkt in die Augen strahlen. Es sei denn, wir flickten die Naht noch vor dem Auftritt.

Ich sandte ein Stoßgebet zum Himmel, dass die Hunde noch ewig weiter jagen mögen von einem Ende der Welt zum anderen, und verschwand in der Garderobe. Die geplatzte Naht war mir ein Rätsel. Helene hatte die 2,50 m breiten Nesselstoffbahnen sorgfältig zusammengenäht. Wie konnte die Naht platzen? Und wie war sie zu flicken? Eine Heftmaschine und Sicherheitsnadeln fielen mir ein. Ich suchte in der Garderobe neben der Bühne Tische, Schachteln und Schubladen ab, ohne Erfolg. Erst bei den Requisiten wurde ich fündig und fand neben der Heftmaschine eine riesige Sicherheitsnadel.

Im Takt der Hundemeute jagte ich zurück. Auf dem Gang zur Bühne fand ich eine Stehleiter und nahm sie mit. Die Leinwand wurde dunkel, der Kurzfilm war zu Ende. Tosender Applaus drang durch die Wand.

Ich stellte die Leiter an den Bühnenrand und hörte, wie der Applaus verebbte und Schlick, der Veranstalter, unseren Auftritt ankündigte: »Als Nächstes sehen Sie die Schattenpantomime DER HAARNADELTANZ, vorgeführt von den Laienspielern Sascha und Helene Heidenreich. Mit Oboe und Pauke begleitet von Siegfried Schuss.«

Helene stand zitternd am Projektor, ich gab ihr ein Zeichen zu warten, aber es war zu spät. Die Oboe spielte das Eingangsmotiv, Helene knipste den Projektor an, und auf der Schattenwand erschien unser Bühnenbild: ein zwischen zwei Wolkenkratzern gespanntes Hochseil. Und mitten im blauen Himmel klaffte der Spalt!

Mein Herz stand still. So kam es mir jedenfalls vor. Helene winkte mich zum Projektor, aber ich stand wie erstarrt und deutete mit dem Finger auf die geplatzte Naht. Jetzt erst begriff Helene und erstarrte ebenfalls.

Plötzlich hörte ich keine Oboe mehr. Eine seltsame Ruhe überkam mich. Das Lampenfieber war wie weggeblasen. Jetzt gab es nichts mehr zu verlieren. Seelenruhig schritt ich im Lichtkegel hinter der Schattenwand auf den Riss zu, bis ich zwischen De Gruyter und der Lichtquelle stand, so dass ihn die Lampe vorerst nicht mehr blendete.

Unser Haarnadeltanz war vergessen. Das Schattenspiel hatte begonnen und drehte sich um den Riss. Das war jetzt unser Konflikt, der irgendwie dramaturgisch gelöst werden musste. Auch der Oboenspieler hatte das jetzt begriffen und untermalte meine Pantomime.

Ich beäugte den Riss, hielt unmerklich inne, fuhr mit dem Zeigefinger die Naht entlang bis hinunter auf Fußhöhe, hielt wieder inne, dann hoch bis über meinen Kopf, wo im Bühnenbild das Seil gespannt war.

Das kurze Innehalten, der pantomimische »Tock«, machte jede Bewegung zu einer deutlichen Aussage, deren Sinn der Zuschauer erfassen konnte, bevor die nächste Aussage folgte. Ich zog die klaffende Naht mit den Fingern zusammen, – Tock – winkte Helene heran, – Tock – reichte ihr die Heftmaschine, – Tock – sie setzte sie an die Naht, – Tock – dann machte es Klick. Mit jedem Klick wurde der Riss kleiner. Nur den Bereich über dem Seil konnten wir nicht erreichen. Schulterzuckend sahen wir uns an.

Helene schaute sich suchend um – Tock – und wies zum Bühnenrand. Ich nickte, – holte die Stehleiter, – stellte sie vor den Riss, – stieg hinauf. – Helene stieg mir nach auf die unterste Sprosse. – Es wurde eng. – Ich stieg eine Sprosse höher, – sie stützte mich. – Als ich den Fuß auf die oberste Sprosse setzte, kippelte die Leiter und wir stürzten polternd zu Boden. Gelächter im Saal. Ich drohte den Zuschauern mit der Schattenfaust.

Wir rappelten uns hoch, – stellten die Leiter umständlich wieder auf. Diesmal stieg Helene hoch und hielt die Naht zusammen. Die Heftmaschine machte klack, aber die Naht blieb offen. Ich öffnete sie, – schaute hinein, – bemerkte verzweifelt, dass die Krempen alle waren, – warf die nutzlose Maschine in die Ecke, wo sie auf die Bühnenbretter polterte. Erneutes Gelächter. Ich griff in die Hosentasche, – zog die riesige Sicherheitsnadel heraus, – reichte sie Helene, – und sie verschloss damit den letzten Spalt. Zwischenapplaus.

Helene stellte mit Siegergeste einen Fuß auf die oberste Plattform der Leiter und nahm den Applaus entgegen. Beim Absteigen rutschte sie ab, verhedderte sich in der Leinwand und riss im Sturz mit lautem Ratsch die ganze Naht auf. Am Boden blieb sie liegen und zwinkerte mir zu. – Ich schritt besorgt zu ihr, – betastete ihre Glieder, ob alles noch heil war, – half ihr fürsorglich auf die Beine. – Wir schritten zum klaffenden Riss, – zogen ihn auseinander – und traten vors Publikum.

Zwischen unseren Köpfen strahlte die Projektorlampe jetzt genau auf De Gruyter, der mit zusammengekniffen Augen dasaß. Hinter uns ein Knall, ein Paukenschlag, und wir standen im Dunkeln. Durch die Erschütterung des Sturzes war die heißglühende Lampe geplatzt.

Totenstille im Saal.

Das Rampenlicht blendete auf, Schlick erschien auf der Bühne. »Werte Zuschauer. Statt des geplanten Schattenspiels sahen Sie aus gegebenem Anlass die Stegreifpantomime DER RISS IN DER SCHATTENWAND.« Jetzt erst kam der Applaus. Ich hatte das Gefühl, aus reinem Mitleid.

Mit gemischten Gefühlen stahlen wir uns alle drei nach der Vorstellung ins Bankett. Am liebsten wären wir in den Boden versunken, aber Schlick schleifte uns ausgerechnet an De Gruyters Tisch.

»Hier sind die Pantomimen«, sagte er, »samt Musiker.«

De Gruyter musterte uns scharf: »Wussten Sie vor Ihrem Auftritt von dem Riss in der Leinwand?« Ich nickte.

»Wann haben Sie ihn bemerkt?«

»Drei Minuten vor dem Auftritt. Etwa nach der zehnten Kehrtwende der Hundemeute. Ich hatte gerade noch Zeit, nach Heftmaschine, Sicherheitsnadel und einer Leiter zu suchen.«

»Und wie erklären Sie sich den Riss?«

»Das ist uns ein Rätsel. Die Naht war doppelt genäht und die Leinwand sauber gespannt.«

»Arbeiten Sie immer so? Wie kann so was passieren?«

Mit einem verstohlenen Grinsen zog Schlick ein Teppichmesser aus der Jackentasche. »Dieses Messer war daran schuld.«

Helene wurde leichenblass. Mit großen Augen starrte sie ihn an: »Sie haben uns diese Blamage mit Absicht eingebrockt? Aber warum?«

Er grinste noch breiter. »Als ich De Gruyter im Parkett sitzen sah, genau vor der Naht, in der Schusslinie des Projektors, hat mich der Schalk im Nacken gepackt und hinter die Bühne geschickt. Als dann die Hundemeute anfing zu rennen, ist mir im Dunkeln die Hand ausgerutscht.«

»Aber wir hatten doch den Haarnadeltanz ...«

»Klar, das war einstudiert. Ich wollte aber, dass ihr improvisiert. Bitte schaut mich nicht so an, es hat doch prima geklappt!«

Jetzt grinste auch De Gruyter. »Schon gut. Ich glaube Ihnen, Schlick.« Er nippte an seinem Sektglas, dann meinte er: »Hättet Ihr Lust, mit mir auf Tournee zu gehen? Ich könnte noch ein paar Leute gebrauchen, die genug Nerven haben, notfalls auf offener Bühne zu improvisieren.«

»Applaus«, rief Fridolin und fing an zu klatschen. Andere stimmten ein. Da meldete sich der bucklige Merlin. »Meine Schwester Lisa war auch Schauspielerin. Ich habe sie oft besucht und ihre Proben und Premieren miterlebt. Aber dann geschah etwas, woran ich jahrelang zu knabbern hatte. Ich weiß nicht, ob ich das überhaupt erzählen kann, aber ich muss es einfach mal loswerden, auch wenn es sehr persönlich ist.«

»Geschichten, die tiefer gehen und das Herz berühren, sind die besten«, meinte Pierre. »Das weiß jeder Autor. Wir sind doch hier unter uns. Ich sorge dafür, dass keine dummen Bemerkungen fallen.«

»Okay, dann kommt morgen Abend alle zu mir.«

Am nächsten Tag sah ich Merlin im Shop unter dem Aussichtsrestaurants Kerzen und Räucherstäbchen kaufen, und er fragte den Shopkeeper, wo er ein Bild ausdrucken könnte.

Abends in Merlins Zimmer kam ich mir vor wie in einem Tempel. Er hatte Räucherstäbchen angezündet, und auf seinem Nachttisch standen zwei brennende Kerzen neben einem Bühnenfoto seiner Schwester. »Das ist Lisa«, sagte er und knipste die Deckenbeleuchtung aus, so dass nur noch Kerzenlicht und eine Nachttischlampe brannten.

Als Oskar das halbverdunkelte Zimmer betrat, maulte er: »O Mann, wo sind wir denn hier gelandet? Macht doch mal Licht!«

Aber Merlin winkte ab, und Pierre war feinfühlig genug, Oskar zur Ruhe zu gemahnen. Vom Speiseraum hatte Merlin Tassen besorgt, in denen er jetzt einen würzig dampfenden Kräutertee servierte. Während wir alle im Halbdunkel saßen und unseren Tee schlürften, breitete sich eine wohlige Stille aus. Anscheinend brauchte Merlin diese andächtige Atmosphäre, um sein Erlebnis wahrheitsgetreu zu erzählen. Er begann seine Geschichte mit einem Gedicht von Goethe.

Selige Sehnsucht – von Merlin

Sagt es niemand, nur den Weisen,
weil die Menge gleich verhöhnet:
Das Lebend'ge will ich preisen,
das nach Flammentod sich sehnet.

In der Liebesnächte Kühlung,
die dich zeugte, wo du zeugtest,
überfällt dich fremde Fühlung,
wenn die stille Kerze leuchtet.

Nicht mehr bleibest du umfangen
in der Finsternis Beschattung,
und dich reißet neu Verlangen
auf zu höherer Begattung.

Keine Ferne macht dich schwierig,
kommst geflogen und gebannt,
und zuletzt, des Lichts begierig,
bist du, Schmetterling, verbrannt.

Und solang du das nicht hast,
Dieses: Stirb und werde!
bist du nur ein trüber Gast
auf der dunklen Erde.

– Johann Wolfgang von Goethe

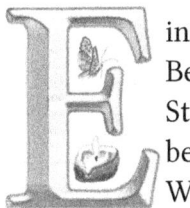

Eine Nacht im November 1986. Aufgewühlt liege ich im Bett und rätsele, wo meine Schwester jetzt sein könnte. Still und heimlich ist sie gegangen. Nichts ist uns geblieben außer einem großen Fragezeichen.
Warum?

Ihr Fortgehen zermürbt uns alle. Zu makaber war das, was wir in ihrem Badezimmer vorfanden. Könnte ich nur mit ihr reden!

Unter ihrem Abschiedsbrief stand »Pfüati«, das bayrische »Gott führe dich«. Aber der Grund, den sie genannt hat, entbehrt jeder Logik.

– Lisa, wo bist du? – frage ich ins Dunkle. – Bitte melde dich!

Da höre ich ihre Stimme in meinem Kopf. – Hallo? Bist du's?

– Lisa! – Es hat geklappt. Ob es Einbildung ist oder Wirklichkeit, wer kann das sagen? Wichtig ist nur, dass ich mich gut dabei fühle. Ihre Stimme klingt so nah, als säßen wir uns gegenüber.

Von klein auf hatten wir beide das Gefühl, uns seit eh und je, ja seit Jahrtausenden zu kennen. Als ich drei Jahre nach ihr auf die Welt kam, soll sie mich mit den Worten begrüsst haben: »Da bist du ja endlich.«

– Lisa, erzähl mir doch, warum du gegangen bist. Was ist nur in dich gefahren an diesem Tag?

– Also, ich hatte die ganze Nacht nicht geschlafen, war völlig überdreht und gegen alles empfindlich ... ›Was mach ich bloß?‹ dachte ich. ... ›Wie soll das nur weitergehen?‹ ... Ein Leben ohne Bühne, ohne Proben, ohne Premieren ... stattdessen Bestrahlungen, Wartezimmer, weiße Kittel und Krebspatienten, die mir in allen Einzelheiten ihre Krankengeschichten erzählen ... Das hatte mit mir und meinem Leben nichts mehr zu tun ...

Ihre Stimme klingt bedrückt. Die Sätze kommen stockend, mit langen Pausen.

– Mein Hauptbuch war vollgeschrieben bis zur letzten Seite, da dachte ich, jetzt klappst du's einfach zu.

Ihr Hauptbuch, dieser riesige, sieben Kilo schwere Foliant, den ich zwischen Kisten voller Bücher, Fotos und besprochener Kassetten in ihrem Nachlass fand, liegt jetzt kalt und schwer auf meinem Tisch. Der Eintrag auf der ersten Seite schildert, wie sie hinter dem Wandregal einer Mansarde eine Tür zur Rumpelkammer ihrer Wirtin entdeckte, wo neben einem Spinnrad dieses Buch von 1885 lag, mit 365 leeren Doppelseiten »Soll und Haben« im A3-Format.

Anfangs in grüner, später in violetter Tinte füllte sie die Seiten sporadisch mit Briefen, Gedichten und Tagebuchnotizen. Ein viertel Jahrhundert lang diente es ihr als stiller Lebensgefährte, der ihre Beichten über Liebesfieber und Liebeskummer geduldig aufnahm.

Eingeklebte Bühnenfotos, Kritiken, Ausschnitte aus Programmheften zeigen sie als Ehrbare Dirne Lissy bei der Landesbühne, als Effi Briest im Kleintheater, als Mutter Courage im Theater der Altstadt. Alle ihre Hauptrollen und Spielzeiten hat sie darin dokumentiert, von Mainz, Darmstadt, Stuttgart, Köln und Bern bis Bruchsal. Nur von ihrer Münchner Zeit gibt's keine Bilder. Dort fand sie kein Engagement, sprach nur ab und zu Hörspiele für den Bayrischen Rundfunk. Ohne Proben und Auftritte verkroch sie sich immer tiefer in sich selbst, verliebte sich in die Stille ihres Apartments mit dem sonnigen Balkon zum Garten und mischte sich nur noch zum Einkaufen in den Straßenlärm.

Vor sechs Wochen schrieb sie mir nach Indien, sie habe Gebärmutterkrebs und müsse operiert werden.

– Du hättest ein neues Hauptbuch aufklappen können –, sage ich. – Der Krebs war doch weg.

– Das war nicht sicher. Laufend sollte ich zu Nachuntersuchungen kommen. Schon vor der Operation spürte ich, dass meine Zeit auf Erden abgelaufen war. Eine Patientin im Krankenhaus gab mir zwei Adressen: ›Vereinigung für freiwillige Euthanasie‹ und ›Gesellschaft für humanes Sterben‹. Ich schrieb sie an und bat um Prospekte. Als ich später zur Bestrahlung bestellt wurde, ging ich einfach nicht hin. ›Das ist der Anfang vom Ende‹, dachte ich, ›ein Teufelskreis.‹ Da kamen die Prospekte. Es klang alles so vernünftig: kein Dahinsiechen, keine Belastung der Krankenkasse und der Familie. Es schien das Sinnvollste zu sein, jetzt von der Bühne abzutreten.

Sie schweigt und gibt mir Gelegenheit, mich an die Zeit mit ihr zu erinnern. Als ich zwei Jahre alt war, sah sie mich mit dem Kopf unter Wasser in einem Bach liegen und rettete mich vor dem Ertrinken. Als meine Mutter starb, übernahm sie deren Rolle, führte mich in Künstlerkreise ein, machte mich mit Schauspielern, Schriftstellern und Malern bekannt. Wir lasen zusammen Rilkes ›Aufzeichnungen des Malte Laurids Brigge‹, wo der Tod als etwas Heiliges beschrieben wird. Seitdem empfand sie den Tod als das große Einswerden mit dem göttlichen Licht.

Alle ihre Liebschaften scheiterten an dieser Sehnsucht nach ihrem eigentlichen Geliebten: diesem geheimnisumwitterten Gesellen, den die meisten Menschen fürchten, ohne ihm je entkommen zu können; dem Freund der Lyriker und Denker, der vor keinem Würdenträger Halt macht. Ihn, den sie ihr Leben lang verehrt hatte, rückte der Krebs nun in greifbare Nähe.

– Drei Tage zuvor hatte ich es schon mal mit Tabletten versucht. Am nächsten Morgen wachte ich mit einem dicken Kopf auf und fühlte mich wie gelähmt. ›Ich bräuchte eine Anleitung‹, dachte ich. Also rief ich jemand an, so einen jungen Kerl.

– Wen?

– Den Namen sag ich nicht, sonst kriegt er Ärger. Ich hab ihn gefragt: ›Kannst du mir nicht ein Buch besorgen, wo drin steht, wie man's machen muss?‹ Er wollte nicht, aber ich ließ nicht locker, bis er sagte: ›Is gut. Aber vorbeibringen du i's net.‹

›Warum nicht?‹

›Naa, naa! Do will i nix mit z' due ham.‹

Ich traf ihn am U-Bahnhof, er gab mir das Buch, ich versteckte es unterm Mantel und wurde auf einmal ganz ruhig. Ich drückte es ans Herz und sah alles mit anderen Augen: Wie die Leute hin und her rannten … mit sorgenzerfurchter Stirn! Zu all dem hatte ich jetzt einen großen Abstand. Das war vorbei, das ging mich nichts mehr an. Als ich über die Straße lief, hätte mich fast ein Auto überfahren. Der Fahrer hupte und fing an zu schimpfen: ›Bassen's doch auf, des wär fast daneben ganga!‹

Und ich dachte: ›Na wenn schon. Das ist doch genau, was ich will. Wenn der wüsste, welchen Schatz ich unterm Mantel trage!‹ Ich bog in meine Straße ein und sagte mir: ›So. Jetzt gehst du zum letzten Mal diese Straße entlang, steigst zum letzten Mal diese Treppe hoch, schließt zum letzten Mal deine Wohnungstür auf.‹ Wenn du aus einer Gegend wegziehst, in der du lange gewohnt hast und wo du so manches erlebt hast … Vieles kommt dir dann in den Sinn. Ich dachte an die stillen Stunden in meinem Zimmer mit Nachmittagssonne und Vogelgezwitscher, an die wenigen Freunde, die ich hier hatte … an deinen Besuch … an unseren Zukunftstraum von der Wanderbühne mit eigenen Stücken … Von all dem nahm ich jetzt Abschied. Ich war ganz ruhig und fühlte mich federleicht, als wäre ich schon ohne Körper.

Im Zimmer blätterte ich in dem Buch und dachte: ›Das ist mein Tor zum Licht. Bald wird es hell um mich sein.‹ Ach, furchtbar, was es alles für Todesarten gibt und was man alles dazu braucht!

Ich hatte doch nichts: keinen Strick, keinen Haken an der Decke, keinen Revolver. Ich war schon ganz ratlos. Da sah ich die Überschrift: ›Mit Messer und Hammer‹. Ein Brotmesser hatte ich doch, genau in der richtigen Länge, und einen Hammer auch. Um die Wohnung nicht zu verschandeln wurde empfohlen, sich in die Badewanne zu setzen.

Schon vor dem ersten Versuch hatte ich den Brief an dich geschrieben und zusammen mit meinen Ersparnissen in einen Umschlag gesteckt. Das lag alles noch da wie vor drei Tagen. Jetzt schrieb ich noch einen Zettel, wie in dem Buch geraten wurde, damit kein anderer verdächtigt wurde: ›Ich scheide aus dem Leben, weil ich Krebs habe.‹

Ich legte eine Kassette mit ruhiger Musik in den Recorder und stellte das Band auf endlos. Eine feierliche Stimmung überkam mich, eine Art heiliger Rausch. Ich war richtig glücklich. Endlich war es so weit. Ich stand vor dem Ziel meiner Wünsche.

Ich nahm Messer und Hammer und stieg in die Wanne. Das Buch legte ich neben mich auf den Stuhl. Dann ging alles sehr schnell. Ich setzte mir das Messer auf die Brust und nahm den Hammer in die andere Hand. In dem Buch war genau gezeigt, wo das Herz sitzt und durch welche Rippen man drankommt. Ich drückte das Messer zwischen die Rippen und schlug mit dem Hammer drauf. Als er mit lautem Krach zu Boden fiel, erschrak ich und dachte: Hoffentlich hat das keiner gehört und kommt jetzt rein. Da merkte ich, es hatte geklappt, und dachte: ›Endlich erlöst.‹ Dann wurde ich bewusstlos.

Als ich wieder zu mir kam, hatte ich das Gefühl, durch eine lange, dunkle Röhre gezogen zu werden. Es war wie ein Sog zum hellen Ende des Tunnels. Dort stand eine Frau. Sie sah mich traurig an und sagte: ›Siehst du, das ist dein Körper.‹

Da sah ich meinen Körper in der Badewanne. Der Kopf war zur Seite gekippt, die Augen standen offen, die Kinnlade hing herunter, ich konnte die Zähne sehen. Das Blut floss als dünnes Rinnsal aus der Wunde. Ich bekam einen Schreck: ›Mensch, es hat wirklich geklappt. Jetzt gibt es kein Zurück.‹

Und wie ich meinen toten Körper so betrachtete, schüttelte ich mich und dachte: ›Wie ekelhaft der jetzt aussieht. Gut, dass du den endlich los bist.‹

Ich blieb lange im Bad und sah, wie das Blut aufhörte zu fließen und gerann. Da klingelte das Telefon. Aber ich konnte ja nicht mehr abheben und sagen: ›Es hat geklappt. Ihr könnt meinen Körper holen. Er liegt in der Badewanne.‹

Ewig hat es geklingelt, später wieder, tagelang. Außer dem Schrillen des Telefons war nur das Knarren der Dielen von oben zu hören und der feierliche Gesang, den ich auf endlos gestellt hatte. Und die ganze Zeit brannte im Bad das Licht, die Heizung war aufgedreht, es wurde stickig und stank. Die Wangen fielen ein, die Nase wurde spitzer. Niemand kam.

›Siehst du, das ist dein Körper‹, sagte die Frau. Sie stand noch immer hinter mir, als wäre nur ein Augenblick verstrichen.

›Ich habe mich selbst ermordet.‹

›Leider ja.‹ Sie hatte Verständnis und nickte. ›Tut mir Leid für dich. Aber jetzt ist es zu spät.‹

Lisas Stimme schweigt in meinem Kopf. Ich denke daran, was mein Vater, meine Stiefmutter, meine Geschwister inzwischen erlebten.

– Nach einer Woche haben sie dich gefunden –, sage ich. – Deine Nachbarin rief bei den Eltern an und fragte, ob du hier wärst. Seit Tagen wärst du nicht mehr aufgetaucht, ans Telefon gingst du auch nicht. Sie versuchten immer wieder, dich zu erreichen. Als du nie abnahmst, wurden sie stutzig. Schließlich sind sie nach München gefahren und haben mit der Polizei die Wohnung aufgebrochen. Der Schock sitzt ihnen jetzt noch in den Knochen. Ich selber erfuhr erst Tage später davon, am Flughafen Frankfurt, als ich aus Indien zurückkam. Ich rief zu Hause an, da sagte Baba: ›Endlich meldest du dich. Lisa ist tot. Sie hat sich ein Messer in die Brust gerammt.‹

Wie vor den Kopf geschlagen stieg ich in die S-Bahn. Auf dem Weg nach Hause dachte ich an die Kartenlegerin, die Lisa aufgesucht hatte, als sie siebzehn war.

»Du wirst viele Charakterrollen spielen«, prophezeite sie ihr, »aber erst im Alter berühmt werden.« Darauf Lisa: »Ich will kein altes Weib werden. Wenn ich über Vierzig bin, bring ich mich um.« ... Vierundvierzig ist sie geworden.

Warum bin ich nicht eher zurückgeflogen? Seit Wochen hatte ich mich in Indien hundeelend gefühlt und wollte unbedingt nach Deutschland, ohne zu wissen warum. Hätte ich Lisa umstimmen können?

– Seit Tagen sehe ich alles wie durch einen Schleier –, sage ich, – als stünde ich mit einem Fuß im Jenseits und schaute von dort auf die Erde. Im Vergleich zur Ewigkeit ist hier alles so hektisch und lächerlich. Wie

Eintagsfliegen schwirren die Menschen durch die Gegend. Ich bin froh, dass ich dich hören kann. Wenigstens geistig bleiben wir verbunden.

– Nur wenn du anrufst. Ich selber kann mich nicht melden. Wir haben nur Verbindung, wenn du im Stillen an mich denkst.

– Und wo bist du jetzt?

– Im Dunkeln.

– Wie fühlst du dich?

– Dunkel.

– Was siehst du?

– Dunkel.

– Bist du in einem Raum?

– Ja.

– Kannst du dich bewegen?

– Nein.

– Wie furchtbar! Was ist los mit dir?

– Ich bin in der Dunkelkammer.

– Wieso?

– Meine Ankunft war nicht vorgesehen. Erst Jahrzehnte später, nachdem ich mit Charakterrollen berühmt geworden wäre. Bis dahin sitze ich im Dunkeln, weder hüben noch drüben.

Unser Gespräch bricht ab. Erschüttert liege ich im Bett und finde keine Ruhe. Das alte Sprichwort ›Wie du säst, so wirst du ernten‹ geht mir durch den Sinn. Wie grausam!

– Gibt es irgendwo im Universum eine Instanz –, frage ich ins Dunkle hinein, – an die ich mich wenden kann, um meiner Schwester zu helfen?

– Ja. – Eine fremde Stimme meldet sich in meinem Kopf.

– Wie heißt diese Instanz, wie kann ich sie erreichen?

– Du sprichst bereits mit ihr.

– Was kann Lisa tun, um sich aus der Dunkelkammer zu befreien?

– Nichts. Sie erntet die Früchte ihrer Handlung.

– Aber sie kann doch nicht Jahrzehnte in der Dunkelkammer bleiben! Gibt es keinen Ausweg?

– Doch!

Jetzt entspinnt sich in meinem Kopf ein Gespräch, das mir am nächsten Morgen wie ein Spuk erscheint. Habe ich geträumt? Ist meine Einbildung mit mir durchgebrannt? Das darf ich niemandem erzählen! Auch Lisa nicht.

Die Ereignisse des Tages bringen mich zurück ins Diesseits. Ich fahre mit meinem Vater zum Notar, um die Erbschaftsangelegenheit zu regeln. Für die kommende Woche ist eine Trauerfeier in der Kirche bestellt. Die nächsten Tage, besser Nächte, vermeide ich es, mit Lisa zu sprechen. Ich habe Angst, sie weiterhin in der Dunkelkammer vorzufinden. Ich sichte und ordne ihren Nachlass und reise nach der Trauerfeier ab, um zu der Gruppe zurückzukehren, zu der ich gehöre.

Das letzte halbe Jahr war ich mit unserer Meditationsgruppe zur Erforschung höherer Bewusstseinszustände in Indien. Jetzt ist die Gruppe wieder in Europa und wohnt in Holland in einer früheren Klosterschule. Der Tod meiner Schwester verzögert meine Ankunft um eine Woche.

»Du kommst zur Unzeit«, sagt der Rezeptionist. »Alle Zimmer sind vergeben. Vor einer Woche wäre noch was frei gewesen.«

»Ich konnte nicht früher. Hast du nicht irgendwo ein Zimmer?«

Er schaut den Belegungsplan durch und schüttelt den Kopf. »Kein einziges Zimmer mit Bad, keines mit Dusche, höchstens eine Abstellkammer unterm Dach. Ein schmaler Schlauch voller Gepäck und alter Möbelstücke. Das Gerümpel kannst du in den Speicher räumen, dann hättest du ein Zimmer. Aber ein Bad gibt's dort nicht. Duschen musst du im Schwimmbad hinter der Turnhalle.«

Die Kammer hat eine schräge Dachluke, die vom Schnee verdunkelt wird. Ich fühle mich beengt und abgeschoben, doch mein allabendliches Gespräch mit Lisa tröstet mich: Während ich in der Abstellkammer hause, hat sie inzwischen die Dunkelkammer verlassen.

Ein Jahr lang schreibe ich eifrig mit, wie sie mir die lichterfüllte Landschaft ihrer feinstofflichen Welt schildert, ihre erwachende Begeisterung für klassische Musik und Opern, die sie auf der Erde immer scheußlich fand. Sie schwärmt mir von einem aufgestiegenen Meister vor, der ihre Seele betreut, und sie erzählt mir das Gleichnis vom Salz in der Küche: – Du gehst in die Küche, um Salz zu holen, und findest Rosinen und Mandeln, Erdnüsse, Kuchen, Käse und saure Gurken. Du fängst an zu naschen, kommst zurück ins Zimmer, setzt dich an den Tisch und merkst: Ach, das Salz wollte ich holen! Also musst du noch einmal in die Küche.

– Was willst du damit sagen?

– Jede Seele entscheidet sich vor der Geburt, was sie auf Erden erreichen will. Wenn du das Salz vergisst, musst du noch einmal zur Erde, um es zu holen. Lass dich nicht vom Alltag überschatten. Vergiss nie den Grund, warum du einen Erdenkörper hast.

Sie macht eine Pause, dann sagt sie: – Erinnerst du dich? Ich war doch anfangs in der Dunkelkammer. Jetzt hab ich erfahren, dass mir jemand geholfen hat, sonst säße ich heute noch dort. Einer, der auf Erden lebt. Das kannst nur du sein.

– Wie kommst du darauf?

– Wer denn sonst? Wie hast du das gemacht?

Ich berichte ihr, was in der Nacht nach unserem ersten Gespräch geschah, als ich erfahren hatte, dass sie in der Dunkelkammer saß.

– Gibt es keinen Ausweg? – hatte ich gefragt.

– Doch! Du kannst die Wirkung ihrer Handlung übernehmen.

– Wie macht sich das bei mir bemerkbar?

– Das wirst du sehen.

– Was muss ich dafür tun?

– Formuliere deinen Entschluss in einem Satz.

Ich kam mir vor, als stünde ich vor einem Tribunal.

– Wozu verpflichtet mich das? Werde ich es bereuen?

– Nein. Du lebst in einem Erdenkörper und kannst mit jeder neuen Tat etwas bewirken. Lisa kann ihr Karma ohne Erdenkörper nicht verändern. Niemand kann ihr helfen außer einem Menschen, der auf Erden lebt.

Im Geiste stand ich vor dem Tribunal und formulierte meinen Antrag.

– Bist du sicher, dass du diesen Antrag stellen willst, mit all seinen Folgen?

– Ja.

– Dann wiederhole ihn dreimal in vollem Wortlaut, damit du dir im Klaren bist, was du beantragst.

Ich formulierte: »Ich, Merlin Wotruba, geboren am 8. Oktober 1945, beantrage im Vollbewusstsein meiner Sinne, das Karma des Selbstmords meiner Schwester Lisa mit all seinen Konsequenzen zu übernehmen.«

Nachdem ich das im Geiste dreimal deutlich ausgesprochen hatte, schlief ich ein.

Am nächsten Morgen kamen mir Zweifel: Gab es im Jenseits tatsächlich ein solches Tribunal? War meine Vorstellung nicht viel zu irdisch? Würde ich die Wirkung spüren? Würde es Lisa helfen? Das konnte ich niemandem erzählen! Man würde mich für verrückt halten. Auch Lisa nicht. Ein Jahr lang hat sie nichts davon erfahren.

Am Tag, nachdem ich es Lisa erzählt hatte, sagte der Rezeptionist zu mir: »Heute wird ein Zimmer für dich frei, mit Bad und Balkon!«

Seither sind meine Gespräche mit Lisa selten geworden. Ich bin beruhigt, dass sie im Jenseits ihren Platz gefunden hat. Jetzt braucht sie mich nicht mehr.

Aber irgendwann, das weiß ich,

sehen wir uns

wieder.

»Danke, dass du das mit uns geteilt hast«, sagte Pierre. »Es gehört Mut dazu, so was Persönliches mitzuteilen. Viele halten ja solche Gespräche im Kopf für Hokuspokus.«

»Aber doch net bei uns«, meinte Dagobert. »Wir sind doch hier in einem spirituellen Resort. Ohne telepathische Verbindung wäre unsere Gruppe vor Jahren in Washington völlig aufgeschmissen gewesen. Damals gab's weder Mobilfunk noch Internet. Zum Glück hat unser inneres Funknetz einwandfrei funktioniert. Wenn ihr wollt, erzähl ich euch morgen die Geschichte.«

»Mir soll's recht sein«, sagte Léonce. »Ich tüftele solange weiter an meiner Preisgeschichte.«

Wieder streifte er mit einem Seitenblick Jean-Claude, der sofort konterte: »Wer zuletzt lacht, lacht am besten. Ich werde jedes Wort auf die Goldwaage legen.«

»Tu das!«, sagte Léonce. »Eine Goldwaage hast du sicher im Büro.«

»Bischt du verruckht!« rief Jean-Claude. »Die steht bei mir im Zimmer. Um den Reinheitsgrad von Münzen zu ermitteln.«

»Mit der Waage?« fragte Léonce. »Wie geht das denn?«

»Du bestimmst das spezifische Gewicht. Dazu brauchst du ein Glas Wasser, ein Klebeband und eine Waage. So was bringe ich nicht ins Büro. Gold wiegt man in aller Ruhe zu Hause.«

Beide lachten, aber ich wurde das Gefühl nicht los, dass sich hinter dieser scheinbar lockeren Frotzelei ein verbissener Ernst verbarg. Beide hätten den anderen liebend gerne als Verlierer überführt. Aber so weit waren wir noch nicht. Léonce hatte Jean-Claudes Angaben überprüft und mit Bedauern festgestellt, dass er tatsächlich einmal mit einer Maya verheiratet war, vor deren Elternhaus er den Unfall mit dem Capri hatte. Anscheinend hatte Jean-Claude aus Angst vor dem Verlieren nicht gewagt, auch nur ein Tüpfelchen an den Fakten zu verändern.

Am nächsten Abend saßen wir zum zweiten Mal bei Dagobert, der nicht in einem Hotelzimmer, sondern in einem Reihenbungalow wohnte und Jean-Claude noch an Gastlichkeit übertraf. Neben Obstsäften und Teegebäck waren kleine Schälchen mit Marzipan und Schokolade ausgelegt. Im Vorbeigehen hörte ich, dass ihm Léonce gegen Stundenlohn geholfen hatte, die Stube für den Abend gastlich herzurichten.

lso ihr erinnert euch ja sicher noch, dass unsere Gruppe zum Jahreswechsel 1983/84 an die Maharishi International University nach Fairfield, Iowa, gezogen ist, um der Welt gemeinsam mit über 7000 Meditierenden aus aller Welt einen »Vorgeschmack auf Utopia« zu geben.

7000 war damals die Wurzel aus einem Prozent der Weltbevölkerung und damit die kritische Masse, die durch Gruppenkohärenz das gesamte Weltbewusstsein zum Positiven hin beeinflussen konnte. Genau so wie ein Eisen zum Magneten wird, wenn eine genügend große Anzahl der Eisenspäne kohärent ausgerichtet ist.

Unsere Gruppe sammelte in den zwei Wochen der Versammlung die Weltnachrichten und brachte jeden Tag eine Pressemeldung in 20 Sprachen heraus, um den »Vorgeschmack auf Utopia« anhand der sinkenden Kriminalität, der steigenden Aktienkurse, der Friedensbekundungen von Staatsoberhäuptern und anderer positiver Ereignisse zu demonstrieren. In aller Welt war im Zeitraum der Versammlung das Eis zwischen den Fronten aufgetaut.

Diese positiven Ereignisse wurden dann zusammengefasst in einer Dokumentation über Wirkung und Nutzen des Einheitlichen Feldes, das aller Materie und Energie zugrundeliegt. Mit dieser Dokumentation wollten wir Anfang Februar in Viererteams rund um den Globus ziehen und Führungskräfte aus Wirtschaft, Politik und Wissenschaft über den »Vorgeschmack auf Utopia« informieren.

Die weltweite Informationskampagne – von Maharishi als »Globaler Marsch« bezeichnet – sollte am Sonntag, den 12. Februar, in allen Ländern gleichzeitig beginnen. Für die deutschen Bundesländer hatten sich sieben Viererteams gebildet, die an diesem Tag zwei große Treffen in Nord- und Süddeutschland leiten sollten.

Am Freitag vor der Einweihung des »Globalen Marschs« saß ich mit den deutschen Viererteams noch in Washington, D.C., im College of Natural Law beim Mittagessen und wartete auf die Nachricht unseres Reiseleiters, wann der nächste Flug nach Deutschland ging. Er telefonierte überall herum und eröffnete uns dann: »Vor Sonntag kein Flug nach Deutschland. Alles ausgebucht.«

Im Speisesaal wurde es still. Das durfte nicht wahr sein! Zwei große Säle voller Leute rechneten am Sonntag Vormittag mit uns.

Endlich brach Oskar aus meinem Team das Schweigen. »Dann mach ich einen Bummel durch die Stadt.« Andere folgten. Einer nach dem anderen verließ das Haus. Mit einer Handvoll Leuten blieb ich zurück. Schließlich meinte unser Reiseleiter: »Ich fahr mal direkt zum Flugplatz. Vielleicht lässt sich noch was machen.«

Eine halbe Stunde später rief er vom Flughafen an: »Eine Gruppe Japaner hat gerade ihren Flug storniert. Wenn alle 28 Mann Punkt drei am Flugplatz sind, können wir Samstag früh in Deutschland sein. In spätestens fünfzehn Minuten müsst ihr im Taxi sitzen.«

Na also, dachten wir. Wer sagt's denn! Die Handvoll Leute, die im Haus geblieben waren, setzte sich zusammen und besprach, was zu tun sei: Wie sollten wir jetzt die in der Stadt verstreuten Teammitglieder zusammentrommeln? Schließlich gab es damals keine Handys.

»Durch einen festen Beschluss«, schlug ich vor, »ein *Sankalpa*. Wir machen alle die Augen zu, meditieren für eine Minute und wünschen uns ganz fest, dass alle auf der Stelle zurückkommen. Durch das Einheitliche Feld, das reine Bewusstsein, sind wir ja alle verbunden.«

»Klar! Das Einheitliche Feld ist unser Funknetz!«

Keiner von uns zweifelte am Erfolg unseres stillen Wunsches. Wir gingen felsenfest davon aus, dass wir in unserer Schweigeminute alle angefunkt hatten und bei jedem jetzt die Sturmglocken läuteten. Wir liefen durch die Zimmer, sammelten alles Gepäck der Gruppe ein und brachten es zum Ausgang, wo die bestellten Taxis warteten.

Und tatsächlich: Wie zufällig kreuzte einer nach dem anderen vom Einkaufsbummel wieder auf. Sobald ein Taxi voll war, brauste es Richtung Flugplatz davon. Schließlich stand das letzte Taxi startbereit vor der Einfahrt. Es fehlte nur noch Oskar aus meinem Team. Ich sah auf die Uhr. Schon eine Minute über die Zeit! »Was mach ich bloß, wenn er nicht kommt?« Da keuchte er um die Ecke.

»Einsteigen! Schnell«, rief ich ihm zu.

»Aber mein Gepäck …«

»... ist schon im Kofferraum.«

»Was ist bloß ...«

»Los! Ich erklär dir alles im Taxi.«

Während der Fahrer auf die Tube drückte, fragte mich Oskar: »Wo fahren wir denn hin?«

»Zum Flughafen. Erklär mir erst mal, warum du so gerannt bist.«

»Das frag ich dich. Ich bin gemütlich an den Schaufenstern vorbei geschlendert. Da hatte ich auf einmal ein brenzliches Gefühl im Bauch und dachte: Geh zurück! Ich kehrte um, dann fing ich an zu laufen und rannte immer schneller. Bis ich gerast bin wie der Teufel. Ich dachte, ich verpasse was, ich komm nicht mit. Als ich um die Ecke bog, sah ich das wartende Taxi und dich. Was läuft hier eigentlich?«

Ich lachte: »Der Globale Marsch über Wirkung
und Nutzen des Einheitlichen
Feldes.«

»O Mann eh! Immer auf die kleinen Dicken«, stöhnte Oskar. »Immer muss ich in euren Geschichten den Blödmann spielen«

»Wieso denn Blödmann?«, meinte Dagobert. »Ich hab nur erzählt, wie es war. Oder willst du das bestreiten? Du wirst nämlich gleich von Jean-Claude als Zeuge vereidigt.«

»Nö, nö, ich beeide nix. Aussage verweigert.«

Jean-Claude wandte sich an ihn. »Du brauchst keinen Eid zu schwören. Dagobert meint nur, dass ich frage, ob alles genau so war. Ich bin nämlich der Kontrolleur.«

»Was denn für'n Kontrolleur? Was geht hier überhaupt ab?«

»Es geht um eine Wette. Hat Dagobert in der Geschichte gelogen oder irgend etwas zurecht gebogen?«

»Woher soll ich das wissen? Ich war ja in der Stadt spazieren.«

»Und am Schluss, wie du zum Taxi gerannt bist und was du gesagt hast. Die Pointe wird ja gern gigantisch aufgebauscht.«

»O Mann eh, das ist lange her. Aber dem Sinn nach stimmt's.«

»Also vom Prinzip her ist alles so gelaufen, odder?«

»Ja ja, genau. Warum müsst ihr immer auf mir rumhacken und diese uralten Geschichten auspacken? Ich bin nun mal wie ich bin.«

»Ist doch net bös gemeint«, verteidigte sich Dagobert. »Und ich wünsch dir, dass du bald den großen Fund ausgräbst.«

»Welchen Fund?«

»Einen dicken Klumpen Flussgold oder einen großen Klunker.«

»Ach du Schreck. Wird schon wieder über mich gelästert? Hier kann man aber auch nichts für sich behalten.« Es hatte sich herumgesprochen, dass der Smaragd, den er am ersten Tag gefunden hatte, leider nur zehn Dollar wert war. Im fehlte das begehrte »Grüne Feuer«.

»Zur abenteuerlichen Taxifahrt fällt mir auch eine Geschichte ein«, sagte ich. »Die Physiker sollen ja inzwischen schon Wurmlöcher entdeckt haben, die einen Tunnel durch die Zeit darstellen. Darum geht es nämlich in der Geschichte: um eine Taxifahrt mit einem Gast aus einer anderen Zeit. Ich kann zwar nicht garantieren, dass die Taxifahrerin die Wahrheit sagte. Aber ihr könnt sie selber fragen. Sie heißt Gesa Wohlrat und stand am Taxistand vom Bahnhof Hügliswil. Sie zeigte mir sogar Beweise, dass die Geschichte stimmt.«

Am nächsten Abend war mein Zimmer proppevoll. Und so servierte ich meinen Gästen heißen Apfelmost mit Glühweingewürz und dazu Gesas wunderwahre Geschichte.

Sie schlug das Buch mit »Wunderwahren Geschichten« zu, verstaute es im Handschuhfach und sah auf die Uhr: 11.58. Jeden Augenblick musste der ICE aus Paris einlaufen. Während sie die Schwingtür zur Bahnhofshalle im Auge behielt, trommelte sie mit den Fingern aufs Lenkrad und grübelte über die ewige Frage nach: »Wozu lebe ich eigentlich?«

Täglich acht Stunden am Steuer sitzen und eitle Wichtigtuer, Betrunkene und alte Omas durch die Gegend fahren. Kein gemütliches Zuhause wartete auf sie, kein Kinderlachen, nur eine sterile Neubauwohnung mit Kater Max und Fernsehkrimis. Mit lähmender Macht brach die Erkenntnis ihrer Mittelmäßigkeit über sie herein und raubte ihr jeglichen Ansporn.

Platzregen prasselte aufs Taxidach, verwandelte das Pflaster vor dem Bahnhof in eine Spiegelfläche und ließ Tropfenmännchen aus dem Boden wachsen. Reisende mit und ohne Schirm strebten durch die Schwingtür Richtung Fußgängerampel, Bushaltestelle und Parkplatz. Keiner suchte ein Taxi.

Fünf nach zwölf. Der Regen ließ nach. In zehn Minuten lief der Zug aus Mailand ein. Bis dahin war Flaute. Sie stieg aus, um sich beim Türkenkiosk einen Döner zu holen, und erstarrte: Die Schwingtür hatte sich zaghaft geöffnet und eine Figur auf den Platz geweht – wie aus dem Geschichtsbuch entsprungen.

Auf dem Kopfsteinpflaster vor dem Eingang stand ein weißgelockter Greis mit Pergamentgesicht, stützte sich auf einen Stock mit Silberknauf und betrachtete staunend das Straßenbild. Er trug einen Samtmantel, ein seidenes Halstuch, schwarze Bundhosen, Kniestrümpfe, spitze Schnallenschuhe und als Kopfbedeckung einen schwarzen Dreispitz mit Federbusch.

Seine Aufmachung passte so wenig in den grauen Septembertag wie seine staunenden Kinderaugen zum Greisengesicht. Reglos starrte er auf den Verkehr, der im Rot-Gelb-Grün-Rhythmus der Ampel stockte und weiterströmte. Er blickte zum Himmel empor, streckte die Hand aus, fing ein paar verspätete Regentropfen auf und zerrieb sie zwischen den Fingern. Sie konnte ihren Blick nicht von ihm wenden.

Er sah sie am Taxi stehen und lächelte ihr zu. Sie lächelte zurück. Gemessenen Schrittes kam er auf sie zu. Trotz seiner seltsamen Aufmachung wirkte sein Gang elegant. Er muss Franzose sein, dachte sie, und lief ums Heck, um ihm die Tür zu öffnen. »Kann ich Ihnen helfen, Monsieur?«

»Bonjour Madame. Sähr freundlisch von Ihnen. Isch suche eine Droschke.«

»Droschke?« Sie schmunzelte über den altmodischen Ausdruck. »Da sind Sie bei mir richtig. Bitte steigen Sie ein.« Sie öffnete die Wagentür. Er zögerte.

»Isch verstehe nischt. Wo sind die Pferde?«

Köstliches Schauspiel, dachte sie. »Monsieur, wir sind nicht mehr im 18. Jahrhundert«, erwiderte sie schlagfertig. »Im Dritten Jahrtausend werden die Droschken von unsichtbaren Pferden gezogen.« Während sie ihm beim Einsteigen half, malte sie sich aus, wie es wäre, wenn er beim Bezahlen einen Lederbeutel voll Dukaten aus der Tasche zöge. »Aus welchem Jahrhundert kommen Sie denn grade?«

»Oh, là, là! Wo denken Sie hin, Madame? Isch gomme frisch aus Paris. Drittes Jahrtausend? Wirklisch? Kennen Sie sisch aus in dieser ... äh ... Gegend?«

Sie lief um die Kühlerhaube und setzte sich ans Steuer. »Seit vierzehn Jahren fahre ich Taxi, Monsieur. Den Taxischein bekommt man nur, wenn man die Gegend wie seine Westentasche kennt. Wo wollen Sie denn hin?«

»Zum Ring.«

»Zum äußeren oder zum inneren?«

»Isch meine die Route um den Hügliswiler See.«

»Ach so, die Uferstraße? Die heißt nicht Ring. Wohin müssen Sie denn genau?«

»Einmal ringsum, und zwar gegen den Uhrzeigersinn.«

»Ganz um den See? Im Taxi? Das geht doch gar nicht. Am Nordufer gibt es nur Feld- und Traktorwege. Da können wir höchstens durch den Langen Tunnel fahren.«

»Wie lange fährt man bis zur Uferstraße?«

»Das sind nur fünf Minuten. Aber eine Rundfahrt um den See ist eine halbe Tagesreise. Wir müssen mehrmals über die Grenze.«

»Ja, das dachte isch mir.« Er nickte zufrieden. »Bitte eine volle Runde.«

»Das kostet Sie mit Zähler mindestens 400 Franken.« Gesa zögerte, den Taxameter anzustellen. »Ohne Zähler mach ich's Ihnen für 350. Wollen Sie das?«

»Ja, gerne. Wie viele Louis d'or wären das?«

»Louisdor? Haben Sie keine Franken?«

»Isch ... äh ... atte noch keine Möglischkeit, Münzen zu wechseln.«

Sie schmunzelte und fuhr los. Er spielte seine Rolle überzeugend. Wenn er tatsächlich mit echten Goldmünzen zahlte, sollte es ihr recht sein. Im Laufe des Nachmittags hatte sie bestimmt Gelegenheit, den Münzwert eines Louisdors herauszufinden. Und sie würde auch dahinter kommen, warum er diese Show abzog. Straßentheater war auf jeden Fall amüsanter als Betrunkene durch die Nacht zu kutschieren.

Als sie am See rechts in die Uferstraße einbog, fühlte sie sich zum ersten Mal seit Wochen wieder pudelwohl. Eine Überlandfahrt mit einem charmanten Schauspieler der alten Schule! Das war doch was!

Das Taxi ließ die letzten Häuser von Hügliswil hinter sich und näherte sich der Grenze. Sie bremste an der Warteschlange. »Zollkontrolle, Monsieur. Halten Sie bitte Ihre Papiere bereit. Ich heiße übrigens Gesa. Gesa Wohlrath.«

»Angenehm, Madame Wolrâ. Isch bin Professor Temperdu von der Académie française. Welsche Papiere meinen Sie? Mein Traktat über die kleine Geschischte der Zeit?«

»Ihren Pass, Herr Professor.«

Jetzt erst wurde ihr bewusst, wie gewagt dieser Ausflug war. Der Professor war für die Zollbeamten ein gefundenes Fressen. Ihr scharfes Zöllnerauge registrierte jede Kleinigkeit, die nicht zusammen passte. Wenn sie Verdacht schöpften, nahmen sie den Wagen stundenlang auseinander. Dabei wusste sie so gut wie nichts über ihren seltsamen Fahrgast. Stand er auf der Fahndungsliste? War die Maskerade ein freches Ablenkungsmanöver? War er dem Irrenhaus entsprungen? Was war gespielt und was echt?

»Madame Wolrâ, darf isch Sie etwas fragen?« Der Professor suchte nach Worten. »Gibt es eine Möglischkeit, die Kontrolle zu umgehen? Den Wegezoll entrischte isch gerne. Aber isch wusste nischt, dass wir Papiere brauchen.«

»Wie sind Sie denn von Paris über die Grenze gekommen – ohne Papiere?«

»Das ist ein Gapitel für sisch, Madame Wolrâ. Und misch beunruhigt ebenfalls die Frage: Wie gomme isch wieder zurück? Spätestens heute Abend muss isch zurück in meine Eimat- ... äh ... Gegend.«

»Okay, Herr Professor, ich weiß eine Möglichkeit: Wir drehen auf der Stelle um und blasen das Ganze ab. Ohne Ausweispapiere kommen Sie in diesem Aufzug nicht über die Grenze.«

»Nein, um Gottes Willen! Bitte fahren Sie fort. Es ist ganz wischtisch für meine Mission. Was ist denn auffällisch an meinem ... äh ... Aufzug?«

»Das fragen Sie noch? Dreispitz, Halsband, Samtmantel mit Schulterkissen, Bundhosen, Schnallenschuhe ... Alles, was Sie für Ihren Schelmenstreich aus dem Theaterfundus geholt haben.«

»Oh! Und ohne Dreispitz?« Er entblößte seine Lockenperücke.«

Gesa musste lachen. »Können Sie die Perücke nicht absetzen?«

»Ohne Perücke? Unmöglich! Wie sieht das aus?«

»Schlichter, unauffälliger, moderner, eben kein Anachronismus.«

Temperdu schielte in die Nachbarautos und entblößte mit sichtlichem Widerwillen seinen Kahlkopf. »Es ist mir außerordentlich peinlich, Madame, aber Sie wollten es so.«

»Sehr gut, Professor. Perücke und Dreispitz verstauen wir im Kofferraum, dann könnten wir's wagen.« Sie musterte ihn von der Seite. Vom Stehkragen abwärts wirkte er immer noch auffallend kostümiert. Im Kofferraum fand sie ihren Wollschal und eine Decke. Das war die Idee! »Verbergen Sie Ihren Stehkragen unter dem Schal, breiten Sie die Decke über die Beine, als würden Sie frieren, und sprechen Sie bitte kein Wort, bis wir die Grenzkontrolle hinter uns haben.«

Der Professor befolgte alles ohne Widerrede.

Als Gesa wieder hinter dem Steuer saß, fragte sie sich, wieso sie dieses riskante Spielchen eigentlich mitmachte. Aber dann wusste sie es auch schon: Endlich geschah mal was, das ihren lähmenden Trott durchbrach. Ja, sie brauchte ein Abenteuer, um endlich wieder zu spüren, dass sie noch lebte.

Die Warteschlange setzte sich in Bewegung, das Taxi näherte sich dem Kontrollhäuschen. Zwei Grenzer musterten die Autos und ihre Insassen. Gesa kurbelte das Fenster herunter und hielt die Wagenpapiere bereit.

»Wohin?« Ein Zöllner überflog das Wageninnere. Der Professor starrte ausdruckslos auf die Kühlerhaube. Schweißperlen standen ihm auf der Stirn.

»Sightseeing am See.«

»Okay!« Der Beamte winkte sie durch. Nach hundert Metern zückte der Professor sein seidenes Sacktuch und wischte sich die Stirn. »Das war der erste *Hemma*. Isch sehe, die Formel stimmt.«

»Welche Formel denn?«

»Die mehtamathematische Ringformel, durch die isch hergefunden habe.« Der Professor entspannte sich; dieses Frage- und Antwortspiel war ihm offensichtlich vertraut. »Im Süden ist ein *Hemma* zu überwinden.«

»Was ist denn ein *Hemma*?«

»Eine Hemmschwelle, die die Reise nach innen blockiert.«

»Reise nach innen? Ich verstehe nur Bahnhof.«

»Wissen Sie, wir sind zu dem Schluss gekommen ...«

»Wer ist denn ›wir‹?«

»Ähm ... Kennen Sie *Michel de Notredame*, den berühmten Mathematiker und Astrologen?«

»Sie meinen Nostradamus?«

»Das ist sein Gelehrtenname.«

»Verstehe. Und mit dem haben Sie heute morgen gefrühstückt und eine Zeitreise ins Dritte Jahrtausend geplant.«

»Wo denken Sie hin, Madame? Notredame ist doch längst tot. Wussten Sie das nischt? Er starb bereits 1566. Nur in seinen Schriften lebt er weiter. Und darin kündigt er für die Jahrtausendwende ein Ereignis an, das unbedingt verhindert werden muss.«

»Sie machen mich neugierig. Welches Ereignis denn?«

»In seinem Quatrain 10.72 heißt es:

L'an mil neuf cens nonante neuf, sept mois,
Du ciel viendra un grand Roi d'effrayeur,
Im Jahr tausendneunhundertneunundneunzig, Monat Sept,
vom Himmel kommt ein großer König des Schreckens, ...«

»Moment mal: 1999 ist doch schon vorbei.«

»O wirklisch? Sind Sie sischer? Isch dachte, wir wären ...«

»Ich weiß zwar nicht, wie Sie hierher gekommen sind, aber heute schreiben wir Donnerstag, den 6. September *anno domini* 2000. Daran gibt es nichts zu rütteln.«

Der Professor sackte in sich zusammen wie ein hilfloses Kind. Er zog sein weißes Sacktuch aus der Tasche und wischte sich die Schweißperlen von der Stirn. »Isch fürschte Ihre Antwort, Madame Wolrâ, aber isch muss Sie etwas fragen. Und sagen Sie bitte die Wahrheit, selbst wenn sie misch erzittern lässt: Wurde die Brücke über die Klamm im Osten inzwischen gesprengt?«

»Meinen Sie die ›Alte Eselsbrücke‹? Die das Süd- und Nordufer des Sees verbindet?«

»Exactement, Madame. Ist sie zerstört?«

»Noch nicht, sie steht noch. Aber nicht mehr lange.«

Der Professor lehnte sich zurück und atmete tief durch. Lächelnd schloss er die Augen. »Gott sei Dank. Dann ist meine Reise in Ihre ... ähm ... Gegend nicht vergebens.«

»Sie wird aber bald abgerissen – wegen Baufälligkeit.«

»Das habe ich befürchtet. Aber das müssen wir verhindern. Notredame sagt einen langen Krieg voraus, wenn sie gesprengt wird.«

»Einen Krieg wegen der alten Brücke? Unsinn.« Gesa musste laut lachen. »Dafür zieht niemand in den Krieg. Was soll denn so Besonderes an dieser Brücke sein?«

»Isch sehe, der Prophet im eigenen Lande zählt nischt. Laut Formel ist diese Brücke der Nullpunkt, das Zentrum der Welt, Anfang und Ende des unendlischen Kreislaufs der Schöpfung. In seinem Quadrain 1.87 sagt Notredame voraus, was geschieht, wenn das Zentrum der Welt gesprengt wird:

> *Ennosigée feu du centre de terre,*
> *Fera trembler autour de Cité Neuve;*
> *Deux grands rochers long temps feront la guerre,*
> *Puis Arethuse rougira nouveau fleuve.*«

Er blickte sie an, als hätte er damit alle Einwände vom Tisch gefegt. Gesa verkniff sich die Bemerkung, die ihr auf der Zunge lag, denn es war ihr zur zweiten Natur geworden, ihre Fahrgäste höflich zu behandeln. Sollte er ruhig so viel Theater spielen, wie er wollte. Falls der Professor tatsächlich beim Aussteigen mit Louisdors bezahlen würde, wäre das sicher ein Vielfaches des Fahrpreises.

Darum sah sie ihn nur hilflos an und meinte: »Verzeihen Sie, Professor, aber das verstehe ich nicht. Was hat den dieser Vierzeiler mit der Eselsbrücke zu tun?«

»Isch verstehe. Sie sind mit Notredames Ausdrucksweise nischt vertraut. Natürlisch kann der Vers vielfältisch gedeutet werden. Aber Monsieur Verne und isch waren uns einig, dass sisch *Centre de Terre* auf den Nullpunkt der Formel bezieht, auf die Brücke zwischen den beiden großen Felsen:

> *Stillmächtiges Feuer vom Zentrum der Welt*
> *erzeugt ein Zittern um die Cité Neuve.*
> *Zwei große Felsen schaffen Krieg für lange Zeit ...*«

Er machte eine bedeutungsvolle Pause, dann fuhr er fort: »Sie sehen, wenn die Brücke durch ein stillmächtiges Feuer gesprengt wird, erzittert ganz Hügliswil, und die großen Felsenküsten im Norden und Süden der Brücke werden sich für lange Zeit bekriegen.«

Sie fuhren an einem Park mit einem großen Gebäude vorbei, auf dem weithin sichtbar das Wort AKADEMIE prangte. Der Professor hatte die Umgebung während der Fahrt aufmerksam beobachtet, und als er das Gebäude mit der Aufschrift sah, rief er begeistert: »Oh! Tatsächlisch: der Hort des Wissens. Bitte halten Sie für einen Augenblick. Leitet diese Akademie vielleischt ein indischer Gelehrter?«

»Jetzt haben Sie sich aber verplappert, Herr Professor. Ein Mensch des 18. Jahrhunderts kann so was unmöglich wissen. Ich wette, Sie haben am Sonntag den Hügliswiler Boten gelesen, wo der Mahatma durch den Kakao gezogen wurde. Und jetzt spielen Sie den Ahnungslosen.«

»Ein Ma'atma leitet die Akademie? Miraculeux! Exactement so steht es in der Formel. Halten Sie bitte am Tor, Madame Wolrâ. Isch brauche sogleisch meine Perücke, meinen Dreispitz und einen Spiegel. Anschließend fahren Sie misch bitte vor das Gebäude.«

Gesa hielt am Straßenrand und half dem Professor, sich fein zu machen. Dann bog sie in den Park und hielt am Haupteingang.

»Warten Sie bitte hier, Madame Wolrâ. Isch gomme gleisch wieder zurück. Und hören Sie auf, misch zu belügen.«

»Wann habe ich denn gelogen?«

»Am letzten *Hemma* ist Ihre Droschke so nahe an den Vorderwagen aufgefahren, dass kein Platz für Pferde war. Ihre Droschke wird nischt von unsischtbaren Pferden gezogen, sondern von einer Kraft, die diese höllischen Geräusche von sisch gibt. Isch werde herausfinden, mit welscher Macht sie sisch verbündet haben! Darauf gönnen Sie sisch verlassen!«

Zitternd schlug er die Wagentür zu und verschwand im Gebäude. Gesa blieb im Wagen sitzen und trommelte aufs Lenkrad. Sie sah auf die Uhr: Viertel nach Eins. Kaum eine Stunde waren sie unterwegs, und ein ganzes Universum hatte sich vor ihr aufgetan. Sie ertappte sich bereits bei der Vorstellung, der Professor käme tatsächlich aus dem 18. Jahrhundert. Eigentlich war ihr Beruf gar nicht so schlecht. Sie erlebte immer wieder Überraschungen.

Bevor sie in trübe Gedanken verfallen konnte, kam der Professor schwungvollen Schrittes zurück. Er trug eine in Leder gebundene Mappe in der Hand und strahlte übers ganze Gesicht. Sein federnder Gang ließ ihn zehn Jahre jünger erscheinen.

»Madame Wolrâ, isch bitte vielmals um Vergebung.« Er stieg ins Taxi und schlug schwungvoll die Tür zu. »Die Geräusche Ihrer Droschke hatten misch beunruhigt. Jetzt weiß isch: Ihr Wagen wird von einer Maschine im vorderen Teil gezogen, die gereinigtes *oleum petris*, sogenanntes Steinöl, trinkt und verbrennt. Der Ma'atma hat misch aufgeklärt. Fahren Sie bitte in den Tunnel, der zum Ostufer führt. Und nach dem Tunnel über Pass und Eselsbrücke zum nördlischen Ufer.«

»Das geht leider nicht. Die Brücke ist gesperrt. Einsturzgefahr. Die darf man nicht mal mehr zu Fuß betreten.«

»Ah! Jetzt verstehe isch auch die letzte Verszeile von Notredame. Er sagt, dass Sie den Kurs noch ändern werden:

Puis Arethuse rougira nouveau fleuve.

Dann wird Arethusa umlenken auf die neue Route. «

Gesa sah den Professor von der Seite an. War er tatsächlich dem Irrenhaus entsprungen? »Sie denken, Notredame meint mich? Ich heiße aber leider nicht Arethusa!«

»Natürlisch nischt. Notredame spricht von Ihrem Schiff, das sisch ohne Pferde fortbewegt. *Arethusa* ist sein Wort für Straßenschiff. Er musste für dieses neuartige Ve'ikel eine Bezeischnung finden, die es zu seiner Zeit gab«

»Sie meinen, ich soll meine Kutsche ab jetzt *Arethusa* nennen, nur damit Ihr Nostradamus Recht behält?«

Gesa hatte nicht den Nerv, auf die abstrusen Gedanken des Professors einzugehen. Sie musste auf den Verkehr achten, denn im Tunnel wäre schon der kleinste Unfall verheerend. Sie schaltete das Licht ein und fuhr in den schwarzen Schlund. Der Südtunnel war nur kurz. Erst unter dem Nordufer führte der lange Tunnel durch, einer der modernsten und längsten, dessen Bau Milliarden verschlungen hatte.

»Die ›Alte Eselsbrücke‹ führt in 1000 m Höhe über die Klamm. Um diese Jahreszeit ist sie vereist. Ich habe keine Schneeketten dabei. Die Fahrt zur Brücke wäre nicht nur verboten, sondern lebensgefährlich.«

Gesa schaltete das Radio an, um den Verkehrsfunk zu hören.

»Isch verstehe Ihre Reaktion.« Der Professor nickte. »Das ist die Wirkung der *Hemma*, der Hemmschwellen auf der Fahrt nach innen. Nach dem Tunnel müsste laut Formel eine Wegscheide kommen, wo man entscheiden muss: links oder rechts. Ist es nischt so?«

»Stimmt. Nach dem Tunnel kommt noch eine Ausfahrt. Aber anders entscheiden kann ich mich nicht. Ich fahre durch den ›Langen Tunnel‹, der unter dem Nordufer durchführt. Pass und Brücke stehen nicht zur Diskussion.«

Kaum hatte sie das letzte Wort gesprochen, blinkten im Tunnel rote Lichter auf. Auch das noch: Stau! Aus dem Radio kam nur Rauschen. Im Schritt-Tempo schob sich die Warteschlange voran, bis sie das Tunnelende erreichten.

Ein Glück! Sie waren wieder an der frischen Luft. Hier funktionierte auch wieder der Radioempfang: »Einfahrt Süd zum Langen Tunnel Hügliswiler See wegen Steinschlag gesperrt. Letzte Wendemöglichkeit Ausfahrt Alte Eselsbrücke.«

Daher also der Stau. Auch der Professor hatte aufmerksam gelauscht. Seine Augen flackerten begeistert. »Sehen Sie, uns bleibt keine Wahl ...«

»... als zu wenden und die Rundfahrt abzubrechen. Tut mir leid, aber das ist höhere Gewalt.« Sie folgte der Autoschlange in die Wendeschlaufe.

»Halt!« Der Professor fing an, heftig zu zittern, und wurde krebsrot im Gesicht. »Madame, hören Sie mir bitte zu. Isch habe mein Leben für diese riskante Reise in die Zukunft gewagt, um die Menschheit vor dem langen Krieg zu retten, und Sie ... Sie ... Sie ... lassen sich von Stimmen unsischtbarer Geister in die Irre leiten! Der Ma'atma hat mir versischert, dass die Brücke mühelos zu überqueren ist. Erst gestern haben seine Leute sie benutzt. Die Absperrung ist eine Lüge, eine Hetzkampagne, um den Krieg der beiden großen Felsen zu schüren und die Menschheit zu versklaven. Bitte fahren Sie sofort zur ›Alten Eselsbrücke‹! Sollte sie tatsäschlisch nicht befahrbar sein, gönnen Sie *Arethusa* an der Brücke immer noch umlenken.«

So erregt hatte Gesa noch nie einen Fahrgast erlebt. Sie hörte ihr eigenes Herz pochen und spürte die geballte, zum Zerschneiden dicke Luft. Wortlos drehte sie die Scheibe herunter, um die Spannung raus und frische Luft herein zu lassen. Aber sie hatte nicht die Kraft, sich dem eisernen Willen ihres Fahrgastes zu widersetzen. Wortlos bog sie die schmale Passstraße zur Eselsbrücke ein.

»Isch danke Ihnen, Madame Wolrâ. Ihre Entscheidung bestätigt unsere Formel: *Mati*, die Entscheidungsinstanz, die jeder Mensch in sich trägt, kann ebenfalls ein Hemmnis sein, eine Hemmschwelle zum Weg nach innen. Der letzte *Hemma* ist die Klamm. Aber auch diese werden wir gemeinsam überwinden.«

Im Wagen wurde es merklich kälter. Gesa drehte die Scheibe wieder hoch. In steilen Serpentinen wand sich die enge Passstraße nach oben. Zum Glück lag nirgends Schnee. Seit ewigen Zeiten war sie diese Strecke nicht mehr gefahren. Als Kind war sie mit ihren Eltern hier gewandert. Der reißende Gebirgsbach, der sich von den Schneegipfeln im Osten in den See stürzte, hatte sein Bett tief in den Felsen geschnitten und eine übersteile Klamm entstehen lassen, über die sich in schwindelnder Höhe die baufällige Eselsbrücke spannte. Die Landschaft wurde kühler, schroffer, steiniger. Auf der Höhe pfiff ein scharfer Wind und heulte an den Scheiben. Endlich erreichten sie die alte Brücke.

Gesa hielt an und wunderte sich, dass keinerlei Absperrung zu sehen war. Das andere Ende der Brücke verschwand allerdings im Nebel. Die Sicht reichte gerade bis zur Mitte.

»Isch danke Ihnen, Madame Wolrâ.« Der Professor strahlte. »Isch danke Ihnen, dass Sie mit mir bis zum Nullpunkt der Formel gefahren sind, zum *Centre de Terre*. Steigen wir aus, Madame. Isch möschte Ihnen etwas zeigen.«

Sie stiegen aus und stellten sich an die Geländermauer. In tiefen Zügen atmete Temperdu die kühle Bergluft ein. »Isch bin glücklisch, dass isch diesen Augenblick erleben darf. Genau so hatte es sisch Monsieur Verne erdacht. Wissen Sie, er hat manschmal drollige Ideen.«

In Gesa stiegen tausend Fragen auf: War mit Monsieur Verne Jules Verne gemeint? Was hatte es mit dieser geheimnisvollen Formel auf sich? Und was hatte den Professor plötzlich so verändert? Am Bahnhof Hügliswil hatte er verstört und unsicher gewirkt. Während der Fahrt machte er einen eher gehetzten, angespannten Eindruck. Aber wie er jetzt entspannt auf der Brücke stand und anfing aufzutauen, wirkte er fast wie ein alter Bekannter, der Geschichten aus seiner Jugend auspackt.

»Gestern standen Monsieur Verne und isch auf dem *Pont St. Michel*, der ältesten Brücke von Paris, und sahen in die Seine.« Temperdu schaute in die nebelverhüllte Klamm, und Gesa sah ihn im Geiste im Paris des 18. Jahrhunderts auf der Brücke stehen. »Plötzlisch entdeckten wir eine Flasche, die sich im Ufergestrüpp verfangen hatte, und Monsieur Verne rief: ›Eine Flaschenpost.‹ Er kletterte ans Wasser und fischte die Flasche heraus. Sie hatte eine ungewöhnlische, bauchige Form, wie die Flaschen mit der Aufschrift ›Granini‹, die ich vorhin im Bahnhof Hügliswil hinter einem großen Fenster sah. Sie war mit einem Schraubverschluss versiegelt und enthielt tatsächlich eine Nachrischt: eine lateinische Schriftrolle mit einer kreisförmigen Zeischnung.

In der Rolle befand sich eine winzige Ampulle mit der Aufschrift: TAAM-MEHT. Vorhin sah isch in der Bahnhofsdrogerie solsche Ampullen für Magenbitter. Als wir den Text entschlüsselt hatten, meinte Verne: Diese Nachrischt kommt sischer aus der Zukunft. Der Ma'atma, der uns da um Hilfe bittet, hat diese seltsamen Flaschen sischer nischt selbst geblasen. – Tja! So nahm alles seinen Anfang.

Und jetzt stehe isch hier auf der Brücke und finde die Formel der *Mehta-Mathematik* tatsäschlisch bestätigt. Darf ich Ihnen diese Mappe überreischen, Madame Wolrâ, für den Fall, dass isch verfrüht zurück muss. Bitte helfen Sie dem *Ma'atma* in seinen Bemühungen, die al-

ten Eselsbrücken wieder jedem zugänglisch zu machen. Die Brücke aus Stein und auch diese uralte Eselsbrücke hier aus Lauten.«

Er schlug die Mappe auf und deutete auf eine kreisförmige Grafik, die mit Buchstaben markiert war. »Diese Ringformel entsprischt der Route um den Hügliswiler See. Hier unten im Süden steht HEMA, die Grenzkontrolle, die mir den Schweiß auf die Stirn trieb. Und der Hort des Wissens zieht sich über den gesamten Südhalbkreis: MATHEMA-ATTIC – der Speicher des Wissens.«

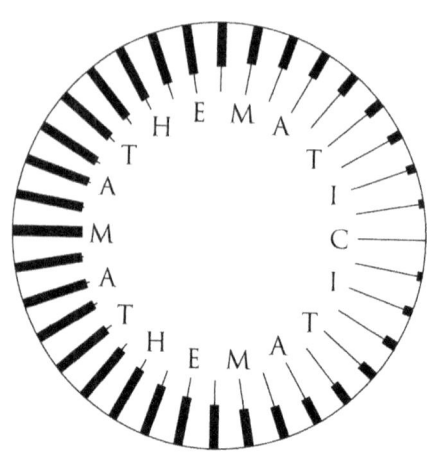

Er wies auf das C ganz rechts im Kreis: »Und hier, genau im Osten, stehen wir: Die Eselsbrücke ist das C, der Nullpunkt, der Nord- und Südufer trennt und gleichzeitig verbindet. Vor dem C steht ATI! Das ist Sanskrit und bedeutet: hinüber, jenseits, überquerend! Wir müssen vom IC, dem kleinen Ego, hinüber fahren zum ATI-CIT, dem transzendentalen Bewusstsein. Wollen Sie das mit mir tun? Isch bitte Sie.«

Zögernd setzte sich Gesa wieder ans Lenkrad und startete die Zündung. »Und wenn die Brücke durch Gewicht und Erschütterung einstürzt?«

»Wir stürzen nischt. Wenn Sie wollen, schieben wir den Wagen. Es ist nur wischtig, dass Ihr Straßenschiff Arethusa die Brücke überquert.«

»Ja, schieben wäre mir lieber.«

Sie stiegen aus und schoben das Taxi im Leerlauf mit offenen Türen und gelöster Handbremse über die holprige Brücke. Nichts geschah. Bis in der Mitte der Brücke. Scharf pfiff der Höhenwind durch die Klamm, Plötzlich bröckelten Mörtel und Steinchen aus der Geländemauer.

»Achtung, wir stürzen!«, rief Gesa. »Das Taxi ist zu schwer!«

Sie ließ das Lenkrad Lenkrad sein und flüchtete ans Nordufer. Der Professor aber blieb seelenruhig am Auto stehen und nickte nur. »Das war der letzte *Hemma*, die Hemmschwelle an der Klamm. Die Brücke hat Jahrhunderte gehalten, sie hält auch weitere Jahrhunderte. Kommen Sie, wir schieben weiter.«

Gesa zitterten die Knie, aber die Brücke hielt. Nur in ihr selbst brach etwas zusammen: die Wand der Angst in ihrer Brust. Als das Taxi am Nordufer stand, musste sie sich setzen. »Dass wir die Alte Eselsbrücke mit dem Auto heil überqueren können, hätte ich nie gedacht.«

»Sie sehen: Nischt alles, was die Zeitungen schreiben, stimmt. Es gibt immer dunkle Kräfte, die von Krieg und Schrecken profitieren. Bitte helfen Sie dem Ma'atma. Bezeugen Sie vor Presse und Regierungsstellen, dass die ›Alte Eselsbrücke‹ wieder nutzbar ist. Verhindern Sie den langen Krieg. – Isch danke Ihnen für die Fahrt im Straßenschiff. Isch spüre, der *Taam-Meht* hört gleich auf zu wirken. Kollege Verne wird staunen. Darf isch Ihnen diesen Beutel überreichen.«

Er überreichte Gesa einen kleinen, aber schweren Lederbeutel, stellte sich in der Mitte der Brücke an die Geländermauer, drehte sich noch einmal um und winkte: »Au revoir! Fahren Sie bitte weiter und vollenden Sie die Rundfahrt um den See. Fragen Sie im Norden nach *Sam Mehta* und bitten Sie ihn um eine Ampulle *Taam-Meht* für die Zeitreise. Damit Sie uns einmal besuchen können. In der Académie française sagen Sie einfach, Sie kommen auf Einladung von Professor Temperdu.«

Er warf ihr eine Kusshand zu, schwang sich über die Geländermauer und wurde vom Nebel verschluckt.

Gesa erstarrte vor Schreck. Mit aufgerissenen Augen saß sie da und lauschte auf ein Fallgeräusch. Alles blieb still. Nur der Höhenwind zerrte am Außenspiegel und pfiff an den Scheiben.

Automatisch öffnete sie den Beutel
und begann, die Louisdor
zu zählen.

»Ein ganzer Beutel Louisdor? Das isch ein Vermögen«, meinte Jean-Claude, »Wann und wo hast du die Taxifahrerin getroffen?«

»Letztes Jahr im Oktober. Sie fuhr mich vom Bahnhof Hügliswil nach Seelisberg. Etwa einen Monat nach Temperdus Besuch.«

»Hat Sie dir die Louisdor gezeigt?«

»Ja einen. Er hing in einem Beutel am Innenspiegel ihres Taxis.«

»Aus echtem Gold? Oder eine Messing-Nachprägung?«

»Woher soll ich das wissen? Er sah echt aus.«

»Hast du ihn in die Hand genommen? Dann konntest du doch fühlen, ob er echt war. Das merkst du am Gewicht.«

»Leider hatte ich keine Goldwaage dabei. Und ich weiß auch nicht, wie man das spezifische Gewicht ermittelt.«

»Das zeig ich euch. Reines Gold wiegt pro Kubikzentimeter 19,3 Gramm, Messing nur sieben bis neun. Ein echter Louisdor wiegt sieben bis acht Gramm, je nachdem, der wievielte Ludwig eingeprägt ist. Gold erkennst du auch am satten Glanz.«

»Die Münze glänzte wie Gold.«

»Glänzte sie satt wie ein Anken Butter oder dünn wie Brühe?«

»Wenn du so fragst: eher satt wie Butter.«

Jean-Claudes Augen funkelten. »Wenn in dem Beutel sagen wir 100 Louisdor à 300 Franken waren, dann hat sie für die Fahrt 30 000 Franken bekommen. Bist du sicher, dass sie immer noch Taxi fährt?«

»Ich glaube schon. Sie macht inzwischen kräftig Werbung für Seerundfahrten. Vor allem über die ›Alte Eselsbrücke‹, mit Blick auf den See.«

»Dann gib mir mal ihre Adresse und Telefonnummer.«

»Hab ich leider nicht. Wer fragt schon Taxifahrer nach der Anschrift? Du findest sie aber am Taxistand vom Bahnhof Hügliswil.«

»Das mit den Louisdors würde ich gern überprüfen. Zu historischen Münzen fällt mir übrigens auch eine Story ein. Da geht es um dreißig Silberschekel.«

»Prima, dann haben wir ja was für morgen Abend.«

* * *

Am nächsten Abend hörte ich schon im Flur zu Jean-Claudes Zimmer Oskars plärrende Stimme: »O Mann! Ich lass mich nicht verarschen.«

Als ich eintrat, saß Oskar mit Jean-Claude am Tisch, beide vornübergebeugt, und Jean-Claude betrachtete durch eine große Lupe einen Stein. »Mit so was mach ich keine Scherze, Oskar. Dieser Fund ist Gold wert. Geh morgen gleich zum Juwelier und lass ihn schätzen.«

»Ne, das kenn ich schon. Damit mich alle wieder auslachen. Zehn Doller war der erste Klunker wert, und der hier ist auch nicht viel größer.«

»Beim Smaragd kann ein Karat 10 oder 5000 Dollar wert sein, je nach Größe, Farbe und dem *Grünen Feuer*. Komm her. Wir legen ihn mal in diese Ecke auf den Teppich.«

Jean-Claude legte den Stein in eine dunkle Zimmerecke, trat zurück und schaute in die Ecke. »Da, schau genau hin! Siehst du was? Wenn du aus der Entfernung ohne Kunstlicht ein grünes Leuchten siehst, dann hat er das ›Grüne Feuer‹. «

Neugierig trat ich hinter Jean-Claude und schaute ins Dunkel. Ich sah nichts als grauen Teppichboden. »Das ist gemein«, raunte ich Jean-Claude zu. »Dem Oskar solche Hoffnungen zu machen.«

»Schau mal genau hin.«

Ich schaute und schaute, entdeckte aber beim besten Willen kein grünes Leuchten. Ich konnte nicht erkennen, wo der Stein lag.

»Warte, bis sich die Augen ans Dunkel gewöhnt haben.«

Ich schaute weiter nach dem Stein im Dunkeln, und auf einmal sah ich ein feines grünes Leuchten am Boden, fast so hell wie ein Glühwürmchen im Dunkeln. »Wahrhaftig. Dort liegt er.«

Ich deutete mit dem Zeigefinger auf den Stein. Jean-Claude bückte sich und hob ihn auf, zufrieden, dass er uns belehren konnte: »Siehst du, Oskar. Du muscht nur wissen, worauf du achten muscht. Dann kannst du alles auf seinen Wert überprüfen. Gold und Edelsteine genauso wie Geschichten und Nachrichten. Gerade heute darf man nichts mehr glauben. Das hat Temperdu sehr treffend formuliert, als er von Kriegshetze sprach.«

Inzwischen hatte sich der Raum gefüllt. Jean-Claude verteilte Knabbereien und legte eine Briefwaage, einen Taschenrechner und eine Silbermünzen auf den Tisch. Als ich sie in die Hand nahm, merkte ich, dass sie von einer runden Klarsichtkapsel geschützt war. Ich erinnerte mich, dass Jean-Claude die bloßen Münzen nur mit gepolsterten Pinzetten anfasste, damit sie nicht verkratzten. Die Münze war größer und schwerer als alle mir bekannten Münzen und lag satt glänzend in meiner Hand.

»Das ist ein Silver Eagle, eine amerikanische Anlagemünze von einer Unze reinem Silber. Jetzt zeige ich euch, wie man das spezifische Gewicht errechnet. Dazu brauchen wir die Waage und den Rechner. Als erstes wiege ich die Masse der Münze. Gib sie mir mal.«

Ich gab ihm die Münze.

Er öffnete die Klarsichtkapsel und legte die bloße Münze auf die Waage. »31,1 Gramm, das ist eine Feinunze. Das Gewicht stimmt also. Als Nächstes messen wir das Volumen, und zwar durch die Wasserverdrängung nach Archimedes.«

Er stellte ein Glas Wasser auf die Waage und tarierte sie mitsamt dem Glas auf Null. Dann heftete er die Münze an einen Klebestreifen und tauchte sie ins Wasser, ohne das Glas zu berühren. »Durch die Wasserverdrängung zeigt die Waage jetzt das Volumen der Münze in Gramm, denn Wasser wiegt bei 20 Grad genau ein Gramm pro Kubikzentimeter. Wir sehen, die Waage pendelt sich auf etwa 2,9 Gramm ein, das ist das Volumen der Münze. Jetzt teilen wir Masse durch Volumen und bekommen das spezifische Gewicht: 31,1 durch 2,9 gibt 10,7. Stimmt also ziemlich genau: Ein Kubikzentimeter Silber wiegt 10,5 Gramm. Durch die Dichte können wir jedes Metall bestimmen. Man muss nur wissen, wie man eine Goldwaage bedient.«

»Das heißt, du erkennst als Fachmann jeden Betrug?«, fragte ich.

»Es gibt Ausnahmen, zum Beispiel Trompetengold, eine Legierung aus Kupfer, Zink und Blei. Durch das Blei wird sie fast so schwer wie Gelbgold und erreicht ein spezifisches Gewicht bis 9,5. Es gibt auch falsche Goldbarren mit Wolframkern. Wolfram ist fast so schwer wie Gold, so dass Gewicht und Volumen der gefälschten Barren stimmen. Die Fälschung erkennst du erst beim Einschmelzen der Barren.«

Er trocknete den Silver Eagle vorsichtig mit einem Brillentuch ab, packte ihn wieder in die Klarsichtkapsel und verstaute ihn zusammen mit der Waage in einer Schublade. »So, und jetzt kommt meine Geschichte. Die Ereignisse liegen zwar schon zweitausend Jahre zurück, aber fast jeder kennt sie, zumindest im christlichen Raum. Die Geschichte zeigt auch, wie Geschichtsschreibung unser Weltbild prägt. Was damals wirklich geschah, weiß heute keiner mehr. Wir wissen nur, was überliefert ist. Selbst die Zeitzeugen würden wahrscheinlich jeder was anderes sagen. Weil jeder aus einem anderen Blickwinkel schaut.«

»Du machst uns neugierig? Worum geht's denn?«

»Um den Verrat des bekanntesten Kassenwarts der Geschichte.«

VERRAT – VON JEAN-CLAUDE

Nacht in Jerusalem. Im Palast des Hohenpriesters Kaiphas flackert helles Licht. Bis vors Hoftor drängt sich die gaffende Menge und lauscht den Gesprächsfetzen, die aus der Halle dringen: »Ich kann bezeugen, dass er gesagt hat: Brecht diesen Tempel ab, und in drei Tagen will ich ihn wieder aufbauen!«

Aus dem Palast tritt ein junger, hochgewachsener Mann im weißen Gewand und schaut sich suchend im Hof um, wo Söldner und Wachen um ein Feuer stehen und sich wärmen. Vor dem verschlossenen Hoftor steht ein älterer Mann im weißen Leinengewand mit schütterem Haar. Er winkt dem Jüngeren und ruft: »Johannes!« Johannes geht ans Tor, verhandelt mit der Pförtnerin, die den Älteren fragt: »Gehörst du nicht auch zu den Leuten aus Galiläa, die dem Nazarener gefolgt sind?«

Der Ältere zuckt zusammen. »Gott bewahre, was redest du? Ich kenne ihn nicht.«

Die Pförtnerin lässt ihn ein, er folgt Johannes in den Palast, wird aber von den Wachen aufgehalten. Neugierig starrt er durch die offene Tür in die Halle. Schließlich mischt er sich unter die Knechte im Hof. Ein zweiter Mann im weißen Gewand tippt ihm auf die Schulter und flüstert: »Wie sieht's aus, Simon? Ist er noch immer gefesselt?«

Simon gibt keine Antwort. Für ihn ist der andere Luft. Der jedoch gibt keine Ruhe. »Du hast doch in die Halle geschaut. Hat er es ihnen gezeigt?«

»Lass mich in Ruhe«, knurrt der Ältere. »Wir kennen uns nicht.«

»Aber Simon. Wir müssen zusammenhalten. Jetzt mehr denn je.«

»Das sagst ausgerechnet du!«

»Scht! Seid doch still!« Ein Knecht zischt die beiden an. »Man versteht ja kein Wort von der Verhandlung.«

Simon rückt von dem anderen ab und stellt sich zu den Wachsoldaten ans Feuer. Einer fragt ihn: »Bist du nicht auch einer von seinen Jüngern aus Galiläa? Man hört's an deiner Sprache.«

Simon hebt ängstlich die Hände: »Ich schwöre euch, Leute, ich kenne den Menschen nicht!« In der Ferne kräht ein Hahn.

Der zweite Mann im weißen Gewand schüttelt den Kopf und zieht Simon aus der Menge in eine Ecke, wo sie ungestört reden können. »Wie kannst du ihn nur verleugnen, Simon? Er ist unser Meister!«

»Gerade du musst das sagen! Wer hat ihn denn ausgeliefert?«

»Aber das war doch von ihm so gewollt. Erinnerst du dich? In Bethanien, als ihn Maria mit dem kostbaren Salböl einrieb, sagte er: Die Stunde ist gekommen, jetzt soll der Menschensohn verherrlicht werden. Dann nickte er mir zu und sprach: Was du tust, tue es bald.«

»Das war anders gemeint. Du solltest als Kassenwart den Einkauf fürs Passahfest regeln.«

»Das glaubst du. Ich hatte ihn anders verstanden. Einer von euch wird mich ausliefern, hatte er gesagt. Und als Bartholomäus fragte: Bin ich es? sagte er: Dem ich den Bissen reichen werde, der ist es. Dann tauchte er den Bissen ein und reichte ihn mir, und ich fragte: Rabbi, bin ich es? Und er sagte: Du hast es gesagt. Zuerst bin ich erschrocken, aber ich weiß, er wird ein Wunder tun, um sich aus ihren Händen zu befreien.«

»Zur Zeit sieht es anders aus. Sie wollen ihn kreuzigen.«

»Das schaffen sie nie! Als sie ihn in Kapernaum von der Bergspitze stoßen wollten, blieb er unantastbar. Keiner konnte ihm je etwas antun. Er ist einfach unbesiegbar. Die Kraft des Vaters schützt ihn gegen alle Sünder. Auch jetzt wird er ihnen entkommen und allen seine Größe zeigen und das Reich errichten, von dem er gesprochen hat.«

»Das redest du dir ein, um dein Gewissen zu beruhigen. Ich bin sicher, sie schlagen ihn ans Kreuz. Bei Lazarus in Bethanien sagte er: Maria hat die letzte Ölung für mein Begräbnis vorweggenommen. Ich werde nicht mehr lange bei euch sein.«

»Aber warum hat er sich dann freiwillig gestellt? Als ich mit den Soldaten über den Kidron zum Garten Gethsemane kam, lief er dem Trupp entgegen und fragte: Wen sucht ihr? Sie sagten: Jesus von Nazareth. Das bin ich!, sagte er. Und alle Bewaffneten wichen ehrfürchtig zurück und fielen zu Boden. Dreimal fragte er, wen sie suchen, und dreimal sagte er: Ich bin es, den ihr sucht. Er hat es darauf angelegt, ausgeliefert zu werden, um seine wahre Größe zu beweisen.«

»Warum hast du ihm dann die Wange geküsst? Damit sie sicher waren, dass er's war!«

»Aber mich hat er nicht getadelt, Simon, sondern dich: Weil du dem Knecht mit dem Schwert das Ohr abgeschlagen hast. Und jetzt verleugnest du ihn schon zum zweiten Mal und verrätst seine Lehre.«

»Das musst du gerade sagen. Du bist der Verräter, Judas! Und als solcher wirst du in die Geschichte eingehen. Das prophezeie ich dir.«

Simon rückt von Judas ab und drängt zum Hoftor. Ein Söldner sieht ihn und ruft: »Wahrhaftig, dich habe ich doch im Garten Gethsemane bei ihm gesehen! Du warst es, der meinem Neffen das Ohr abschlug.«

Simon hebt die Hände und schwört: »Nein, nein, ich kenne den Menschen nicht!« Draußen kräht zum zweiten Mal der Hahn. Simon drängt sich aus dem Hof ins Freie, setzt sich unter einen Olivenbaum und weint.

Johannes tritt wieder aus dem Verhandlungsraum, sieht Judas im Hof am Feuer stehen und tritt leise zu ihm. »Sie werden ihn kreuzigen.«

Judas erschrickt. »Du meinst, er lässt es wirklich zu? Das ist Verrat! Wie kann er mir so etwas antun? Am Ende bin ich noch der Sündenbock!«

»Ja.« Johannes senkt den Kopf. »Ich kann dich verstehen, Judas. Ich weiß, warum du es getan hast.«

Judas ergreift seinen Arm. »Du verstehst mich, Jo? Ich danke dir.«

»Für dreißig Silberlinge, Judas! War es das wert?«

»O Gott!« Judas hält sich die Handballen vor die Augen. » Was schert mich das Geld? Es geht mir um die Verherrlichung des Meisters.«

»Zu spät, Judas. Sie werden ihn kreuzigen.«

»Bin ich denn der Einzige, der an ihn glaubt? Wie oft schon wollten sie ihn binden, steinigen, von Mauern stürzen, immer blieb er unversehrt, geschützt von der Kraft dessen, der ihn gesandt hat. Denke an Lazarus, der schon vier Tage tot war. Lazarus, komm heraus!, rief er, und Lazarus kam in Leichentüchern aus der Grabkammer. Wer das vollbringt, wie kann er es zulassen, ans Kreuz geschlagen zu werden?«

»Diesmal ist es etwas anderes, Judas. Erinnerst du dich, als du im Haus des Lazarus beim Abendmahl gefragt hast, warum das Passahlamm nicht geschlachtet wird, das du gekauft hast? Er sagte: Wenn ich aufs Kreuz gehoben werde, dann wird das Lamm geschlachtet sein.«

»Aber er sagte auch: Ich werde den Tempel niederreißen und nach drei Tagen wieder errichten. Selbst wenn sie ihn kreuzigen, bin ich mir sicher: Nach drei Tagen wird er wieder auferstehen. Genauso, wie er Lazarus wieder zum Leben erweckt hat. Dann weißt du, warum ich ihm die Wange küsste: um aller Welt seine wahre Größe zu zeigen.«

»Erinnerst du dich, wie er sagte: Wehe dem, der das Lamm den Schlächtern in die Hände liefert. Es wäre besser für ihn, er wäre nie geboren. Damit, Judas, meinte er dich.«

Judas schaut still zu Boden. Schließlich blickt er Johannes offen ins Gesicht. »Sagte er nicht auch: Wer bereit ist, sein Leben vorbehaltlos für Gott einzusetzen, wird es für alle Ewigkeit erhalten. Wer mir dienen will, der soll mir auf diesem Weg folgen. Denn wo ich bin, soll auch er sein.«

»Ja, das sagte er.«

»Dann weiß ich, was ich tun muss. Gott segne dich, Johannes, ich muss fort.«

»Wohin gehst du?«

Johannes bekommt keine Antwort.

* * *

Eine Woche später trifft Johannes in der Herberge am Ölberg Simon-Petrus, der ihn fragt: »Weißt du schon, was mit Judas Ischariot geschehen ist? Er brachte den Hohepriestern die dreißig Silberschekel zurück und sagte: Ich habe mich versündigt, dass ich unschuldiges Blut verraten habe. Das ist deine Sache, sagten sie, was geht das uns an? Da warf er die Silberschekel in die Almosenkasse vom Tempel und stürzte hinaus.«

»Ich sah ihn in Golgatha«, sagt Johannes. »Er wollte die Absperrung um die Richtstätte durchbrechen, aber die Wachen drängten ihn zurück. Mit stieren Augen sah er der Kreuzigung zu. Als er die Hammerschläge beim Nageln der Hände hörte, schrie er laut auf und rannte davon.«

»Er hat sich auf dem Weg ins Tal mit seinem Gürtel an einem Feigenbaum erhängt. Gestern fanden sie seinen Leichnam, von Hyänen angeknabbert, und haben ihn verscharrt.«.

Johannes senkt den Kopf. »Ich weiß, warum er das getan hat. Beim
Palast des Kaiphas zitierte er den Meister: Wer mir dienen will,
der soll mir auf diesem Weg folgen. Denn wo ich bin,
soll auch er sein. Ob er sich da nicht
verrechnet
hat?«

»Verrechnet, sagst du?« Léonce grinste Jean-Claude herausfordernd an. »Ich denke, das war ein Zunftbruder vor dir.«

»Was meinscht du mit Zunftbruder?« fragte Jean-Claude.

»Du sagtest, er war Kassenwart von Jesus? Ist das verbürgt?«

»Khlar. Hescht du noch nie die Bibel gelesen?«

»Ich frage nur, weil das vielleicht das einzige Faktum wäre, das wir an deiner Geschichte nachprüfen könnten.«

»Unsinn, du findest alles in der Bibel bestätigt: was Jesus zu Judas gesagt hat, die Geschichte mit den Silberlingen, Judas' tragisches Ende. Nur über sein wahres Motiv verliert die Bibel kein Wort. Aber damit steht sie nicht allein. Das ist leider immer so in der Geschichtsschreibung. Schau dir nur die zeitgenössischen Chronisten an: die sogenannten ›politisch korrekten‹ Journalisten.«

»Wie meinst du das?«

»Lies mal Zeitung und vergleiche die Kriegspropaganda mit den objektiven Fakten. Was man früher Propaganda für ein Regime nannte, bezeichnet man heute euphemistisch als ›politisch korrekt‹.«

»Gut, gut. Jetzt mal was anderes.« Gregorius mischte sich ein. »Diese Silbermünzen: Sammelst du die als Geldanlage oder als Hobby?«

»Das sind Anlagemünzen, da zählt der Materialwert. Silber wird heute in vielen Industriezweigen gebraucht und ist daher eine der sichersten Geldanlagen. Vor allem in unsicheren Zeiten wie heute.«

»Wieso unsicher? Wie kommst du darauf?«

»Schau dir nur die Börsenkurse an. In den letzten Tagen wurden riesige Mengen an 5-Jahres-US-Treasury-Notes gehandelt. Eine Transaktion war über 5 Milliarden Dollar.«

»Na und? Das sagt mir nichts. Was hat das zu bedeuten?«

»Das heißt: Ein paar gut informierte Insider rechnen mit einem gigantischen Absturz des Aktienmarkts. Darauf deutet auch der enorme Anstieg an Put-Optionen hin, das sind Wetten, dass die Aktienwerte sinken. Irgendein gewaltiger Zusammenbruch liegt da im Busch, so was Ähnliches wie der Schwarze Freitag ...«

»Ich seh schon«, mischte sich Merlin ein. »Die Zunftbrüder aller Zeiten haben anscheinend mehr Gemeinsamkeiten als sie denken.«

Jean-Claude sah ihn skeptisch an: »Ist das auf mich gemünzt?«

»Auf wen sonst? Kassenwarte denken nur an Geld und Gewinne. Für mich war in deiner Geschichte viel wichtiger das Meister-Schüler-Verhältnis. Ich hatte lange Zeit ein Bild von Jesus auf meinem Nachttisch stehen, mit dem ich mich sehr lebendig unterhielt, vor allem über die Pervertierung seiner Lehre durch die Kirchen.«

»Aha! Du sprichst mit Jesus«, Jean-Claude sah ihn fragend an. »Schreibst du jetzt das Merlin-Evangelium?«

»Spotte nicht! Meine Zeit mit Jesus ist längst vorbei. Seit fast drei Jahren wohnt eine verkörperte Göttin bei mir, die mich in die tiefsten Geheim nisse der Göttlichen Mutter einweiht. Wollt ihr wissen, wie ich ihr begegnet bin? Das war kurz vor Weihnachten, am 22. Dezember 1998.«

Natürlich wollten wir das wissen. Und so trafen wir uns am nächsten Abend wieder beim buckligen Merlin, der eigentlich nicht wirklich bucklig war. Er hatte seinen Spitznamen durch seinen leichten Rundrücken bekommen. Heute hatte er ein Bild seiner Göttin aufgestellt und mit Duftlampe, Blumen und Kerzen eine sanfte und behagliche Atmosphäre in sein Zimmer gezaubert.

WIE DIE GÖTTIN ZU MIR KAM – VON MERLIN

Nougatbraun, den Blick gesenkt, stand sie im Treppenhaus und sprach kein Wort. Unfähig, sich vom Platz zu rühren, stand sie da und fror. Wie bestellt und nicht abgeholt. In ihrer stillen Bescheidenheit schöner denn je.

Als ich sie neben der Haustür erblickte, wusste ich: Limes hatte sich von ihr getrennt. Er musste gespürt haben, dass sie sich zu mir hingezogen fühlte. Wie hatte sie ihm das nur beigebracht?

»Komm, meine Liebe«, sagte ich und nahm sie in die Arme, »wir gehen zu mir. Bitte nicht erschrecken über meine Junggesellenbude. Ich wusste ja nicht, dass du kommst.«

Als wir uns zum ersten Mal begegnet waren, stand sie in Limes' Wohnung am Kamin, und ich hatte mich sofort in sie verliebt. »Meine Göttin aus Kathmandu«, nannte er sie. »Macht sich gut in meiner Wohnung, was?«

Ich konnte mich des Eindrucks nicht erwehren, dass er sie nicht als Göttin, sondern eher als Möbelstück behandelte. Ich dagegen hatte gleich den Wunsch verspürt, sie zu schmücken, zu verehren, zu verwöhnen wie eine echte Göttin. Jetzt hatte sie den Weg zu mir gefunden.

»Unsere Göttin sucht ein neues Heim«, stand auf einer Karte. »Vielleicht kannst *du* ihr ein Zuhause bieten. Es ist so schwer, allein im Dunkeln zu leuchten. Limes und Lona«

Während ich sie in meine Dachstube brachte, bemerkte ich, dass ihr an der rechten Hand der kleine Finger fehlte. »O Gott, wie sie dich zugerichtet haben«, sagte ich und streichelte ihre verkrüppelte Hand. »Ich verspreche dir: Ich schnitz dir einen neuen.«

Im Zimmer räumte ich den Nachttisch frei, legte eine Tischdecke darüber und stellte sie neben mein Bett. Kokett stand sie da, nicht größer als ein fünfjähriges Kind, die Rechte vor der Brust gewinkelt, die Linke zur Krone weisend, das Spielbein locker geknickt, und zeigte mir stolz ihre festen, mattglänzenden Brüste. »Göttin aus Kathmandu«, dachte ich, »still und bescheiden, aber schön. Du bist die ideale Partnerin für mich. Du wirst mir keine Scherereien machen wie Dolores.«

Seit meiner Scheidung war ich Junggeselle und hatte vor, nie mehr zu heiraten. Aber wie sollte ich meiner Stiefmutter erklären, dass jetzt eine Göttin bei mir wohnte? Auf leisen Sohlen schlich ich in die Küche.

»Des is ja'n riesen Ding da im Treppenhaus. So was Sperriges! Isch hab gerufen: Stelln Se's bitte ab, isch bin im Bad! Hast du des bestellt?«

»Nöö.«

»Wieso kommt des zu uns? Und wohin damit, wenn du nit da bist? Auf'n Speicher kommt die mir nit. Der Schornsteinfescher hat sich schon beschwert. Da darf nix Brennbares stehen.«

»Die kommt zu mir. Als Muse, die mich küsst.«

»Och! Hör mer uff mit dem Kram! Nix wie Ferz im Kopp! Wozu soll'n des gut sein? Was stellt'n die überhaupt dar?«

»Keine Ahnung. Vielleicht die Göttin des Reichtums.«

Nach dem Mittagessen mit meiner Stiefmutter fragte ich mein Goldstück: »Sag mal, welche Göttin stellst du dar? Stehst du für Reichtum, Glück und Liebe? Für Weisheit, Kunst und Wissenschaft? Oder bist du eine Zauberin? Wild und gefährlich?«

Bei dem Wort Zauberin schien es mir, als zucke ein Lächeln um ihren Mund. Tatsächlich verzauberte ihr bloßes Dasein mein Zimmer, gab ihm ein Flair von Wohnlichkeit und Fülle. Ich stellte Windlichter und eine Duftlampe vor sie hin, die ich gerade vom Weihnachtsmarkt mitgebracht hatte, zündete die Lichter an und betrachtete die Holzfigur in aller Ruhe. Der geschnitzte Schmuck war staubig und spröde. Vom Arbeiten mit Holz wusste ich: Holz braucht Öl für Glanz und Haltbarkeit. Ich holte Sesamöl, nahm einen weichen Aquarellpinsel und tauchte ihn ins Öl.

Als der Pinsel ihre Stirn berührte, fingen ihre Züge an zu leuchten. Ihre Augen, fast geschlossen, wurden feucht. Vor dreißig Jahren hatte Limes sie aus Nepal mitgebracht und seither nie geölt. Durstig saugte ihre Haut das Öl auf. Wangen, Schultern, Oberarme trieften. Als der Pinsel ihre Brustspitzen bestrich, erbebte sie. Aus Bauch und Stirn und Schenkel brach der Schweiß. Vom Scheitel bis zur Sohle eingeölt, glänzte sie zufrieden, dankbar, satt.

Wie beim Aktzeichnen und -modellieren genoss ich die zu Kopfe steigende Erregung. Torkelnd wie ein vom Winde gekraulter Ahorn spürte ich das Prickeln in den Gliedern. Zum Einmassieren des Öls nahm ich sie in die Arme.

Während meine Hände ihre festen, runden Brüste massierten, brauten sich meine Lebenssäfte zusammen. Das glatte, eingeölte Holz fühlte sich an wie seidenweiche Haut.

»Na, na!« rief Fridolin, und Dagobert brummte: »So, so ...«

Nach dieser Ölmassage stand sie zufrieden lächelnd auf dem Nachttisch an der Ostwand. Ich schmückte ihren nougatbraunen Hals mit meiner Korallenkette und merkte plötzlich: sie sah nackt aus. Unerträglich nackt. In dieser Nacht, als sie zum ersten Mal neben meinem Bett stand, träumte ich von einer nackten Nepalesin.

»Ich brauche Kleider«, hörte ich am nächsten Morgen ihre Stimme. »Früchte, Kerzen, Ketten, Ringe, Steine, Süßigkeiten. Überhaupt: Wie sieht's hier aus? Keine Blumen im Zimmer, keine Decken. Wie kann man nur in einer solchen Rumpelkammer hausen?«

Ihre Stimme klang in meinem Kopf so fordernd, dass ich das Verlangen spürte, alles, was sie wollte, zu erfüllen. Dabei war nicht auszumachen: War es ihr Wunsch oder meiner? Ich las ihr alles von den Lippen ab.

Gleichzeitig hörte ich meine eigene Stimme innerlich rebellieren: »Ich wohne hier doch nur noch eine Woche. Kurz nach Weihnachten fliege ich wieder in die Blauen Berge. Dort wohne ich mitten im Wald zwischen Tscherokesen, Pumas und Wasserfällen.«

Eisiges Schweigen. Dann: »Und deine Stiefmutter? Im Winter tun ihr doch die Knochen weh. Willst du sie etwa hier alleine lassen?«

Ich hob meine Göttin auf den Arm und schätzte ihr Gewicht: mit Sockel sicher über zwanzig Kilo. Und als Handgepäck zu sperrig. »Habe verstanden«, sagte ich: »Du bist fürs Flugzeug zu zerbrechlich und zu schwer. Aber mein Flug ist schon gebucht, was sagst du jetzt? Für den 28. Dezember. Ab Frankfurt Flughafen um 11 Uhr 40.«

»Du lässt deine Stiefmutter im Stich? Du bist schlimmer als Limes!«

»Was redest du von meiner Stiefmutter? Sie fällt in Ohnmacht, wenn ich mich hier oben häuslich niederlasse. Ich müsste das ganze Dachgeschoss auf den Kopf stellen.«

»Besser ein Zimmer durcheinanderbringen als Gefühle! Du gehst sofort zum Telefon und stornierst deinen Flug. Und dann gehst du bitte zur Bank, ins Blumengeschäft, in die Stoffabteilung vom Warenhaus …«

»Moment mal! Das Stornieren des Tickets kostet mich 300 Mark! Ich bin kein Krösus!«

»Keine Widerrede! Wer seine Göttin in die Rumpelkammer abschiebt, statt sie täglich zu verehren, bekommt meinen Fluch zu spüren. Was meinst du, warum mich Limes auf einmal loswerden wollte? Entscheide dich: Willst du mit mir leben oder ohne mich. Wenn du mich ehrst, mach ich dich froh und glücklich. Wenn nicht, dann trennen wir uns besser heute als morgen.«

Ich brauchte keine Zeit zum überlegen. Ich nickte nur.

»Gut«, sagte sie. »Du brauchst als erstes einen Arbeitsplatz, einen großen Tisch mit Lampe. Frag deine Stiefmutter, wo du so was findest. Und wo du Blumen her bekommst. Unser Heim muss zur Oase werden. Ein Platz zum Träumen, Lieben und Vergessen.«

»Wem sagst du das? Es fehlt mir nur das Geld.«

»Wer etwas will, der fragt nicht nach dem Geld, der tut es einfach. Alles andere kommt von selbst. Auch Geld.«

Als ich im Kaufhaus nach Halstüchern stöberte, die ich meiner Göttin als Sari umbinden wollte, stand plötzlich Limes neben mir. »Hallo, lange nicht gesehen. Wie geht's, wie steht's?«

»O Limes! Vielen Dank für die phantastische Figur.«

»Keine Ursache. Mein Sohn wird zwölf und spielt jetzt Tischtennis. Da brauchten wir Platz im Keller für die Platte. Auf den Sperrmüll wollten wir die Figur nicht bringen. Das brachten wir nicht übers Herz. Da dachten wir: Du bist der Richtige für sie.«

»Da ist was Wahres dran. Und warum habt ihr sie nicht in der Wohnung behalten?«

»Die Kinder haben sie laufend umgeworfen, bis ihr ein Finger abgebrochen ist. Da haben wir sie in den Keller gestellt. Und? Fährst du wieder nach Amerika?«

»Vorläufig nicht.«

»Hattest du nicht schon gebucht?«

»Da wusste ich noch nicht, dass meine große Liebe plötzlich in mein Leben tritt. Seit gestern bin ich verheiratet.«

»Ach was! Und uns hast du kein Wort gesagt! Herzlichen Glückwunsch! Ich hab mich schon gewundert, für wen ein Junggeselle Seidentücher kauft. Deswegen warst du gestern nicht da, als ich die Figur gebracht habe. Deine Mutter sagte, ich soll sie einfach auf die Treppe stellen. Dann war das also mein Hochzeitsgeschenk. Was sagt denn deine Braut zu der Figur?«

»Die hat für Holzfiguren nicht viel übrig. Sie liebt das Praktische und scheucht mich durch die Gegend: Wohnung einrichten, alles schön und gemütlich machen. Ich habe heute schon neue Möbel durchs Treppenhaus bugsiert und Blumenstöcke und lauter Firlefanz vom Weihnachtsmarkt besorgt: Bernsteinkette, Perlenarmband, Halbedelsteine … Gerade wollte ich Seidentücher kaufen, aber dafür reicht mein Geldbeutel nicht mehr.«

»Tja, die hält dich bestimmt auf Trab, bis du sie mit Klunkern überschüttest. So sind die Frauen. Und? Schreibst du noch Geschichten?«

»Ich hatte grade was für BRIGITTE in Arbeit. Aber meine Frau meint, ich solle lieber über sie was schreiben. Seitdem sie da ist, braucht sie ständig Zuwendung. Alles dreht sich nur um sie.«

»Das muss ja ein Powerweib sein! Freut mich für dich. Also: schönes Fest und frohes Schaffen! Und Grüße an die Frau Gemahlin. Die muss ich unbedingt mal kennenlernen.«

»Verstehe!«, sagte Fridolin.

»Was verstehst du?« fragte Merlin.

»Warum du damals nicht zurückgekommen bist. Ich wollte dir schon schreiben und dich fragen. Übrigens: Benjamin ist endlich auf dem Wege. Er kommt morgen in Atlanta an. Ich hol ihn nachmittags vom Flugplatz ab. Lyras Botschaft hat anscheinend gewirkt.«

»Ja, die Göttinnen und Musen«, seufzte Merlin. »Die haben es in sich. Was die sich in den Kopf setzen, dem kann keiner widerstehen. Das könnt ihr mir glauben. Ich spreche aus Erfahrung.«

»Unsinn«, widersprach Jean-Claude. »Deine Holzfigur hat nie mit dir gesprochen. Ihre Stimme hast du dir nur eingebildet.«

»Selbstverständlich. Schließlich ist die ganze Schöpfung unsere Einbildung. Hauptsache, sie ist nützlich und bringt Freude. Materie ist nur verdichtetes Bewusstsein. Der Bildhauer hat meine Göttin greifbar zum Leben erweckt. Hier, schaut sie euch an.«

Er zeigte auf das Foto seiner geschmückten Holzfigur, das er aufgestellt hatte. »Ihr erinnert euch sicher, dass nur die nackte Figur zu mir kam. Die Vergoldung der Krone, die Kleidung, der Schmuck, der Lidschatten, das alles hat sich erst nach und nach ergeben. Sie hat in mir das Weibliche belebt. Inzwischen kann ich sogar nachempfinden, warum sich Frauen schminken und schmücken. Früher fand ich das albern. Und auf diesen Bildern seht ihr sie in den Farben der Wochentage.«

Er reichte Fotos herum, die von einem zum anderen wanderten. »Sie trägt an jedem Wochentag die Farbe des Planeten. Sonntag kupferrot, Montag hellblau mit Perlenkette, Dienstag rosa und rote Koralle für Mars, Mittwoch grün für Merkur …«

Ich sah mir die ersten durchgereichten Bilder an. »Lass mich raten!« sagte ich. »Die Bernsteinkette und das Leopardenmuster ist die Kleidung für Donnerstag, stimmt's?«

»Richtig. Bernsteinfarbe für Jupiter. So steht sie zur Zeit bei meinem Neffen, bis ich zurück bin. Weil ich donnerstags abgereist bin. Und jetzt muss ich euch erzählen, was ich auf dem Herflug erlebt habe. Ihr dürft mich aber nicht auslachen. Es ist noch ganz frisch und zart.«

Er sah sich scheu um. Pierre nickte ihm aufmunternd zu. »Du weißt ja: Solche Storys sind die besten.«

»Wie gesagt, es war Donnerstag, als ich von Deutschland abflog. Da ich die Figur nicht mit ins Flugzeug nehmen konnte, tat es mir in der Seele weh, als sie zum Abschied sagte: ›Ich komme mit nach Amerika.‹ ›Das geht leider nicht‹, sagte ich und streichelte ihre Wange. Doch sie blieb hartnäckig: ›Du wirst schon sehen. Lass dich überraschen.‹

Im Flugzeug von Frankfurt nach London schüttelte ich den Kopf über mich selbst. Spielte mir mein Unterbewusstsein einen Streich? Irgendein tiefer Wunsch, den mein Verstand verdrängte? Beim Ausstieg in London sah ich in der Reihe vor mir plötzlich das Leopardenmuster, mit dem ich meine Göttin eingekleidet hatte. Als ich später am Gate auf das Boarding zum Flug nach Atlanta wartete, saß die Dame mit dem Leopardenmuster am selben Gate, wartete also auf denselben Flug wie ich. Ich setzte mich schräg gegenüber, so dass ich sie in Ruhe beobachten konnte, ohne aufzufallen. Ein echtes Mona-Lisa-Gesicht, dachte ich und überlegte, ob und wie ich sie ansprechen könnte. Aber mein Kopf war völlig leer. Mir fiel absolut nichts ein, kein Thema, kein Anlass, kein noch so abgedroschener Anmacherspruch.

Irgendwie hätte ich mir schon gewünscht, wenigsten mal ihre Stimme zu hören und ihre Mimik beim Sprechen zu sehen. Ich muss ganz ehrlich gestehen, dass ich mir manchmal vorgestellt hatte, wie es wohl wäre, wenn sich meine Göttin nachts in eine Frau aus Fleisch und Blut verwandeln würde. Tagsüber stünde sie in ihrem goldenen Schrein, den ich ihr inzwischen gebaut habe, und nachts ... Tja, die geheimen Träume eines Junggesellen ... Sie kamen mir jetzt in den Sinn, als ich dieses bildschöne Weib in der Kleidung meiner Göttin vor mir sah. Sie trug sogar eine Bernsteinkette wie meine Göttin.

Ich schreckte aus meinen Träumen auf, als der Flug aufgerufen wurde und die Dame aufstand und verschwand, aber nicht in Richtung Gate, sondern in Gegenrichtung. Sie flog also gar nicht mit demselben Flug. Mist, dachte ich, diese Frau hätte ich wirklich gerne kennengelernt. Schade, dass sich unsere Wege nur so kurz gekreuzt haben. Liebe auf den ersten Blick? Oder bloß eine alberne Verliebtheit?

Und jetzt, Jungens, haltet euch fest: Als ich im Flugzeug saß und mich gerade angeschnallt hatte, kam als einer der letzten Passagiere die Dame im Leopardenkleid den Gang entlang, schaute suchend auf die Sitznummern, blieb in meiner Reihe stehen, verglich die Nummern mit ihrer Bordkarte, runzelte die Stirn und sagte: ›Entschuldigung, aber Sie sitzen auf meinem Platz.‹

›Ich, wieso?‹ Ich war so verdattert, dass mir nichts Besseres einfiel. Aber sie hatte Recht. Ich rückte auf 13A statt B, und sie setzte sich neben mich.

›Danke für's Anwärmen‹, sagte sie und lachte.

Mir wurde heiß im Kopf. Wahrscheinlich lief ich puterrot an. Aber was kann man machen? Erst als wir in der Luft waren, fand ich langsam meine Fassung wieder. ›Hat Ihnen schon mal jemand gesagt, dass Sie aussehen wie Mona Lisa?‹

›Danke!‹ sagte sie. ›Soll das ein Kompliment sein?‹

Ich nickte. Sie schüttelte den Kopf. ›Sind Sie sicher, dass es keine Beleidigung ist?‹

›Ich meine‹, stotterte ich, ›wenn ein Kunstfotograf das Bild der Mona Lisa nachstellen wollte, dann wären Sie das ideale Model dafür.‹

›Meinen Sie? Ich finde es nicht besonders einfühlsam, eine Frau mit einer anderen zu vergleichen. Auch noch mit einer, die womöglich gar ein Mann war, eine Transe. Jeder Mensch ist schließlich einzigartig.‹«

»Na, die ist aber empfindlich«, rief Fridolin.

»Pscht«, zischte Sascha. »Das wird noch was mit denen.«

»›Fänden Sie sich etwa geschmeichelt‹ fragte sie, ›wenn ich Sie ebenfalls mit einer weltberühmten Figur vergliche?‹

Ich überlegte einen Augenblick. Mir fiel kein Promi ein, dem ich ähnelte. ›Mit wem denn?‹

Ihre Augen funkelten wild. ›Mit dem Glöckner von Notre-Dame.‹

Puh! Das saß. Ich sackte in mich zusammen und wurde wahrscheinlich kreidebleich, denn auf einmal strich sie mir tröstend über den Arm. ›Entschuldigung. Das war meine lose Zunge. Denken Sie bitte nicht, dass mein Herz genauso spricht.‹

Kalte Dusche, heiße Dusche, das reinste Wechselbad. Als ich mich langsam wieder gefangen hatte, fragte ich: ›Tragen Sie eigentlich donnerstags immer diese Bernsteinkette und bernsteinfarbene Kleider?‹

Erstaunt sah sie mich an: ›Woher wissen Sie das?‹

›Na heute ist doch Donnerstag. Und ich sehe, was Sie tragen.‹

›Aber woher wissen Sie, dass das am Wochentag liegt?‹

›Weil sich die Farbe meines Hemdes ebenfalls nach dem Wochentag richtet. Schon im Flugzeug von Frankfurt fiel mir Ihr Leopardenmuster auf, denn meine Göttin trägt dasselbe Muster. Heute morgen habe ich sie zum Abschied genauso geschmückt und gekleidet wie Sie.‹

›Sie kleiden und schmücken eine Göttin?‹ Sie erkundigte sich eingehend nach meiner Göttin, nach der Form ihrer Krone, nach ihrer Haltung, ihrer Arm- und Beinstellung. Als ich ihr ein Foto zeigte, das ich im Handgepäck bei mir trug, meinte sie: ›So eine wunderschöne Tempeltänzerin! Und die steht bei Ihnen zuhause?‹

›Eine Tänzerin, sagen Sie? Sie meinen, das ist keine Göttin?‹

›Haben Sie noch nie was von *Skydancing* gehört? Sie scheinen Ihre Göttin noch gar nicht richtig zu kennen. Diese Fußstellung ist der Bogen. Der auf die Krone weisende Zeigefinger die Nadel, die rechte Handstellung die mano cornuta. Recherchieren Sie mal nach Tempeltanz.‹

Tja, so kamen wir ins Gespräch. Endlich hatten wir ein gemeinsames Thema gefunden, das unerschöpflich schien. Sie kannte aus Thailand die Sitte, die Farbe des Tages zu tragen. Die Zeit von London bis Atlanta verging im doppelten Sinn des Wortes wie im Fluge. Beim Essen stießen wir an und wechselten zum Du. Sie hieß Tara und flog zur Hochzeit Ihres Bruders. Auf meine Frage, ob sie schon gebunden sei, meinte sie: ›Ich warte immer noch auf den Moment, wo der Mann meiner Träume in mein Leben kommt. Du schon gefunden, was du suchst? Und bis es soweit ist, schaue ich, wie es läuft! Nur der Moment zählt.‹

Diese unscheinbare Zwischenfrage … *Du schon gefunden, was du suchst?* … Ich weiß nicht, was in diesem Augenblick mit mir geschah. Da ist in meinem Herzen etwas geschmolzen, was mich viele Jahrzehnte davon abgehalten hat, nach einer neuen Partnerin zu suchen …

Erst als wir in Atlanta am Fließband der Gepäckausgabe standen, fiel mir auf, dass ich außer ihrem Vornamen überhaupt keine Kontaktdaten von ihr hatte. Ich bat sie um ihre Mail-Anschrift, aber sie schüttelte nur den Kopf. Ihre privaten Daten gäbe sie nicht so schnell raus. Tja, das wäre ja auch zu schön gewesen, dachte ich. Aber ich gab nicht auf. Ich schrieb meine E-Mail-Anschrift auf die Rückseite des Fotos meiner Göttin und legte es, ehe sie auf Nimmerwiedersehen aus meinem Leben verschwand, auf ihren Gepäckwagen, während sie ihren Koffer vom Band fischte.«

»Und? Hat sie sich gemeldet?« fragte Fridolin.

»Das hab ich natürlich gehofft«, meinte Merlin. »Ich schaute täglich in meine Mailbox, und wenn wieder keine Nachricht von ihr da war, recherchierte ich im Internet nach Tempeltanz. Dabei fand ich was Verrücktes heraus: Bisher kannte ich nur drei vedische Göttinnen: Lakschmi, Sarasvati, und Durga. Aber keine hatte als Skulptur die Haltung meiner Göttin. Deswegen hatte ich immer gerätselt, welche Göttin sie darstellt. Erst unter Tempeltänzerin entdeckte ich eine Statue mit genau der gleichen Hand- und Fußstellung. Und jetzt haltet euch fest. Ihr Name war Tara: der Stern, der hinüberführt; eine der zehn *Maha-Vidyas,* das sind die Weisheitsgöttinnen. Ich hörte wieder den Satz meiner Göttin im Kopf: ›*Ich komme mit nach Amerika. Du wirst schon sehen. Lass dich überraschen.*‹«

»Was denn nu?« Fridolin strich sich ungeduldig übers Gesicht, von der Stirn bis zum Kinn. »Hat sie sich nun gemeldet oder nicht?«

»Ja, hat sie. Aber erst, nachdem ich herausgefunden hatte, dass meine Göttin genauso heißt wie sie. Anscheinend wollte sie mir Zeit lassen, alles über Tara zu erkunden. Und hat sich dann – wohl eigens für mich – eine Mail-Anschrift auf *goettin-tara* eingerichtet.«

»Wie geht's weiter? Was hat sie geschrieben?« drängte Fridolin.

»Ja, jetzt wird's richtig spannend. Augenblick mal.« Merlin klappte seinen Rechner auf und öffnete seine Mailbox. »Ich bedankte mich als erstes für die schöne Zeit mit ihr im Flugzeug und schickte ihr folgendes Gedicht von mir:

> *Ein Augenblick*
> *voll stillem Glück –*
> *das kostbarste im Leben.*
> *Der Augenblick*
> *kehrt nie zurück,*
> *nur das, was er bewirkt.*
> *Ein Augenblick*
> *voll stillem Glück*
> *kann uns das Höchste geben,*
> *führt leise uns*
> *zum Selbst zurück,*
> *wo alles Glück sich birgt.*«

»Und? Wie hat sie darauf reagiert?«

»Sie fand das Gedicht sehr schön. Also Jungs, ich verrate euch hier meine tiefsten Geheimnisse, Ihr müsst mir wirklich versprechen ...«

»Versprochen!« sagte Pierre. „Wir fühlen mit dir.«

»Dann schrieb ich ein bisschen von mir und fragte: ›Was machst du am liebsten? Was wünschst du dir am meisten? Wonach sehnst du dich im Leben?‹ Und ihre Antwort: ›Was ich am liebsten mache? Ich gehe gern mal aus, tanzen, gehe Tennis spielen, Inliner fahren, alles was Spaß macht eben. Was ich mir sehnlichst wünsche ist ein Mann, der abends da ist, mich in den Arm nimmt ... Und du?‹«

Merlin griff nach seinem Glas und trank einen Schluck. »Das ging mir so unter die Haut, dass ich ihr am nächsten Morgen ein Gedicht schrieb.«

»Lies vor«, befahl Fridolin.

»Nein, das geht zu weit. Das gehört Tara allein. Und das hat sie auch gemerkt. Sie schrieb: ›Das ist wirklich ein schönes Gedicht. Hast du das etwa selbst geschrieben und vielleicht extra für mich?‹ Als ich bejahte und ihr gestand, dass durch sie in meinem Herzen was geschmolzen ist, schrieb sie: ›Das hast du echt lieb gesagt. So was Schönes zu hören ist neu für mich. Es hat noch kein Mann auf dieser Welt je ein Gedicht für mich geschrieben. Freut mich so, dass ich auch mal erfahren darf, wie sich so was anfühlt. Danke dir dafür.‹«

»Das wird ja echt heiß«, plärrte Oskar.

»Sei doch still!« ranzte Pierre ihn an.

Bei Oskars plärrender Stimme war Merlin zusammengezuckt. Jetzt schloss er seine Mailbox und klappte den Computer zu. »Also, Jungs. Falls ich demnächst hier verschwinden und mein Junggesellendasein an den Nagel hängen sollte, dann schickt mir bitte keine Beileidschreiben, sondern wünscht mir viel Glück.« Er schmunzelte verträumt. »Sie lebt in der Nähe von Würzburg, wo ich geboren bin und meine Kindheit verbrachte. Wenn alles gut geht, besuche ich sie vielleicht sogar demnächst bei ihrem Bruder in Atlanta.«

»Atlanta!« rief Fridolin. »Da muss ich morgen hin. Um zehn nach drei kommt Benjamin an, mit Bratsche. Dann spielen wir wieder gemeinsam für Lyra im Heuhaufen.«

Die Atmosphäre lockerte sich, jetzt sprachen alle durcheinander.

Es summte wie in einem Bienenschwarm. Anscheinend hatte Merlins offenes Geständnis unterschwellige Gefühle aufgewirbelt. Plötzlich verschwand Fridolin und kam kurz darauf mit seiner Geige zurück.

»Kinnings!« rief er. »So was muss gefeiert werden. Mit einem Wunschkonzert. Ich bitte um Wortmeldungen. Ja, dort hinten bitte: Was darf's sein?«

Jetzt ging es querbeet von Klassik über Musical bis Greensleeves, und der Abend wurde länger als geplant. Erst gegen Mitternacht stapfte ich mit Taschenlampe durch den Wald nach Hause.

Am nächsten Mittag fiel mir auf, dass wir für abends noch gar keinen Erzähler hatten. Ich ging im Speisesaal von Tisch zu Tisch und fragte. Da meinte Fridolin: »Ich hab noch was. Als ich dreizehn war, bin ich mal sitzengeblieben und von zu Hause abgehauen. Das könnte ich erzählen.«

»Gut«, sagte ich. »Dann treffen wir uns heute Abend bei dir.«

Aber am Abend war er nicht im Speisesaal. Ich schaute auf die Uhr. Der Zeitpunkt zum Erzählen rückte näher. Ich hatte allen schon Bescheid gesagt. Wo blieb nur Fridolin?

Plötzlich kam er ins Restaurant gehastet und schaute auf die fast leergeräumte Selbstbedienungstheke, ob es noch was zu essen gäbe. Ich merkte, dass er völlig durcheinander war. »Was ist passiert?«

»Sie haben Benjamin nicht reingelassen.«

»Wer?«

»Die Einreisebehörde. Ich hab stundenlang am Flughafen gewartet. Schließlich ruft er über Handy an: ›Sie lassen mich nicht rein.‹ ›Warum denn?‹ ›Keine Ahnung! Ich gelte als verdächtig. Meinen Bratschenkasten haben sie behandelt wie ein rohes Ei, als könnte er jeden Augenblick explodieren.‹ Die spinnen!«

»Und wo ist er jetzt?«

»Wahrscheinlich auf dem Rückflug nach Hamburg. Irgendwo überm Nordpol. Ich muss noch schnell was essen. Hier ist mein Zimmerschlüssel. Macht's euch schon mal bequem. Ich komme gleich.«

Während er an der Selbstbedienungstheke die letzten essbaren Reste zusammenkratzte, ließ ich die Gäste in sein Zimmer. Als er endlich kam, wurde er mit Fragen nach Benjamin überschüttet, aber er sagte nur: »Später, Kinnings. Jetzt kommt erst mal die Geschichte.«

ieber leb ich hinterm Mond, als zum Spießbürger getrimmt zu werden.« Ich war im Stimmbruch. »Essen, Schlafen, Erwachsenwerden und Kinderkriegen – soll das alles sein?«

Meine Mutter rang nach Luft. »Dann geh zum Mond, da ist noch Platz für Ideale. Mach doch deinen eigenen Laden auf!«

»Mach ich auch! Da darf nur rein, wer unter dreizehn ist.« Ich lief die Treppe runter in mein Kellerzimmer, packte meine Siebensachen, löschte die Lampe aus und stieg leise aus dem Fenster in die volle, frische Frühlingsnacht hinaus.

Vor dem Haus hörte ich noch die aufgeregte Stimme meiner Mutter aus dem Wohnzimmer, dann verwehte der Wind ihre Stimme. Wo ging es hin? Was fing ich an? Egal. Nur raus aus diesen Häusern. Ich sah zum Himmel hoch. Die Sterne zwinkerten. Der Harz, in dem wir wohnten, nahm mich auf. Ich schnitt mir einen Stock zurecht, schlug den Weg zur Achtermannshöhe ein und reimte mir zum Takt des Wanderstabes den ersten Vers aus meiner eignen Welt zusammen.

Es ging bergauf. Auf halber Höhe blieb ich stehen, sah zurück. Der Hund, der abends immer kläffte, kläffte wieder. Doch von hier oben klang sein Kläffen, als rufe er: Wie still ist doch der Wald.

Autolichter schlängelten sich aus dem Tal. Als sie herangekrochen kamen, stellte ich den Daumen auf und winkte. Die Reifen gürtelten mit Glitzerton vorbei. – Auch gut, dachte ich, dann stieg ich eben in den nächsten Hochstand. Da quietschte es. Der Wagen bremste, stieß zurück. Weißer Mercedes mit Wohnwagen, ein älterer Mann am Steuer, er winkte, ich stieg ein.

»Na, wohin allein zu später Stund?«

»Nach Hause.«

»So? Mit vollem Proviant und Wanderstab?«

Ich schwieg. Nach einer Weile fragte ich: »Sie waren sicher auch mal dreizehn, oder?«

»Augenblick mal. Dreiundfünfzig minus zweimal zwanzig, wie viel gibt das?«

»Sie meinen 53 minus 40? Das gibt 13.«

»So alt bin ich jetzt.«

»Dreizehn? Quatsch! Da hat man keine Glatze – o Verzeihung!«

»Das ist äußerlich. Innerlich, verstehst du, bin ich dreizehn. Seit zwanzig Jahren werd ich täglich jünger.«

Ich wunderte mich zwar über diese sonderbare Rechnung, aber fragen wollte ich nicht. Und außerdem: der Mann gefiel mir. Zumindest war er nicht so stink erwachsen. »Sie sind der Richtige. Sie dürfen rein.«

»Wo rein?«

»In meine Welt. Ich will doch meine eigene Welt aufmachen. Das ist der Grund, warum ich abgehauen bin.«

»Na also. So hört sich doch das Sprüchlein schon ganz anders an. Und wie stellst du dir das vor, die eigne Welt?«

Ich sah den Fahrer prüfend an, dann begann ich zaghaft meinen Vers zu singen, den ich zum Wandertakt gedichtet hatte:

»In meiner Welt
gibt's keine Giftfabriken
und keine Käfige und Kästchen,
keine Hühnerschrecken.

In meiner Welt
trägt mich ein Luftballon,
und damit schwebe ich davon.«

Der Fahrer schmunzelte. »Und wie willst du das erreichen, deine Welt?«

»Keine Ahnung. Das geht schon klar. Ich wünsch sie mir einfach, bis sie da ist.«

»Und wenn du stirbst, bevor sie kommt?«

»Das kann nicht sein. Dann wär das Leben ja umsonst gewesen. Meinen Sie, ich lass mich unterkriegen wie die Alten, die Erwachsenen?«

»Und das mit Dreizehn! Du gefällst mir. Wenn du willst, zeig ich dir, wie du deine eigne Welt aufmachen kannst.«

»Jetzt gleich? Wie geht das?«

»Ich zeige dir, wie du nach innen tauchst in die Welt, die nur dir selbst gehört.«

»Was muss ich tun?«

»Kannst du schweigen?«

»Klar.«

»Ehrenwort?«

»Ehrenwort.«

»Dann wollen wir mal ne halbe Stunde parken, und ich zeig dir, wie man meditiert.«

* * *

Wir waren auf dem Kamm der Achtermannshöhe angelangt. Auf einem einsamen Parkplatz hielt er an, führte mich in den Wohnwagen und gab mir den goldenen Schlüssel, der mir das Tor zu meiner eigenen Welt aufmachte. Da lag sie, meine längst vergessene Welt, die seit Jahrtausenden im Inneren geschlummert hatte. – Als ich die Augen wieder öffnete, rollte unser Wagen sanft ins Tal. Der Fahrer hielt und holte mich nach vorn.

»Na, wo warst du?«, fragte er.

»In einem Garten. Da bin ich in den Brunnen gefallen und gesunken bis zum Meeresgrund. Dort winkte meine Mutter mit einem großen goldenen Ring. Und wie ich durch den Ring geschlüpft bin, ist die Welt auf einmal weggeschmolzen.«

»Dein erstes Märchen von der Innenreise. Weißt du überhaupt noch, wie du heißt und wo du wohnst?«

»Na klar: Frider Schmitt, Am Kleefeld 3 in St. Andreasberg.«

»Und wie fühlst du dich?«

»Ich glaub, ich schaff es. Mit dem goldenen Schlüssel.«

»Die graue Welt zur bunten Märchenwelt zu machen?«

»Ja. Auf jeden Fall. Das muss ich meinen Klassenkameraden sagen, und meiner Schwester, meinem Bruder, meiner Mutter ...«

Wir fuhren eine Weile schweigend durch die Dunkelheit, während ich versuchte, mein erstes Eintauchen nach innen zu verarbeiten.

»Da sind wir schon.« Der Fahrer hielt vor einem Einfamilienhaus. Als ich ausstieg, sagte er: »Jetzt bist du selbständig. Mach's gut, mein Hänschen-Klein. «

»Aber wieso ...?«

Ich hatte gar nicht gefragt, wo wir waren, sondern war einfach ausgestiegen, weil ich dachte, er wohnte hier. Er aber winkte nur und fuhr davon. Ich sah mich um. Wo war ich? Da erkannte ich das Haus: Am
Kleefeld 3. Mein Fenster war nur
angelehnt. Ich stieg
fhinein.

»So, da hast du also schon mit dreizehn gelernt zu meditieren? Allerhand«, sagte ich. »Jetzt erzähl mal, was mit Benjamin gelaufen ist. Warum haben sie ihn abgewiesen?«

»Das ist ja das Komische, das weiß keiner. Sie haben ihn am Flughafen Washington bei der Passkontrolle aus der Reihe geholt, in eine Kammer gebeten und dann stundenlang verhört, immer dieselben Fragen. Und sein gesamtes Gepäck durchwühlt, jedes Schriftstück, jeden Brief, und nachgefragt, warum er das bei sich hat. Im Portemonnaie hatte er noch Münzen aus anderen Ländern, da haben sie ihn ausgequetscht, wann und warum er in diesen Ländern war. Und er hatte überhaupt keine Ahnung, was sie ihm vorwarfen. Zumindest haben sie ihm irgendwann erlaubt, mir über Handy Bescheid zu geben, dass ich nicht länger auf ihn warten soll, weil er nach Deutschland zurück muss.«

»Die müssen vor irgendetwas panische Angst haben«, meinte Jean-Claude. »Wenn Benjamin Moslem wäre, würde ich sagen: Sie verfestigen ihr neues Feindbild und stempeln ihn als Terrorist ab, damit sie endlich die Ölstaaten besetzen können. Aber so? Es passt allerdings zu dem, was zur Zeit an der Börse passiert: In den letzten Tagen stieg der Handel mit Put-Optionen in Chicago auf 15 Milliarden Dollar, hauptsächlich für Aktien von United Airlines und von Firmen, die im World Trade Center sitzen. Möchte wissen, was das zu bedeuten hat. Irgendein gewaltiger Zusammenbruch liegt da im Busch. Und er muss was mit dem World Trade Center und dieser Airline zu tun haben.«

Während Jean-Claude sprach, spitzte Gregorius die Ohren. Er hatte mir schon gesagt, er hätte Lust, dem Beispiel Jean-Claudes zu folgen und an der Börse zu spekulieren. Er spüre innerlich, dass er ein gutes Händchen dafür habe. Jetzt mischte er sich ein: »Wenn in New York die Börse erzittert, dann ist das vielleicht der Crash, den Nostradamus voraussagte.«

»Nostradamus?« Jean-Claude sah Gregorius entgeistert an. »Was hat Nostradamus mit der Börse zu tun?«

»Wir haben doch in der Geschichte von Temperdu seine Voraussage vom großen Zittern in der Neuen Stadt gehört. Ich habe im Internet gefunden, dass sich ›Neue Stadt‹ bei Nostradamus immer auf New York bezieht. Also würde die Voraussage doch passen. Vielleicht ist mit Zentrum der Welt das World Trade Center gemeint. Fragt sich nur, welche zwei großen Felsen für lange Zeit Krieg bringen sollen.«

»Tut mir leid«, sagte Jean-Claude, »mit solchen Abstrusitäten kann ich nichts anfangen. Ich bleibe lieber auf dem Boden der Tatsachen.«

»Apropos Tatsachen und New York«, mischte sich jetzt Léonce ein. »Morgen ist es soweit. Ich lade alle ein zum großen Fest.«

»Zu welchem Fest?«, fragte Jean-Claude.

»Dreimal darfst du raten: mein Geburtstag mit der Preisgeschichte. Schließlich muss ich mir meinen Aufenthalt hier verdienen – entweder als Tellerwäscher oder auf Kosten des Verlierers.« Er grinste Jean-Claude frech ins Gesicht. »In deiner Geschichte ›Punkt zwölf bei Mayas Vater‹ habe ich übrigens eine Unwahrheit entdeckt.«

»Ausgeschlossen!« rief Jean-Claude. »Das ist unmöglich!«

»Aber ja doch«, sagte Léonce. »Erinnerst du dich noch, wann Maya Geburtstag hat?«

»Natürlich! Am zweiten Mai. Das haben wir immer gefeiert.«

»Siehst du? Dein Capri wurde aber am 18. April abgeschleppt: zwei Wochen vor ihrem Geburtstag.«

»Wie kommst du darauf? Das Datum weiß doch keiner mehr.«

»Ja, das dachte ich auch. Aber ich wurde das Gefühl nicht los, ich sollte das Datum mal überprüfen. Und tatsächlich: Deine Autowerkstatt hatte zum Glück noch die alten Unterlagen im Keller. Es hat mich etwas Überredungskunst und einige klingende Argumente gekostet, aber es hat sich gelohnt: Sie fanden tatsächlich noch die Rechnung mit dem Abschleppdatum des Capri auf deinen Namen.«

Das Gesicht von Jean-Claude hättet ihr sehen sollen! Und die Miene von Léonce und allen, die mit dem Finanzbüro auf Kriegsfuß standen. Obwohl das siegesgewisse und leicht schadenfrohe Lächeln von Léonce sicher nicht jedem gefiel, war die allgemeine Sympathie eindeutig auf seiner Seite.

»Und morgen Abend erzähl ich euch«, verkündete er, um seinem Triumph die Krone aufzusetzen, »wie ich in New York verdoppelt wurde.«

»Warten wir's ab. Wer zuletzt lacht ...«, konterte Jean-Claude.

Allgemeines Gelächter. Alle waren gespannt, wie Léonce eine derart unglaubwürdige Geschichte erzählen wollte, ohne dass ihm Jean-Claude, der jetzt natürlich besonders motiviert war, eine Lüge würde nachweisen können.

Am nächsten Morgen kam es mir vor, als hätte sich die Natur eigens für den Geburtstag von Léonce herausgeputzt. Die Sonne glitzerte durch die regennassen Baumkronen, die in allen Farben des »*Indian Summer*« leuchteten: vom hellsten Zitronengelb über Indischgelb, Orange, Zinnober, Weinrot, Maigrün, Lindgrün, Tannengrün, Olivgrün bis ins Violette reichte das Farbspektrum. Auf meinem morgendlichen Gang zur Halle der Stille fielen mir neue Haikus ein.

Überall Farnkraut.
Zwischen braunrotgelbem Laub
maigrüne Zipfel.

Herbstfest im Walde.
Laubbäume färben ihr Haar.
Streuen Konfetti.

Mittags hatte sich Léonce in Schale geworfen und thronte am Geburtstagstisch, der reichlich geschmückt war. Zwischen Blüten und Süßigkeiten glänzten Herbstlaub, Kastanien und Eicheln und gaben dem Tisch eine Anmutung von Erntedankfest. Albrecht hatte aus Rohmarzipan mit Mandeln die Buchstaben HAPPY BIRTHDAY LÉONCE geformt und um Léonce's Teller gruppiert.

Léonce war in Hochstimmung. In allen Sprachen der Anwesenden wurde ein Geburtstagslied nach dem anderen gesungen, und nach der anschließenden Kuchen- und Kerzenzeremonie verkündete Albrecht: »Mario und ich sind gestern mit dem Kaskadenpfad fertig geworden. Zur Einweihung sind alle eingeladen auf einen Geburtstagsspaziergang zum Blue Hole.«

Klatschen, Gegröle, begeisterte Zustimmung. Das Resort war erst kürzlich aus der Wildnis des Waldes gestampft worden. Die Wegränder neuer Straßen wurden mit Leim voller Grassamen bespritzt, damit sie schon nach Wochen wieder grünten. Häuser wuchsen wie Pilze aus dem Waldboden. Mario, unser Architekt, schüttelte nur den Kopf über die schnelle Bauweise der Amerikaner: »Das geht zwar schnell, aber verfällt auch schnell. In Europa dauert alles etwas länger, dafür halten unsere Häuser Jahrhunderte.«

Eine halbe Stunde nach dem Essen traf sich der halbe Millionärsklub an Albrechts neugeschnitztem Wegweiser »CASCADE TRAIL«, und der steile Abstieg begann. Der Kaskadenpfad ermöglichte uns, den steilen Abhang neben der Straße, wo sich ein Gebirgsbach in die Tiefe stürzte, bis zur Talsohle hinunterzuklettern. Geschickt hatten er und Mario die unregelmäßigen Erhebungen im Boden genutzt, um mit Felsbrocken einen schmalen Zickzackpfad zu befestigen. Mehrmals überquerten wir den Bach, mal über ein Brett, mal über Äste und Balken, mal auf großen Steinen, die in Schrittweite aus dem schäumenden Wasser ragten.

Etwa eine Stunde dauerte der Abstieg in die Schlucht. Dann ging es gemächlich am schmalen Flussbett entlang. Von den moosbewachsenen Baumriesen hingen dicke Lianen bis zum Boden herab, an denen wir uns wie Tarzan von Baum zu Baum hangeln konnten. Diese mächtige und urwüchsige Baumlandschaft war neu für mich. Ich spürte förmlich die Naturverbundenheit der Tscherokesen, die hier über Jahrhunderte gelebt hatten.

Endlich kamen wir zum »Blue Hole«, einer Felsausbuchtung, wo sich das Flussbett zu einem Becken ausdehnte, in dem man baden konnte. Hier unten schien niemals die Sonne. Sie erreiche nur die vielfarbigen Baumkronen und ließ sie in herbstlicher Farbenpracht erstrahlen. Oskar hielt seine Hand ins tiefblaue Wasser und zog sie sofort zurück. »O Mann! Eiskalt. Ich verzichte freiwillig aufs Bad.«

Auch andere tauchten nur den Finger ins kühle Nass. Schließlich waren es nur Léonce, Albrecht, Mario und ich, die sich auszogen und für wenige Sekunden ins Wasser tauchten. Ich kannte den Kälteschock bereits vom Eisbaden und blendete jeden Gedanken an Kälte einfach aus. Ich tauchte ohne zu Denken ein und kam sofort heftig prustend wieder heraus. Dann genoss ich die warme, wohlige Durchblutung, die der Kälteschock bewirkt hatte. Die Schrecksekunde war längst vorbei, bevor mein Körper die Kälte überhaupt bewusst registrieren konnte.

»Und jetzt«, verkündete Léonce, während er sich abtrocknete, »zum ›*Black Hole*‹ weiter unten. Wer kommt mit?«

Das »*Black Hole*« war ein weiteres Becken einige Kilometer flussabwärts, noch tiefer im Schatten gelegen und wahrscheinlich noch kälter. Aber mir reichte es. Mir taten jetzt schon die Füße weh. Also verabschiedete ich mich von der Geburtstagsgesellschaft und machte mich auf den Rückweg. Um den steilen Aufstieg zu umgehen, schlug ich den Weg quer durch den Wald ein, wo irgendwo auf dem Bergrücken die Straße entlanglaufen musste, die das Gelände der Männer mit dem der Frauen verband.

Bald war der Lärm der Geburtstagsgesellschaft verklungen und ich ging mutterseelenallein durch eine Waldlandschaft, die ich nie zuvor gesehen hatte. Als ich auf dem Bergrücken angelangt war, suchte ich vergeblich nach der Straße. Wo war sie nur geblieben? Ich wusste, dass sie auf dem Kamm ins Tal führte. Langsam dämmerte mir, dass der Hang, den ich erklettert hatte, nur ein Vorläufer des nächsten Hügels war, der sich jenseits des Tales erhob. Also ging es erneut bergab und bergauf. Inzwischen kam mir in den Sinn, was ich von Albrecht gehört hatte: Der Bär, dessen Spur er auf dem »BEAR PAW TRAIL« gefunden hatte, war ihm inzwischen auch leibhaftig begegnet. Am frühen Morgen hatte er ihn in der Nähe unserer Häuser durch die Büsche streichen sehen, und der Bär war genauso erschrocken wie er.

Und Mario erzählte, er sei beim Spaziergang durch den Wald einem Puma begegnet, der an der Abzweigung des Waldwegs von der Straße sein Mittagsschläfchen gehalten habe und kurz vor ihm ins Gebüsch gesprungen sei. Amerikanische Nachbarn hatten sich bereits mit Jagdgewehren auf die Suche nach dem Puma gemacht, weil er angeblich über einen zwei Meter hohen Gartenzaun gesprungen und einen Wachhund als Beute gerissen habe.

Auch Schlangen gab es hier, und so suchte ich mir im Unterholz als Wanderstab zwei kräftige Stöcke, mit denen ich mich notfalls verteidigen konnte.

Endlich hatte ich den nächsten Hang erklommen, aber von der Straße noch immer keine Spur. Langsam zweifelte ich an meinem Ortssinn. Konnte es sein, dass sich hier mehrere Hügelkämme zwischen Straße und Schlucht schoben? Ich legte eine Rast ein und dachte daran, wie sich Hänsel und Gretel im Wald verirrt hatten. Die Sonne senkte sich bereits bedrohlich auf den Horizont. Wenn ich nicht bald die Straße fand, war ich hoffnungslos im Wald verirrt. Inmitten von Bären, Pumas und Schlangen wollte ich nicht unbedingt die Nacht verbringen.

Ich hatte mir schon mehrfach überlegt, wie es wäre, in dieser wunderbaren Gegend eine Eigentumswohnung zu haben. Ich beneidete Amerika um die riesigen Wälder, die ich vom Flugzeug aus gesehen hatte, durchzogen mit breiten Flüssen, die sich quer durchs Land zum Meer erstreckten. Jetzt merkte ich, dass einen die Weitläufigkeit auch erschlagen konnte, vor allem, wenn man ortsunkundig war und keine geeigneten Wanderschuhe trug.

Als ich mich endlich den dritten Hang hochgearbeitet hatte, hörte ich in der Ferne ein Motor brummen. Nie im Leben hätte ich gedacht, dass ich mich jemals so über ein Lebenszeichen menschlicher Zivilisation freuen könnte. Motorengeräusche im Wald waren für mich immer etwas Gräßliches gewesen, ein Störeffekt im Frieden der Natur. Jetzt aber war das nahende Auto ein Zeichen, dass meine Odyssee ein Ende hatte. Und tatsächlich: auf dem Bergkamm lief in vielen Serpentinen die Straße entlang, die ich gesucht und endlich gefunden hatte. Nach einer halben Stunde tauchte unser Hotelkomplex vor mir auf.

Im Zimmer angekommen, nahm ich ein warmes Wannenbad und schlief bis zum Abendbrot. Zum Meditieren war ich zu erschöpft. Beim Dinner erfuhr ich, dass die anderen, die keine unbekannte Abkürzung genommen hatten, gar nicht zum »*Black Hole*« gegangen, sondern bald umgekehrt und den selben Weg zurückgegangen waren. Nachdem Léonce bereits beim Essen erste Andeutungen über seine Geschichte gemacht hatte, leitete er sie in seinem Zimmer mit folgenden Worten ein.

»Ihr wisst ja, dass ich früher ein gefragter Chefkoch war. Warum bin ich heute nur noch Tellerwäscher? Das hängt mit einer Beeinträchtigung zusammen, die Anosmie genannt wird. Wie es dazu kam, wissen allerdings nur wenige. Weil es einfach zu unglaublich klingt. Letzten Sommer habe ich mich nämlich in New York auf ein riskantes Abenteuer eingelassen. Man wollte mich lebendig duplizieren. Und davon handelt meine Preisgeschichte.«

Wie ich verdoppelt wurde – von Léonce

Wenn ich heute in meiner Freizeit mit der Pinselspitze über Aquarellnäpfchen lecke und die richtige Mischung von Farbe und Wasser auf das feuchte Papier tupfe, denke ich oft mit Wehmut an die Zeit zurück, als ich meine Kunstwerke noch mit Löffel und Messerspitze abschmeckte, in einem Beruf, den ich leider nicht ganz freiwillig aufgeben musste. Ja, meine Karriere als Chefkoch endete recht abrupt. Ich erinnere mich noch wie heute an jede Einzelheit jenes Besuches in New York, der für mich so märchenhaft begann und so schockierend endete.

Auf dem Weg von Brüssel nach Nashville hatte ich einen Zwischenstopp in New York, weil mein Flug erst am nächsten Tag weiterging. Freunde vermittelten mir im 54. Stock eines Wolkenkratzers ein elegantes Apartment, dessen Bewohner gerade in Fairfield, Iowa, weilten. Der Portier des Wolkenkratzers, von dem ich die Zimmerschlüssel bekam, war gesprächig und fragte mich nach dem Woher und Wohin. »Nach Nashville?« hakte er nach. »Und was führt Sie nach Nashville?«

»Ich halte dort ein Referat auf einer Tagung für Spitzenköche.«

»Worüber?«

»Über ayurvedische Gewürze in der französischen Küche.«

»Oho! Dann kennen Sie bestimmt das Twins?«

»Was ist das?«

»Das Nobelrestaurant mit der besten Küche von New York – und einem Sonderdienst, der einzigartig in der Welt ist: Dort können Sie sich duplizieren lassen.«

»Wie bitte!?«

»Sie bekommen eine lebende Dublette. Letztes Jahr war ich mit meinem Double Windsurfen in Florida. Sagenhaft! Natürlich kann so ein Double auch nerven. Es zeigt einem hautnah, welche Nervensäge man ist. Auf der anderen Seite: dieses tröstliche Gefühl, jemanden zu haben, der einen ganz und gar versteht. Ohne Worte ... Einfach fantastisch.«

»Sie sollten Geschichten schreiben.«

»Wieso?«

»Weil Sie mir das auftischen, ohne mit der Wimper zu zucken. Aber bitte, reden Sie weiter. Wo ist Ihr Double jetzt?«

»Recycled. Ich hatte es nur für'ne Woche. Mehr konnte ich mir nicht leisten als Student, verstehen Sie? Portier bin ich nur nebenher.«

»Double für eine Woche?« Ich musste schmunzeln. »Sie haben wirklich Talent.«

»Sie glauben, ich sauge mir das alles aus den Fingern? Wetten, dass Sie anders denken, sobald Sie Ihrem Double gegenüberstehen?«

»Ich sage Ihnen Eines: Machen Sie mit so was keine Scherze. Heute wird genug geklont, gepfuscht, an Genen rumgeschnippelt. Jedes Wesen hat sein eigenes Schicksal, seine Seele, seine individuellen Aufgaben und Wünsche.«

»Genau so hab ich auch gedacht. Bis ich selber ...« Er stockte, sah mir ins Gesicht und schaute dann neben mich, als stünde dort noch jemand. »Stellen Sie sich vor, Sie stehen doppelt da. So was können Sie im Twins erleben. Bitte kommen Sie mit. Heute Abend um acht. Okay? Ich wette eine große Flasche Bourbon, es wird der tollste Abend Ihres Lebens.« Er schob meinen Koffer in den Aufzug und reichte mir die Hand. »Stockwerk 54, linke Tür. Ich heiße übrigens Arthur.«

»Angenehm. Léonce ist mein Name.« Ich schlug ein. »Ich lass mich überraschen.«

Nach dem Duschen lag ich auf der Couch, um den Jetlag auszuschlafen, da klingelte das Telefon. »Léonce, hier ist Arthur, der Portier. Hätten Sie was dagegen, wenn noch zwei Gäste mitkämen? Linda und Robert Brown. Sind gerade aus Neuseeland eingeflogen.«

»Meinetwegen.«

* * *

Das Paar aus Neuseeland gefiel mir auf Anhieb: Robert, ein kleiner, drahtiger Anwalt mit graumeliertem Schnauzer, Linda, seine üppige junge Frau mit wallendem, kastanienbraunem Haar. Und das Ambiente des Twins machte tatsächlich den Eindruck eines Nobelrestaurants. »Austern und Weinbergschnecken sind hier der Hit«, meinte Arthur, als uns der Ober die Karte brachte. »Bis das Zeug fertig ist, können wir nebenan zuschauen.«

Gespannt schlug ich die Karte auf. Aber noch vor Salaten und Vorspeisen blieb mein Blick an folgender Preisliste hängen.

IHR LEBENDES DUPLIKAT	
5 Minuten	1000 Dollar
30 Minuten	2000 Dollar
1 Stunde	3000 Dollar
1 Tag	5000 Dollar
1 Woche	10.000 Dollar
1 Monat	20.000 Dollar
Auf Lebenszeit	1 Million Dollar
Kinder unter 12	die Hälfte
Drittkopie	30 % Rabatt

Linda und Robert starrten genauso wie ich. »Wie ist das zu verstehen?«, fragte Linda.

»Die Technik ist noch neu«, erklärte Arthur. »Der Rohstoff ist wahnsinnig teuer und zerfällt sehr schnell. Wir gehen gleich mal rüber und schauen zu.«

Nachdem wir bestellt hatten, führte uns Arthur in einen Warteraum, in dem Kunden saßen und gebannt nach vorne schauten. In einer Art Telefonzelle saß eine zittrige, weiß gepuderte Dame, zog ihre

Ringe ab und legte sie in ein Schälchen. Die Nebenzelle war leer. Der Eingangsbereich vor den beiden Zellen war durch eine dunkel getönte Glaswand in zwei Hälften getrennt. Ein Videoteam filmte das Geschehen und schwenkte zu uns. Ich sah mein Gesicht auf dem Bildschirm.

Eine Assistentin nahm der Dame die Schale ab. »Sonst noch Metall am Körper, Mrs. Watson? Halskette, Uhr, Schlüssel, Münzen?«

»Mein Oberschenkelhalsbruch wurde genagelt.«

»Das ist in Ordnung. Nur was Sie ablegen können.«

»Und mir kann wirklich nichts passieren?«

»Keine Bange, Mrs. Watson. Sie müssen nur stillsitzen, während der 3D-Scanner läuft. Würden Sie bitte Ihr Kinn hier auflegen.« Die Assistentin klappte eine Kinnstütze nach vorn und stellte sie ein, bis die Kundin aufrecht saß. »Solange das rote Lämpchen blinkt, bitte nicht bewegen.«

Sie schloss die Kabine von außen, bat uns, an der Wand Platz zu nehmen, und griff zu einer Armatur, die an einem dicken Kabel von der Decke hing. In den Zellen ging das Licht aus. Nur das rote Lämpchen blinkte.

Alle starrten auf die beiden Zellen, auf die mit dem rot blinkenden Lämpchen und die leere Zelle daneben. Anfangs dachte ich, es geschähe überhaupt nichts. Bis die Beleuchtung unmerklich heller und in Zelle zwei das Ebenbild der Dame sichtbar wurde. Schließlich erlosch das rote Lämpchen. Die Assistentin öffnete Zelle eins, schob die Kinn-stütze zur Seite und reichte das Schmuckschälchen zurück. »Das war's schon, Mrs. Watson. Sie können alles wieder anlegen und rauskommen.«

Während die Kundin ihren Schmuck anlegte, bewegte sich ihr Double wie ihr Spiegelbild. Es griff in ein unsichtbares Schälchen und legte sich nicht vorhandenen Schmuck an. Dann standen beide auf, traten vor die Zelle und betrachteten sich durch die dunkle Glaswand.

»Der Augenblick der Selbstbegegnung ist für viele ein Schock«, flüsterte Arthur. »Ihr Spiegelbild hinter Glas dagegen sind Sie gewohnt. Erst wenn Sie gefasst genug sind, schreiten Sie zum Ende der Glaswand und reichen Ihrem Double die Hand. So war's jedenfalls bei mir.«

»Und wie fühlt man sich dabei?« fragte ich.

»Als träte Ihr Spiegelbild leibhaftig neben den Spiegel.«

Die beiden Damen standen sich reglos gegenüber. Eine Ewigkeit verging. Dann gaben sie sich einen Ruck und schritten zitternd zum Ende der Glaswand. Dort blieben sie nochmals stehen, zögerten, machten einen Schritt nach vorn und lagen sich in den Armen.

Die Assistentin gab dem Original, das den Schmuck trug, ein Kärtchen. »Achten Sie bitte auf den Rückgabetermin, Mrs. Watson. Kommen Sie lieber etwas früher als zu spät. Nach dem Verfallsdatum übernehmen wir keine Garantie. Das Video vom Augenblick Ihrer Selbstbegegnung erhalten Sie an der Kasse. Ich wünsche Ihnen eine wunderschöne Zeit zu zweit. – Mr. Barley, bitte in Kabine eins.«

Der Ober kam auf uns zu und meldete, das Menu sei angerichtet.

* * *

»Wie funktioniert das?« Robert pulte seine Weinbergschnecken aus dem Gehäuse.

»Ich bin kein Ingenieur«, erwiderte Arthur. »Ich weiß nur: Das Gefühl ist unbeschreiblich.«

»Ich dachte«, warf ich ein und stocherte in meiner Vorspeise, »ein Klon wächst langsam wie ein Embryo.«

»Das Duplizieren hat nichts mit Klonen zu tun. Es beruht auf Sensor-Modulationen. Das dauert nicht länger als eine Kernspin-Tomografie.« Arthur fischte sich vom Nebentisch ein Faltblatt und las. »Durch reflexive Photosynthese, atmosphärische Überdruckkompression und projizierte Ätherfeldanregung wird die Kopie sichtbar, greifbar und hörbar.« Er legte das Faltblatt beiseite und machte sich über seine Salatplatte her. »Vor zwei Jahren fing der Erfinder an, mit dieser Methode Freunde und Kollegen zu verdoppeln. Dabei stellte er fest, dass es mit gebürtigen New Yorkern am leichtesten ging. Vielleicht, weil Double und Original den gleichen Geburtsort hatten.«

Linda löffelte ihre Schildkrötensuppe. »In Neuseeland haben wir noch nie davon gehört.«

»Der Erfinder will erst testen, ob es weltweit funktioniert. Sobald er weiß, dass sich Menschen aller Kontinente problemlos duplizieren lassen, beginnt die Serienproduktion für den internationalen Markt.«

Der Gedanke, dass so ein Apparat bald schon in Brüssel stehen sollte, gefiel mir gar nicht. »Sofern sich Europäer darauf einlassen.«

»Sie sagen es. Genau das ist der Knackpunkt. Bisher wurden nur Amerikaner verdoppelt. Wie wär's? Wollen Sie der erste Europäer sein?«

»Nein danke. Was geschieht, wenn ich bei der Rückgabe in der falschen Zelle lande? Lacht sich dann mein Duplikat ins Fäustchen? Lebt es weiter? Übernimmt es meine Aufgaben im Leben? Oder sind wir beide – ausgelöscht?«

Arthur lächelte mitleidig. »Ihr Europäer nehmt das alles viel zu ernst. Amerikaner sind da lockerer.«

»Sie sagten, Sie hatten letztes Jahr ein Double auf Zeit?« Ich legte die Gabel beiseite. »Sind Sie sicher, dass Sie nicht Ihr Doppelgänger sind?«

»Im Gegenteil! Ich bin mir ziemlich sicher«, er nickte und sah mich ausdruckslos an, als blicke er durch mich hindurch, »*dass* ich mein Doppelgänger bin!«

Linda prustete vor Lachen. Robert wischte sich den Mund, musterte Arthur von der Seite und zwinkerte mir zu: »Jetzt wird mir einiges klar. Deswegen benimmt er sich so ungehobelt.«

Arthur überhörte die Bemerkung, denn der Ober hatte ihm gerade sein Steak mit gebackenen Kartoffeln serviert, das er hinunterschlang, als hätte er seit Jahren nichts gegessen. »Und wie steht's mit Ihnen, Linda?«

»Reizen würde mich das schon. Aber die Preise!«

»Kein Problem. Ich kenne den Geschäftsführer. Da ich als Portier ständig Ausländer kennen lerne, bat er mich um Hilfe. Sie wären ja nicht nur Kunde, sondern gleichzeitig Versuchsperson. Ein Fünf-Minuten-Duplikat reicht völlig aus, um festzustellen, ob Neuseeländer kopierbar sind. Mit 200 Dollar sind Sie dabei.«

»Fünf Minuten? Unsinn! Mindestens eine Stunde. Robert, was meinst du?«

Robert strich sich den Schnauzer. »Ich ähm ... ich glaube, ich würde das nicht aushalten. Zwei Lindas – nichts gegen dich, meine Liebe – aber wenn ich mir vorstelle, beide reden unaufhörlich auf mich ein. Ähm ... Hättest du was gegen zwei Roberts mit zwei Brieftaschen?«

»O ja, zwei Roberts mit Brieftasche und zwei Lindas.«

Arthur grinste. »Und dann Partnertausch!«

»Ob sich das Double genauso anfühlt wie das Original?«, überlegte Linda. »Was würde das kosten, Arthur?«

»Ich frage mal den Geschäftsführer.« Arthur verließ den Raum.

»Léonce«, Linda faltete die Hände. »Lassen Sie sich diese Chance nicht entgehen. Ich sehe schon die Schlagzeilen: das doppelte Geburtstagskind ... mehr Urlaub durch Dublette ...Hochzeitsnacht zu dritt ... Robert, wir sollten die Vertretung für Neuseeland übernehmen.«

»Abwarten.« Robert war einsilbig. »Mit uns geht's todsicher schief.«

»Wieso?«

»Neuseeländer sind Originale. Die lassen sich nicht kopieren.«

»Aber schau dich doch mal um! Die Duplikate sehen genauso aus wie ihr Original.«

Linda wies auf die Tische ringsum. Überall saßen Kunden mit ihrem Double, das ihnen ähnelte wie ein Ei dem anderen. Arthur kam in Begleitung eines rundlichen Herrn mit Glatze und abstehenden Ohren zurück. »Darf ich vorstellen. Mr. McDole.«

»Zwei Stundendubletten für 400 Dollar«, sagte McDole.

»Wenn Sie mir 400 Dollar draufzahlen«, meinte Robert, »würde ich's mir überlegen.«

»Wo denken Sie hin? Versuchspersonen werden nicht bezahlt.«

»In Neuseeland werden Personen, die sich freiwillig für derart riskante Tests zur Verfügung stellen, entschädigt.«

»Aber Mr. Brown! Sie neigen zu Nostalgie.« McDole breitete die Hände aus. »Seit Jahren sind Tests in Branchen wie dieser weder freiwillig noch kostenlos.«

Ich nickte. »Man denke nur an Gentech-Nahrung, Klonen, an In-vitro-Fertilisation menschlicher Eizellen ...«

Robert wischte sich den Mund ab. »Neuseeländer sind keine Versuchskaninchen!«

»Also gut«, meinte McDole. »Ein Neuseeländer für eine Stunde – gratis!«

Robert zwinkerte uns zu. »Meinetwegen.« Er schien mit seinem Deal zufrieden.

»Eines wüsste ich noch gerne, Mr. Brown«, sagte McDole. »Glauben Sie, dass es bei Ihnen funktioniert?«

»Auf keinen Fall.«

»Danke, das genügt. Wir wollen testen, ob die innere Einstellung dabei eine Rolle spielt.« Lächelnd verschwand McDole im Nebenraum.

»Wenn wir drüben sind, Linda,« Robert lehnte sich zurück, »werfen wir einen Quarter, wer von uns beiden in die Zelle steigt. Zahl oder Adler?«

Lindas Hände zitterten leicht, während sie ihr Omelette mit Spargel-spitzen aß. »Adler«, sagte sie.

* * *

Im Nebenraum stand eine junge Frau mit zwei gleich aussehenden Mädchen. Die Assistentin führte die Mädchen zu den Zellen. »Das Original bitte hier rein, in Zelle eins.« Sofort liefen beide zu Zelle eins. Die Assistentin lachte. »Keine Angst. Ihr bleibt doch beide am Leben. Nach der Fusion seid ihr beide nur im selben Körper.«

Dennoch wollte keines der Mädchen in Zelle zwei. »Es ist besser, eine von euch geht freiwillig in Zelle zwei. Schon wegen dem Recycling. Nach dem Haltbarkeitsdatum übernehmen wir für das Double keinerlei Garantie. Nun kommt, Kinder, der Nächste wartet.«

Die Zwillinge umarmten sich, küssten sich auf die Wange und schli-chen, während sie sich umschauten und winkten, in die Zellen links und rechts der Glaswand. Die Assistentin schob die Kinnstützen zurecht, bat die Mädchen stillzuhalten, schloss die Türen und bediente ihre Armatur. Langsam, fast unmerklich, wurde es in den Zellen dunkler, bis nichts mehr zu sehen war.

Als das Licht wieder an ging und die Kleine den leeren Stuhl in Zelle zwei sah, fing sie bitterlich an zu schluchzen. Ihre Mutter kam und nahm sie in die Arme. »Komm, Sheila. Länger als ein Monat war nicht drin. Wenn du gute Noten kriegst, fragen wir Papa, ob du zu deinem zehnten Geburtstag wieder in die Zelle gehen darfst.«

»O ja!«

* * *

»Zahl!«, rief Robert, während Arthur mit der Assistentin sprach. »Tut mir leid, Linda, für die nächste Stunde musst du zwei Roberts ertragen. Ich meine, falls es klappen sollte. Das kann ich mir aber beim besten Willen nicht vorstellen.«

»Mr. Brown!« Als Robert ohne Portemonnaie, Schlüsselbund und Armbanduhr in Zelle eins saß und das Licht erlosch, starrten wir ge-bannt auf Zelle zwei. Robert war nüchtern, skeptisch, ein kerniger Typ. Ich war mir sicher, der Stuhl würde leer bleiben.

Ich muss genauso große Augen gemacht haben wie Linda, als in Zel-le zwei immer deutlicher ein zweiter Robert sichtbar wurde. Spiegelsymmetrisch verließen beide ihre Zelle, schritten die Glaswand ab und grüßten sich militärisch. »Hallo, Robert, how are you?«

Zwei Roberts kamen auf uns zu. »Seltsam«, meinten beide im Chor. »Darauf müssen wir anstoßen. Linda, schau auf die Uhr. Wir haben genau eine Stunde.«

»Robert, bist du's? Lass dich umarmen.« Linda trat zaghaft an Robert zwei, der lediglich durch die fehlende Armbanduhr vom Original zu unterscheiden war. Er umarmte sie, als wäre er der Echte.

»He«, meinte Robert. »Nimm die Finger weg von meiner Frau!«

»Aber Robert! Das bist doch du!«

»Ich glaube, Linda, du verwechselst was. Das ist mein Abklatsch.«

Robert zwei lief puterrot an. »Ich bin Neuseeländer«, sagte er in Roberts knappem Tonfall. »Ich hasse Abklatsch.«

»Neuseeländer? New Yorker! Keine fünf Minuten alt. Ein Baby!«

»Hört auf, hört auf!« Linda stellte sich zwischen Robert und Robert. »Kannst du … könnt ihr denn nie aus eurer Haut? … Wenigstens für eine Stunde! Lasst uns den feierlichen Augenblick begießen.«

Sichtlich verstimmt setzten sich die beiden Roberts an den Tisch und stießen mit uns an.

»Kalifornischer Wein.« Linda beäugte Robert zwei wie ein Wunder. »Schmeckt er dir?«

»Hm«. Robert zwei zuckte die Schultern. »Was heißt denn schmecken?«

»Oh, ich muss euch was erklären.« Arthur beugte sich zu Linda und mir, als wollte er etwas sagen, was nicht für alle bestimmt war. »Das Duplizieren klappt noch nicht für alle Sinne. Nur Sehen, Hören und Tasten werden kopiert. Das Double sieht genauso aus, fühlt sich genauso an und hat dieselbe Stimme. Zum Schmecken und Riechen aber müsste man das Erd- und Wasserelement kopieren. Wenn das so einfach wäre, gäbe es längst schon Kinofilme mit Geruch.«

»Typisch Amerika.« Robert eins verzog die Mundwinkel.

»Kein Geschmack«, entfuhr es mir. Sofort bereute ich meine Bemerkung, als ich sah, wie Robert zwei erbleichte und jeden Gesichtsausdruck verlor. Linda berührte seine Hand. »Bitte nimm das nicht persönlich, Robert zwei.«

»Wie?!« Robert zwei riss plötzlich Mund und Augen auf, griff sich an die Brust und klappte zusammen. Arthur sprang ihm zur Seite und fing ihn auf. Auch Robert eins wurde kreidebleich und kippte mir in die Arme.

Arthur gab mir ein Zeichen mit dem Kopf. »Schnell in die Zellen.«

Wir schleiften sie in die Zellen. Sofort ging die Assistentin an die Arbeit. Linda und ich verfolgten gespannt, wie es in den Zellen dunkler wurde, bis Robert zwei verschwunden war, während Robert eins langsam zu Kräften kam. Die Zellentür sprang auf, und Robert trat aufatmend neben Linda.

»Was hab ich gesagt? Neuseeländer sind Originale. Und wie steht's mit Europäern?« Er sah mich herausfordernd an.

»Danke, ich werd mich hüten«, sagte ich. »Sie haben ja selbst erlebt, was dabei rauskommt.«

»Léonce, Sie enttäuschen mich. Ich hab mich auch getraut.«

»Ja«, meinte Arthur. »Sie könnten auch gratis …«

»In so eine Zelle? Niemals! Ich bleibe lieber das Original.«

Als Arthur merkte, dass ich standhaft blieb, holte er McDole herbei, der gerade mit dem Ober sprach.

»Eigenartig«, sagte McDole. »Kein Europäer will sich testen lassen. Dabei sind Europäer nicht schwächer als Amerikaner. Ich sehe da überhaupt keinen Grund. Auch in mir fließt europäisches Blut. Meine Vorfahren stammen aus Irland.«

»Warum testen Sie sich dann nicht selber?«

»Das bringt nichts. Ich bin gebürtiger New Yorker. Ich wäre sogar bereit, Ihnen eine Entschädigung zu zahlen, damit ich endlich etwas testen kann, was mir seit Jahren in den Fingern juckt.«

»Warum ausgerechnet mit mir?«

»Weil Sie nicht nur Europäer, sondern auch Spitzenkoch sind. Einer der besten der Welt. Ich habe von Ihnen gehört, Léonce. Ich bewundere Ihre Kochkunst. Dürfte ich Sie für einen Augenblick unter vier Augen sprechen?«

Ich hatte keine Ahnung, was der Test mit meinem Beruf zu tun haben sollte. Das begriff ich erst, als er mir persönlich eine Platte mit bestem belgischem Käse servierte. »Es ist Ihr Geschmack, Léonce, der Sie einmalig macht. Ich möchte testen, ob Ihre Dublette vielleicht doch etwas schmecken kann. Wenigstens zehn Prozent der Geschmacksempfindung des Originals. Das würde schon reichen. Dann könnte ich in dieser

Richtung weiter forschen. Menschen wie Sie findet man nicht alle Tage.«

Ich kam ins Schwanken. »Wer garantiert mir, dass es keine Nebenwirkungen hat?«

»Dafür lege ich meine Hand ins Feuer, Léonce.«

Mein Widerstand war gebrochen.

* * *

Als das Licht in den Zellen nach dem Erlöschen langsam wieder aufblendete, sah ich mein Ebenbild durchs dunkle Glas. Die Zellentür sprang auf, und langsam, Schritt für Schritt, näherten wir uns dem Ende der gläsernen Wand.

Hinter meinem Double sah ich die Kameras, die meine Selbstbegegnung auf Video bannten. Ich gab mir einen Ruck und schritt zum Rand der Glaswand. Der Schatten meines Ebenbildes erschien bereits am Boden.

Meine Arme zitterten, meine Knie wurden weich … Dann wusste ich nichts mehr.

Als ich die Augen wieder aufschlug, saß ich auf dem Stuhl in Zelle eins. Robert stand neben mir und drückte mir die Hand. »Bravo! Ich hab's gewusst. Auch Europäer lassen sich nicht kopieren!«

Er stützte mich und half mir aus der Zelle. Benommen steuerte ich den nächsten Stuhl an. Alle umringten mich. Robert, Arthur, Linda, die Assistentin und sogar die Kameramänner. »Applaus für Léonce«, rief Robert, »das nicht zu kopierende Original.«

Alle klatschten. Plötzlich sah ich in der Runde Robert zwei. Mir drehte sich der Magen. »Darf ich vorstellen«, sagte Robert eins, »mein Zwillingsbruder Ronald, von Beruf Schauspieler, genau wie ich. Wir sind hier Stammgäste wie viele Zwillinge aus aller Welt.«

McDole kam und hielt mir ein Klemmbrett mit Stift hin. »Léonce, als Europäer haben Sie doch sicher Sinn für Humor. Würden Sie mir bitte unterschreiben, dass Sie nichts dagegen haben, wenn wir den Ulk mit Ihnen am Samstag Abend senden. In unserer Serie VORSICHT KAMERA.«

Ich unterschrieb, ohne meine Brille aufzusetzen. Der Ober kam und reichte Sektgläser herum. Man drückte mir ein Glas Champagner in die Hand. Alle hoben die Gläser und starrten mich an, als wäre ich der erste Mensch. Ich trank.

»Kalifornischer Sekt.« Linda nickte mir zu. »Schmeckt er Ihnen?«

»Hm …« Ich zuckte die Schultern. »Was heißt denn schmecken?«

Alle lachten – außer

mir.

»Verruckht!« meinte Jean-Claude. »Und du willst uns weismachen, das jedes Wort stimmt, das du dir aus den Fingern gesaugt hast?«

»Aber ja! Fahr nach Manhatten und erkundige dich im Twins, dem berühmten Zwillingsrestaurant am Time Square. Sie zeigen dir auch gern das Video, das in VORSICHT KAMERA gesendet wurde.«

»Sicher! Ich fliege nach New York, nur um deine Preisgeschichte zu widerlegen. Das könnte dir so passen.«

»Tja, wenn du mir nicht glaubst. Ich hab das Video zu Hause.«

»Im Zimmer? Her damit!«

»Hier natürlich nicht. In Belgien.«

»Du kannst uns viel erzählen.«

»Du sagst es. Wer gewinnen will, muss das auch können.«

»Treib's nur auf die Spitze! Wer den Mund so voll nimmt wie du …«

»Was ist mit dem?«

»Du wirst schon sehen, was mit dem ist. Du wirst noch an mich denken, «

»Soll das eine Drohung sein?«

»Wieso?«

Beide schwiegen eine Weile. Zumindest äußerlich. Ich hatte das Gefühl, innerlich waren beide damit beschäftigt, sich auszudenken, was sie sich alles an den Kopf werfen könnten. Wahrscheinlich überlegte Jean-Claude eifrig, wie er Léonce am geschicktesten der Lüge überführen könnte. Das warf auch bei mir eine Frage auf, die mir erst jetzt bewusst wurde: »Was machen wir eigentlich, wenn mehrere Erzähler der Lüge überführt werden? Wer ist dann der Verlierer?«

»Ist doch klar«, meinte Jean-Claude. »Alle, die der Lüge überführt werden, teilen sich den Verlust.«

»Und was geschieht, wenn eine Geschichte als beste gewählt wird, und dann stellt sich heraus, dass sie erlogen war?« fragte ich weiter.

»Ist doch klar. Wer disqualifiziert wird scheidet aus. Wie im Sport.«

Ich fragte in der Runde, und alle waren damit einverstanden. Zum Feststellen des Siegers beschlossen wir, dass jeder als Wahlzettel die Liste mit allen Geschichtentiteln außer seinen eigenen bekam, so dass er nur die Geschichten der anderen wählen konnte. Unser Schriftführer hielt alle Regeln im Protokoll fest. Damit neigte sich auch der 10. September, der Geburtstag von Léonce, dem Ende zu.

Am nächsten Morgen kam mir auf dem Weg zur Quelle folgender Haiku in den Sinn:

> *Der Tag nach dem Fest.*
> *Nüchtern die Bäume und nackt.*
> *Die Grillen schweigen.*

Als ich mit vollen Wasserflaschen zum Restaurant schlenderte, hörte ich hinter den Büschen folgendes Gespräch: »Unglaublich! Ich bin fassungslos. So eine dreiste Lüge glaubt doch kein Mensch.«

»Welche Lüge denn?«

»Was in New York passiert sein soll.«

»Wieso? Lässt sich alles hieb- und stichfest beweisen.«

»*Den* Beweis möchte ich sehen. Ich bin schließlich Architekt. Ich kenne die Stahlkonstruktion der Twin Towers.«

»Twin Towers? Da verwechselst du was. Meine Geschichte spielte im Twins, dem berühmten Zwillingsrestaurant.«

»Welche Geschichte?«

»Wie ich verdoppelt wurde.«

»Du, verdoppelt? Willst du mich veräppeln? In welchem Twins?«

Jetzt erkannte ich die Stimmen: Mario sprach mit Léonce. Ich erinnerte mich, dass ich Mario gestern nicht unter den Zuhörern gesehen hatte. Schließlich war er nicht im »Millionärsklub« und besuchte unsere Geschichtenabende nur ab und zu aus reiner Geselligkeit.

»Ach du warst gestern gar nicht da?« Ein Anflug von verletzter Eitelkeit klang in Léonce's Stimme. »Wer hat denn sonst noch von New York erzählt? Meine Geschichte war doch die einzige, die dort spielt.«

»Wer redet von Geschichten? Hast du noch nicht mitgekriegt, was seit halb 10 laufend über den Bildschirm flimmert?«

»Was denn? Ich habe meditiert und war im Wald spazieren.«

»Gut, schlaf weiter, Genosse! Seit heute morgen wird alle halbe Stunde gezeigt, wie die Twin Towers des World Trade Centers in New York in sich zusammenstürzen. Und zwar lotrecht im freien Fall. Eine kontrollierte Sprengung erster Güte, wie es keine Abrissfirma besser könnte. Und was erzählen sie für Schwachsinn? Die Türme seien durch Flugzeuge zerstört worden.«

»Flugzeuge? Wie sollen die Häuser sprengen?«

»Angeblich sind entführte Flugzeuge in die Türme gestürzt, haben die Stahlträger durchbohrt und sind in Flammen aufgegangen. Dadurch soll der Stahl geschmolzen sein. Was für ein Schwachsinn!«

»Wieso Schwachsinn?«

»Kerosin brennt mit 800 Grad. Stahl schmilzt bei 1500. Schmilzt dein Auto etwa, wenn du den Motor zündest und Benzin verbrennst? Schmilzt dein Grill, wenn du den Braten übers Feuer hältst?«

»Das ist heute passiert? Wer fliegt den mit Flugzeugen in Häuser?«

»Auch dafür haben sie gleich die Antwort parat: Muslimische Selbstmordattentäter! Man will auch schon wissen, wer dahinter steckt. Obwohl sich niemand zu den Anschlägen bekannt hat.«

Inzwischen hatte ich die beiden erreicht und fragte Mario: »Hast du einen Fernseher im Zimmer? Oder wo hast du das her?«

»Ich war im Speisesaal frühstücken, in der Fernsehecke. Sie wiederholen dauernd denselben Quatsch. Der alte Trick: Was zu unglaubwürdig ist, muss man einfach so oft wiederholen, bis es geglaubt wird.«

»Und warum glaubst du, es sei unglaubwürdig?«

»Na hör mal! Seit wann können Flugzeuge aus Aluminium Stahl durchbohren? Dazu bräuchtest du Panzergranaten aus Wolfram, die mit dreifacher Schallgeschwindigkeit auftreffen. Hast du schon mal Bohrer, Hämmer oder Äxte aus Aluminium gesehen? Das knickt einfach um und wird plattgedrückt. Wirf mal eine Tomate an die Wand. Was geht kaputt? Die Tomate oder die Wand?«

»Schon klar. Aber wenn sie mit großer Wucht aufprallt?«

»Probier's! Schleuder die Tomate so hart du kannst an die Wand. Wenn sie die Wand durchbohrt, dann fress ich einen Besen und glaube alles, was heute aus New York gesendet wird. Eine Boeing erreicht nicht mal einfache Schallgeschwindigkeit, geschweige denn dreifache.«

Tja. Das war der Augenblick der Wahrheit. Unser Geschichtenwettbewerb war plötzlich kalter Kaffee. Wen juckte es noch, ob wir das Blaue vom Himmel logen oder nicht, wenn derart Umwerfendes die Weltgeschichte erschütterte? Beim Mittagessen plapperten alle durcheinander. Alles drängte in die Fernsehecke. Jeder fragte den nächsten, was er davon hielte. Manche schüttelten nur den Kopf, hielten das Ganze für unmöglich, dachten, sie träumten.

Die stärkste Wirkung hatten die Fernsehbilder auf die Amerikaner. Ihre Gesichter spiegelten deutlich, dass sie tief betroffen und in ihrem Nationalstolz verletzt, ja geradezu traumatisiert waren. Keiner von ihnen zweifelte auch nur im mindesten an der offiziellen Berichterstattung.

Bis kurz vor fünf Uhr nachmittags etwas höchst Verwirrendes geschah: Eine BBC-Korrespondentin brachte die Nachricht, auch Building 7 des World Trade Centers sei eingestürzt. Im Fenster hinter ihr war aber gleichzeitig zu sehen, dass das Gebäude noch stand. Erst 20 Minuten später stürzte es ein. Und zwar genauso lotrecht und im freien Fall wie die Zwillingtürme am Morgen, allerdings ohne Flugzeuge und Feuer.

Nach diesem Vorfall waren selbst die Amerikaner sichtlich durcheinander. Beim Abendbrot wurde nur noch über die Zwillingstürme,

Building 7 und die Flugzeuge gesprochen. Am Millionärstisch fragte ich Jean-Claude, was er von der ganzen Sache halte.

»Jetzt verstehe ich die seltsamen Transaktionen an der Börse«, meinte er. »Auf einmal ergibt alles Sinn: Die Put-Optionen für die Airlines der entführten Maschinen, deren Aktienkurse jetzt ins Bodenlose stürzen. Wer hat das vorher schon gewusst? Alle, die jetzt einen riesigen Gewinn machen, müssen von dem geplanten Anschlag gewusst haben. Und warum wird der Ort auf einmal *ground zero* genannt, odder? Das kommt doch aus der Militärsprache. Ich muss sofort nach New York. Im Keller unter Building 4 des WTC ist ein Tresor, der früher einer Schweizer Bank gehörte. Dort liegen noch Goldbarren von mir.«

Mitten im Tumult klingelte Albrecht plötzlich mit dem Löffel an ein leeres Glas und stand auf: »Alle mal herhören«, rief er, und aller Blicke richteten sich auf seinen krebsroten Kopf. »Die Zeit zum Geschichtenerzählen ist zwar vorbei. Aber ich lade euch trotzdem heute noch mal zu mir ein, damit sich die Gemüter wieder beruhigen. Meine Geschichte passt auch prima zum Tagesgespräch. Ich hatte mir nämlich mal den Kopf zerbrochen, und zwar im doppelten oder gar dreifachen Sinn. Also bis nachher bei mir.«

Damit schwenkte die Stimmung um. Anscheinend suchten viele eine Ablenkung von den verstörenden Nachrichten. Und so trafen wir uns am Abend zum zweiten Mal bei Albrecht. Noch immer war seine Tonfigur mit feuchten Tüchern und Plastiktüte verhüllt, und er verriet mit keinem Wort, wer oder was sich darunter verbarg. »Noch ein paar Tage, dann ist die Figur fertig und wird enthüllt.«

Noch bevor er anfing zu erzählen, kamen immer mehr fremde Gäste, auch Amerikaner, die kaum deutsch verstanden und noch nie an unseren Abenden teilgenommen hatten. Albrechts Zimmer war zum Brechen voll.

»Viele von euch haben sicher mitgekriegt«, begann er, »dass ich zu Pfingsten 1996 fast den Löffel abgegeben hätte. Am Pfingstmontag bin ich mit dem Fahrrad so unglücklich gestürzt, dass meine Schädeldecke brach und mein Gehirn lose in der Schale schaukelte. Drei Tage lag ich in der Intensivstation im Koma. Was ich dabei aber innerlich erlebt hab, weiß bisher noch keiner.«

Wie mir der Kopf zerbrach – von Albrecht

ch schaukelte in einer Wanne durch die Wolken. Die Erde wackelte. Mir wurde schwindlig.

Auf leisen Sohlen trat der junge Mann in Turnschuhen mit der großen Stoppuhr auf mich zu. Er sah auf seine Uhr und winkte mit dem Finger. »Komm mit!«

»Wohin?«

»Nach drüben.«

»Moment. Ich hol noch mein Gepäck.«

»Gepäck? Das brauchst du nicht.«

Ich stutzte. »Kein Gepäck?« Plötzlich schwante mir, was er mit drüben meinte. »Ich komm nicht mit. Ich muss noch was erledigen.«

Er lächelte. »Was hält dich denn?«

»Meine Aufgabe auf Erden. Die muss ich noch erfüllen.«

»Das fällt dir jetzt erst ein? Du hattest 50 Jahre Zeit dafür.«

»Die brauchte ich zur Vorbereitung. Ich wollte erst erleuchtet sein, bevor ich loslege.«

»Da kannst du lange warten. Die Entwicklung hört nie auf.«

»Ich möchte etwas schaffen, das Bestand hat.«

»Also gut. Was willst du?«

»Eine Verlängerung. Bis meine Aufgabe erfüllt ist.«

Er reagierte nicht sofort. Ich hatte das Gefühl, ich war nicht der Erste, der diese Art von Bitte an ihn stellte. Schließlich nickte er. »Genehmigt. Aber nur unter einer Bedingung.«

»Die wäre?«

»Die Verlängerung gilt nur für diesen Zweck. Verzettelst du dich, komme ich dich holen.«

Er zwinkerte mir zu und war verschwunden. Seither ist mein Verhältnis zu diesem jungen Mann wie umgewandelt. Ich habe keine Angst mehr, ihm am Ende wieder zu begegnen. Im Gegenteil: Er ist mein bester Freund. Wie keinem anderen ist es ihm gelungen, mir meine Aufgabe bewusst zu machen. Unwillkürlich musste ich an den Vermerk denken, der mir einst in Indien in den Pass gestempelt wurde, als ich mein dreimonatiges Touristenvisum um ein halbes Jahr verlängern wollte: »*Change of purpose not allowed.*«

An vier Schläuchen angeschlossen wachte ich in einem Raum voller Geräte auf. Grüne Messkurven flimmerten neben mir über den Oszillograph, und eine Männerstimme sagte: »Doppelter Schädelbasisbruch. Ob wir den durchbringen steht in den Sternen.«

Als ich nach vier Tagen aus der Intensivstation verlegt wurde, ließ ich mir als erstes Papier und Stift bringen, um mich meiner Aufgabe zu widmen. Für seine klaren Worte war ich dem jungen Mann sehr dankbar. Endlich fiel es mir leicht, zielgerichtet zu arbeiten, ohne mich in tausend Nebenwünschen zu verzetteln.

Während ich am Bleistift nagte, kam mir ein Erlebnis aus der Schulzeit in Erinnerung: Es war ja nicht das erstemal, dass mir der Kopf zerbrochen war. Und ich sah gewisse Parallelen.

* * *

»Dein Denker ist ja immer noch nicht fertig!«, schimpfte Lösel, unser Kunstlehrer. «Spätestens morgen früh muss er in der Aula stehen. Das hätte alles letzte Woche laufen müssen.«

»Es war mir wichtiger, den Ausdruck hinzukriegen«, sagte ich. »Der Abguss ist doch nur Routine.«

»Was heißt Routine? Auch Handwerk will gelernt sein. Gunter hat gestern den ganzen Tag gebraucht, um seinen Kopf aus der Form zu schälen, zu polieren, zu tönen und zu talken. Jeder Schritt braucht seine Zeit. Der Teufel steckt im Detail.«

Auf dem Tisch vor mir stand eine dicke weiße Gussform, die durch Umkleiden des Tonkopfes entstanden war und aus der ich nun den Gipskopf herausschälen musste.

Vorsichtig begann ich, die Naht zwischen Vorder- und Hinterseite zu lockern und die Gussform abzuklopfen. Da wurde ich von hinten angerempelt, stieß an die schwere Form, sie kam ins Wanken, fiel zu Boden und zerbrach – mitsamt dem darin eingehüllten Gipskopf.

»O Gottogottogott!« Lösel schlug die Hände zusammen und betrachtete den Scherbenhaufen. Ich dagegen brach in schallendes Gelächter aus. Das war höhere Gewalt! Mit einem Schlag hatten sich der starke Zeitdruck und Lösels ständiges Drängeln erübrigt. Ich atmete auf.

»Mein Gott, da lachst du noch!« Lösel schüttelte den Kopf. »Unser Glanzstück. Deine wochenlange Arbeit. Alles umsonst. Ich hatte gehofft, dein Denker macht das Rennen.«

Ich zuckte nur die Achseln. »Was ich lernen konnte, habe ich gelernt. Der Rest wäre doch nur noch Routine gewesen.«

Lösel ließ nicht locker: »Alles hat gestimmt: Proportionen, Modellierung, Haltung, Blick. Ich hab überall davon geschwärmt.«

»Tja, nicht zu ändern.« Ich hätte eigentlich den meisten Grund gehabt, betrübt zu sein. Aber wider Erwarten ließ mich das Ereignis ungerührt. Ich holte nur den Besen und kehrte die Scherben zusammen. »Dann gewinnt eben Gunter. Sein Kopf ist ja schon fertig.«

»Was werden bloß die anderen sagen? ›Wo ist denn der Denker?‹, werden sie fragen. Soll ich sagen: ›Er hat sich in Scherben aufgelöst?‹«

»Gute Idee!« sagte ich und sammelte die Scherben in den Eimer. »Sagen Sie einfach: ›Er hat sich beim Grübeln den Kopf zerbrochen.‹«

»Herzlos.« Lösel wandte sich ab. »Hast du gar kein Mitgefühl mit deinem Geschöpf?«

Jeder andere Schüler hätte sicherlich empfunden wie Lösel. Ich hatte die Arbeitsgemeinschaft Werken aber von vornherein nicht wegen der Ausstellung besucht, sondern nur, um was zu lernen. Ich wollte verstehen, wie man Köpfe modelliert. Alles, was Lösel mir beibringen konnte, hatte ich gelernt. Die Ausstellung empfand ich dagegen als künstlich aufgebauschten Stress und Leistungsdruck.

Das Einzige, was noch gefehlt hätte, wäre das Polieren, Tönen und Talken gewesen, bis der Kopf mattschimmernd wie Speckstein geglänzt hätte und keinem aufgefallen wäre, dass es in Wirklichkeit ein Gipskopf war. Morgen früh hätte er in der Aula auf seinem Sockel gestanden. Das Schild mit Titel, Name, und Klasse war schon geschrieben.

Was mir leid tat und aus meiner Sicht sogar etwas lächerlich wirkte, war die Enttäuschung meines Lehrers. Es genügte ihm anscheinend nicht, sein Wissen weiterzugeben. Er wollte Anerkennung, festhalten, prunken, zeigen, was er uns beigebracht hatte. Das fertige Werk, der Gipskopf, war ihm wichtiger als der Lern- und Schaffensprozess.

Für mich war das Aha-Erlebnis das Knetgefühl in den Fingerspitzen und Handballen gewesen, das Nachempfinden des Grübelns in den Schläfenlappen.

Aber diese inneren Vorgänge ließen sich eben schlecht ausstellen und waren für Lösel anscheinend wertlos.

Ich liebte das Ereignis, die Aktion. Der Augenblick des Fallens war für mich die eigentliche Kunst gewesen: Ein Denkerkopf, der sich den Kopf zerbrach. Treffender hätte es niemand ausdrücken können. Kein anderer Schüler hätte das gebracht. Aber wie konnte ich Lösel das erklären?

Ich nahm den Eimer mit den Scherben und ging damit zur Mülltonne im Hof. Dort traf ich Gunter aus der Nachbarklasse.

»Und? Ist dein Gipskopf fertig?«, fragte er.

»Fix und fertig.«

»Eingefärbt, getalkt?«

Ich nickte.

»Auf dem Sockel?«

»Nö, der Sockel ist zerbrochen.«

»Ohne Sockel? Dann hab ich ja noch Chancen zu gewinnen.«

»Klar.«

»Mach nur weiter so! Ein Denker ohne Sockel!« Gunter schlug mir auf die Schulter und beäugte den Scherbeneimer. »Auch schon aufgeräumt?«

»Mein Arbeitsplatz ist sauber. Ich bin fertig.«

»Beneidenswert. Aber ohne Fleiß kein Preis. Ich werde noch ein bisschen nachpolieren. Tschüss, bis morgen.«

»Tschüss.«

Meine Scherben lagen immer noch im Eimer. Ich hatte Gunter nicht die Genugtuung gegönnt, zu sehen, dass der ganze Kopf zerbrochen war. Er hätte dumme Fragen stellen können. Dieses Grinsen bei der Bemerkung: Mach nur weiter so! Ein Denker ohne Sockel!

Jetzt würde er gewinnen, dieser Streber: mit einem Glatzkopf, starr und herzlos wie ein Roboter.

Ich öffnete die Tonne, hob den Eimer und kippte die Scherben hinein. Dann ging ich zur Treppe, um meine Jacke aus der Werkstatt zu holen. Auf halbem Wege kam mir Gertrud entgegen. »Tut mir ja so leid«, jammerte sie, »Das wollte ich nicht.«

»Was denn?«

»Dass dein Kopf zerbrochen ist. Ich bin geschubst worden.«

»Wovon redest du?«

»Na vorhin im Werkraum. Ich bin doch gegen dich gestoßen.«

»Ach du warst das?«

»Ich wollte nur sehen, wie sich dein Denker aus der Form befreit. Den fand ich nämlich super cool. Da wurde ich geschubst, und schon lag die Bescherung auf dem Boden.«

»Wer hat dich denn geschubst?«

»Das hab ich eben erst erfahren. Michael hat gesehen, wie Gunter mich anstieß und dann fluchtartig den Raum verließ. Als ich mich umdrehte, war er schon verschwunden.«

»Ach so! Verstehe.« Gunters Grinsen bekam auf einmal einen neuen Sinn. Nein! Diese Genugtuung wollte ich ihm nicht gönnen. So nicht! Jetzt sollte er sehen, was er sich eingebrockt hatte. »Danke für die Auskunft, Gertrud. Mach dir keine Vorwürfe. Das war höhere Gewalt. Aber sag dem Gunter nicht, dass er gesehen wurde. Versprichst du mir das?«

»Klar.«

Als sie das Treppenhaus verlassen hatte, ging ich zurück zur Mülltonne, öffnete den Deckel und sammelte die Scherben wieder ein. Bis auf die kleinen, die bereits im Müll versunken waren. Die klaffenden Lücken würden das Zerbrochene betonen.

Mit dem Eimer voll Scherben ging ich zurück in die Werkstatt. Gunter war noch am Polieren der Gussnaht an der Ohrlinie seines Glatzkopfs.

»Ist der Lösel schon gegangen?«, fragte ich.

»Der ist weg. Wieso bist du noch da? Ich dachte, du bist fertig. Wo steht denn dein Kopf?«

»Drüben in der Aula.«

»Na gut. Den werd ich ja gleich sehen.«

Ich ging mit meinem Eimer an den Tisch und legte ein paar Scherben mit der Bruchstelle nach oben aus, so dass man das Gesicht nicht sehen konnte. Gunter sah auf. »Was gibt das denn Schönes?«

»Reiner Zeitvertreib. Der Leerlauf, wenn das Werk vollbracht ist.«

»Vollbracht?« Er polierte die Gussnaht, bis sie nicht mehr zu sehen war. »Ein Scherbenhaufen, was? Vollbricht, vollbracht, vollbrochen.«

»Du sagst es: voll zerbrochen.«

Gunters Augen flackerten. Als er fertig war, packte er seinen Kopf in einen gefütterten Karton und sagte: »So. Ich bring mein Werk zur Aula. Wenn du gehst, wirf den Schlüssel vom Werkraum in den Kasten.«

»Okay. Viel Glück mit deinem Glatzkopf.«

Besinnlich saß ich vor dem Scherbenhaufen. War einmal ein Kopf gewesen. Nein, ein Lehmkloß. Dem hatte ich Leben eingehaucht, bis eine Seele in ihm atmete. Die hatte ich mit Gips umschalt, um eine Hohlform zu erhalten, die ich gewachst und wieder mit Gips ausgegossen hatte. Aber der Denker hatte seinen eigenen Kopf. Er wollte es anders haben.

Was war geblieben? Die Spur vom Augenblick des Fallens und Zerbrechens. Dem Augenblick, der mich zum Lachen gebracht und von jedem Pflichtgefühl befreit hatte. Wochenlanges Kneten, Tasten, Streicheln, Feilen – und als krönender Abschluss: eine Sekunde freier Fall. Beides zusammen formte nun mein Werk.

Ich legte den Nasenscherben auf den Tisch und daneben ein Puzzlestück aus Stirn und Auge. Darunter den Mund mit auf die Hand gestütztem Kinn. Langsam, Stück für Stück, wuchs aus den Scherben ein neuer Denkerkopf, den ich mit frischem Gips zusammenfügte. Als Gesicht und Haltung zu erkennen waren, hörte ich auf. Hinterkopf und Schädeldecke ließ ich frei. *Weniger war mehr!*

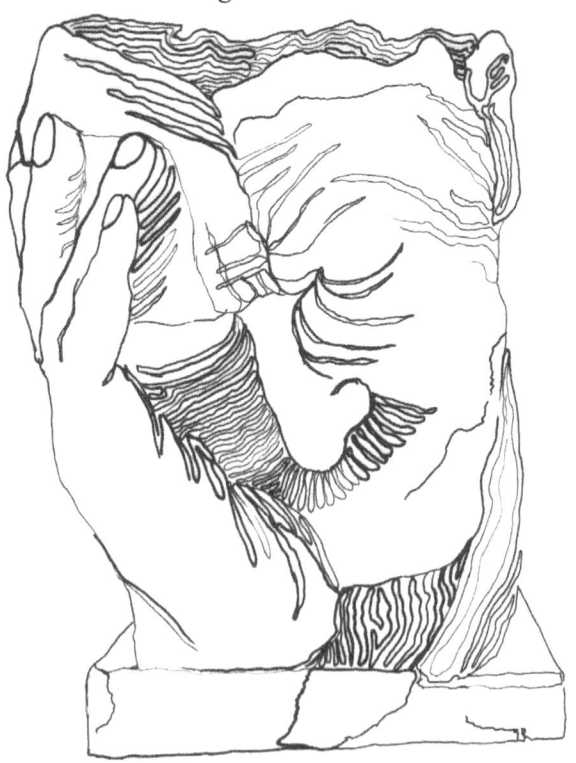

Der Ausdruck, den ich in den Ton geknetet hatte, war noch da. Der Gipskopf hatte sich in Scherben aufgelöst, nun atmete der reine Denkergeist.

Ich polierte nichts. Das behelfsmäßig Geflickte sollte bleiben. Ich tönte die Bruchstücke mit *Brou de noix*, einer braunen Nussschalentinktur, und rieb sie dann mit Talk ein, bis mein Denker wie Speckstein glänzte. Oder wie dunkler Marmor. Auf ein Pappschild schrieb ich:

> *Ich habe mir den Kopf zerbrochen,*
> *warum ich mir den Kopf zerbrach.*
> *Da hat mein Kopf zu mir gesprochen:*
> *Du dachtest zu viel drüber nach.*

Dann zog ich meine Jacke an, warf die restlichen Scherben in die Tonne und trug meinen Denker in die Aula. Gunters Attentat hatte ihm den letzten Schliff gegeben.

»Gut«, sagte Jean-Claude. »Ich glaube, an dieser Geschichte gibt es nichts zu rütteln. Sie schließt unsere Erzählstunden ab. Wir haben jetzt andere Dinge im Kopf als Geschichten aus der Vergangenheit. Die Gegenwart hat uns eingeholt. Hiermit lege ich mein Amt als Kontrolleur nieder – bis auf eine letzte Recherche: Léonce schlug gestern vor, ich sollte zur Recherche nach New York fliegen. Das werde ich morgen tun. Sobald ich genug recherchiert habe, komme ich zurück. Dann sehen wir weiter.«

»Du fliegst nach New York?« Leónce schaute ihn entgeistert an. »Nur um mich zu überführen? Aber ich sag dir: Du hast keine Chance. Meine Story ist hieb- und stichfest.«

Jean-Claude grinste breit. »Bilde dir bloß nicht zu viel ein. Ich muss dort dringend was überprüfen. Mehr davon, wenn ich zurück bin. Und noch was: Falls die Wahlzettel morgen früh vor neun Uhr fertig werden, schiebt mir meine zwei bitte unter der Tür durch. Dann kann ich meine Favoriten noch vor Abflug ankreuzen.«

Ja, die Wahlzettel waren fertig. Nach dem Stimmenzählen am nächsten Mittag war ich überrascht, dass die »Preisgeschichte« von Léonce

– trotz seiner großspurigen Vorankündigung – tatsächlich das Rennen gemacht hatte. Nun waren alle gespannt, was Jean-Claudes Recherche in New York ergeben würde. Wenn es ihm gelang, Léonce eine Lüge nachzuweisen, so dass die Preisgeschichte disqualifiziert wurde und ausschied, dann würde Merlin gewinnen mit der Geschichte »Wie die Göttin zu mir kam«.

Jean-Claude telefonierte täglich mit Mario, aber Mario schwieg sich aus. Er konnte uns noch nicht einmal sagen, wann Jean-Claude zurückkommen würde. Anscheinend recherchierte Jean-Claude sehr gründlich. Und manches schien er an Mario zu delegieren. Denn Mario saß ständig am Computer und recherchierte emsig im Internet. Wir mussten ewig warten, bis Jean-Claude wieder auftauchte.

»Und? Was hast du herausgefunden?« fragte ich ihn beim Essen.

»Die Tresore stehen noch. Aber sonst …« Er schüttelte den Kopf.

»Welche Tresore?«

»Von der Bank von Nova Scotia. Sie liegen 25 m unter dem Kellergeschoss von Building 4. Der Zugang ist verschüttet, aber die Tresore haben gehalten. Bevor das Gebäude abgerissen wird, werden alle Gold- und Silberbestände umgelagert.«

»Und? Hast du bei Léonce Lügen aufdecken können?«

»Lügen? Viel schlimmer! Eine einzige, große Räuberpistole.«

»Erzähl!«

»Am besten treffen wir uns heute Abend alle in der Fernsehecke vom Restaurant. Dann decke ich eine wunderwahre Geschichte auf, die allen bekannten Naturgesetzen spottet und trotzdem von jedem geglaubt wird.«

Diese Ankündigung machte selbst die neugierig, die nie zu unseren Erzählabenden gekommen waren. Und so versammelte sich fast das gesamte Resort abends im Speiseraum, als Jean-Claude mit seiner Geschichte begann. Er hatte seinen Klapprechner mit dem Großbildschirm verbunden, auf dem er uns kommentarlos einen Videoclip zeigte, bei dem ein Testflugzeug an einer Betonmauer zerschellte.

Die wunderwahre Lügengeschichte des Joschi McRoy

»In der ersten Septemberwoche«, begann Jean-Claude, »hatte ich mich ja über merkwürdige Transaktionen am Aktienmarkt gewundert, die erst nach dem 11. September plötzlich Sinn ergaben und Millionen Gewinne einbrachten. Allen, die durch den Anschlag einen riesigen Reibach machten und über Nacht steinreich wurden, geben wir jetzt mal den kollektiven Decknamen Joschi McRoy und Co.

Dieser Joschi kaufte im großen Stil sogenannte Put-Optionen, die den Inhaber berechtigen, bestimmte Aktien in einem festgesetzten Zeitraum weit unter dem augenblicklichen Marktpreis zu verkaufen. Wäre der Marktpreis bei Fälligkeit nicht drastisch gesunken, hätte er große Verluste gemacht. Als die Aktien aber nach dem 11. September über Nacht sanken, brachten ihm die Optionen Millionen Gewinne.

Am 6. und 7. September kaufte Joschi McRoy in Chicago 4.744 Put-Optionen auf United Airlines. Als der Kurs durch den Anschlag am 11. September um 43 Prozent sank, machte er 5 Millionen Dollar Profit. Am 10. September kaufte er 4.516 Put-Optionen auf American Airlines, was ihm über Nacht mehr als 4 Millionen einbrachte. Von der Firma Morgan Stanley, die 22 Stockwerke im World Trade Center belegte, kaufte er vom 6. bis 10. September 2.157 Put-Optionen für 45 Dollar. Als die Aktie über Nacht von 48,90 auf 42,50, sank, verdiente er 1,2 Millionen. Bei Merrill Lynch stieg der Tagesdurchschnitt mit Put-Optionen von 252 auf 12.215, und Joschi verdiente 5.5 Millionen.«

»Was sollen die Zahlen?«, rief Fridolin. »Wo bleibt die Geschichte?«

»Ja, Nicht-Spekulanten finden Zahlen immer knochentrocken«, sagte Jean-Claude. »Sie beweisen aber eindeutig, dass Insider, die mit Sicherheit weder Muslim noch Selbstmordattentäter waren, von den geplanten Anschlägen gewusst haben mussten. Und jetzt zu dem, was ich vor Ort herausgefunden habe. – O ja, mir bitte auch.«

Jean-Claude streckte die Hand Richtung Léonce aus, der gerade dampfenden, nach Glühwein duftenden Apfelsaft servierte. Jean-Claude nippte vorsichtig am heißen Glas, bevor er fortfuhr. »Ein Geschäftsfreund von mir war am 11. September morgens im Nordturm im NESARA-Computerzentrum im 2. Stock. Er sagte, von dort aus sollte um 10 Uhr der ›National Economic Security and Reformation Act‹ veröffentlicht werden, der das Geldsystem der Federal Reserve Bank durch ein Schatzamt-System ersetzt hätte, also eine staatliche Währung, wie sie vor Kennedys Ermordung noch in Form von Silber-Zertifikaten in Umlauf war. Der Dollar wird ja seit 1913 von der FED herausgegeben und gegen Zinsen an den Staat verliehen. Macht euch mal im Internet schlau über FED und NESARA.«

In diesem Augenblick setzte sich Dagobert leise neben mich und flüsterte: »Ich bin spät dran. Worum geht's?«

»FED und NESARA«, raunte ich.

»O je, das leidige Thema. *Give me control of a nation's money and I care not who makes it's laws.* Der Spruch stammt von Amschel Rotschild: Kann ich das Geld kontrollieren, dann ist mir egal, wer regiert.«

Jean-Claude hatte Dagobert ebenfalls kommen sehen: »Dagobert erzählt euch sicher gern die Geschichte, wie 1913 sieben Privatbankiers kurz vor Weihnachten den *Federal Reserve Act* durchgeboxt und sich den Dollar unter den Nagel gerissen haben, den sie später zur Weltwährung machten. Aber zurück zu den Twin Towers: Um 10 Uhr gab es das Computercenter von NESARA bereits nicht mehr. Denn um 8:46 begann die Demolierung des Nordturms. Mein Geschäftsfreund sagt, er hörte Explosionen unter sich. Rätselfrage: Wieso explodiert etwas unter ihm, wenn 80 Stockwerke darüber ein Flugzeug einschlägt?«

Er nippte am Glühwein und winkte Mario nach vorn. »Jetzt hört euch kurz ein paar kaum bekannte, aber höchst brisante Fakten über die Konstruktion der Twin Towers an. Bitte Mario, du hast das Wort.«

Während sich Jean-Claude in die erste Zuschauerreihe setzte, baute sich Mario neben dem Bildschirm auf und drückte eine Taste am Computer. Auf dem Bildschirm erschien das Empire State Building.

»Vor den Zwillingstürmen«, begann Mario, »war das Empire State Building das höchste Gebäude der Welt. Seine Konstruktion besteht aus einem Stahlrahmen, in den die Fassade aus Kalkstein und Granit eingesetzt wurde. Am 28. Juli 1945 stürzte um 15:34 Uhr bei Nebel ein B-25-Bomber in den 78. Stock, wobei 14 Menschen ums Leben kamen und einige Stockwerke ausbrannten. Das Gebäude hielt dem Crash aber stand und wurde am nächsten Tag wieder eröffnet. Die Schäden waren in wenigen Monaten behoben, und das Empire State Building steht - wie jeder sieht – heute noch.«

Mario drückte eine Taste, und wir sahen das Stahlskelett der Twin Towers im Rohbau. »Auch die Zwillingstürme erhielten einen ähnlichen Stahlrahmen. Aufgrund ihrer Höhe brauchten sie ein besonders stabiles Gerüst, das auch gegen Flugzeugeinsturz gefeit war. Darum erhielten sie eine vernetzte Röhrenkonstruktion mit einem äußeren und einem inneren Stahlgerüst. Das äußere bestand aus 244 quadratischen Stahlstützen mit einem Querschnitt von je 36×36 cm, verbunden in Maschen von je 1 m. Das innere Gerüst bestand aus gleichen Stützen und einem Betonkern mit den Aufzugsschächten.

Die Statik war so berechnet, dass die Struktur einem Crash mit dem damals größten Flugzeug der Welt, einer Boeing 707, standhalten würde. Es hielt eine Belastung von 13.000 Tonnen aus und widerstand dem stärksten Hurrikan. Eine vollgeladene Boing 767 wiegt dagegen nur lächerliche 300 Tonnen. Ein Flugzeugeinsturz würde nicht mehr Schaden anrichten als ein Bleistift, der ein Moskitonetz durchbohrt.«

Er drückte wieder eine Taste, und auf dem Bildschirm erschien ein breites Loch im Nordturm. »Hier seht ihr das angebliche Einschlagloch der Boing im Nordturm. Die breite Form soll andeuten, dass selbst die Tragflächen die Stahlträger durchschlugen und das gesamte Flugzeug samt Flügelspitzen und Heck im Turm verschwand. Das erklärt natürlich, warum nicht das winzigste Wrackteil am Boden zu finden war. Eine Leichtbaukonstruktion aus Aluminiumblech und Faserkunststoff, die selbst durch Vogelschlag beschädigt werden kann, durchtrennte also laut McRoy's Räuberpistole Stahlstützen im Meterabstand mit einem Querschnitt von 36×36 cm. Ist das nicht wunderwahr?«

Gemurmel im Saal. Fridolin fuhr sich mit der Hand von der Stirn bis zum Kinn. Ein Amerikaner stand auf und verließ demonstrativ den Saal.

Mario drückte erneut eine Taste. »Hier das sogenannte Einschlagloch in Großaufnahme. Wir sehen eine Frau, die sich verzweifelt an einen Stahlträger klammert und hofft, im letzten Moment noch gerettet zu werden. Leider wurde sie kurz darauf zu Staub pulverisiert. Auf einer Aufzeichnung des Funkverkehrs der Feuerwehr ist außerdem festgehalten, wie zwei Feuerwehrmänner im 78. Stock des Südturms in aller Ruhe Löschzüge anforderten, um die beiden Brandherde zu löschen. Aufgrund ihrer Erfahrung sahen sie keinerlei Einsturzgefahr. Sowohl die Feuerwehrmänner als auch die Frau am Einschlagloch lebten also laut McRoy in Stockwerken, in denen angeblich eine Hitze herrschte, die Stahl zum Schmelzen bringen kann. Ist das nicht wunderwahr?«

Léonce hatte inzwischen ein zweites Tablett mit heißem Apfelsaft geholt und stellte ein Glas für Mario neben den Rechner. »Danke, Léonce.«

Mario nippte am dampfenden Glas und drückte eine Taste. »Hier sehen wir ein brennendes Hochhaus mit Stahlgerüst, und hier das abgebrannte Hochhaus nach dem Brand. Wie ein schwarzes Skelett ragt das gesamte rußgeschwärzte Stahlgerüst in den Himmel. Und hier«, er drückte wieder eine Taste, »der Schuttberg von *ground zero*. Seht ihr den Unterschied? Wo bleibt das rußgeschwärzte Stahlgerüst? Welche Zauberformel hat McRoy benutzt, dass sowohl die beiden Türme als auch Building 7 samt Stahlgerüst zu pulverfeinem Staub zerfielen?

Wir sehen: McRoys Geschichte über den Einsturz der Zwillingstürme widerspricht allen bisher bekannten Naturgesetzen. Darum habe ich mal die Baupläne studiert und erfahren, dass dem Baumaterial Asbest beigemischt war. Mehrere Personen waren daran bereits schwer erkrankt. Die Eigentümer fürchteten Schadensersatzklagen der Erkrankten, die eine Lawine weiterer Klagen hätten auslösen können. Da das Asbest mit der Bausubstanz vermischt war, ließ es sich auch nicht problemlos entsorgen, ohne das ganze World Trade Center abzureißen.

Die Abrissfirma *Controlled Demolition* hatte bereits die Sprengung und Entsorgung des Bauschutts für 2-3 Milliarden Dollar angeboten. Asbestverseuchte Gebäude dürfen aber nicht gesprengt, sondern müssen unter großen Vorsichtsmaßnahmen schrittweise abgetragen werden. Die Arbeiter müssen Schutzanzüge mit Gasmasken tragen und die demontierten Bauteile hermetisch verpacken. Die Kosten wären auf das Zehnfache gestiegen. Soviel zur Bausubstanz der beiden abrissreifen Türme. Ich übergebe wieder an Jean-Claude.«

Mario und Jean-Claude tauschten die Plätze, und auf dem Bildschirm erschien Building 7. »Dieses Gebäude«, erklärte Jean-Claude, »gehörte Joschi McRoy bereits, als er im Frühjahr dieses Jahres, also vor rund sechs Monaten, die abrissreifen Zwillingstürme auf 99 Jahre pachtete. Wir kennen ja mittlerweile seine hellseherischen Fähigkeiten. Obwohl die Türme gegen Schäden aller Art versichert waren, schloss er gleich nach dem Pachtvertrag eine Zusatzversicherung speziell gegen Terroranschläge ab, mit einer Versicherungssumme von 3,5 Milliarden Dollar pro Schadensereignis.

Er brauchte also nur eine einzige Rate der Pacht und eine einzige Versicherungsprämie zu zahlen und kann jetzt von der Versicherung 7 Milliarden Dollar für zwei Schadensereignisse mit je einem Flugzeug fordern, und zusätzlich die Finanzierung eventueller Neubauten. Die sogenannten ›muslimischen Terroranschläge‹ erlösten ihn also nicht nur von den strengen Vorschriften zur Asbestentsorgung. Der Bauschutt wird sogar auf Staatskosten entsorgt. Und der frisch entfachte ›Krieg gegen Terror‹ bietet den USA außerdem endlich Anlass genug, in arabische Länder zu marschieren und deren reiche Ölfelder zu besetzen.«

Drei weitere Amerikaner standen auf und verließen den Saal.

Jean-Claude nippte am Glühwein und wartete, bis ihre Schritte verhallten. »Jetzt bleibt nur noch die Frage: Wie war es möglich, dass sich die Zwillingstürme und Building 7 so schnell in Staub auflösen und im freien Fall zusammenstürzen konnten? Dieses Rätsel konnte Mario erst lösen, nachdem ich ihm erzählt hatte, was ich letzte Woche in New York erlebte: Ich war zum *ground zero* gefahren, um zu sehen, ob der Zugang zum unterirdischen Banktresor schon geräumt war. Da parkte neben mir eine schwarze Limousine, aus der zwei Männer in Ganzkörper-Schutzanzügen mit Helm ausstiegen. Sie versiegelten sorgfältig die Ritzen ihrer Anzüge mit Klebeband und traten dann durch die Absperrung in den Bereich, wo die Räumungsarbeiten im Gange waren. An der Art, wie sie auftraten und behandelt wurden, merkte ich, es mussten hohe Tiere sein, vielleicht vom FBI oder CIA. Und ich fragte mich: Warum tragen sie, um die Trümmerhaufen eines Brandes zu inspizieren, Strahlenschutzanzüge wie in einem Kernkraftwerk?«

Jetzt stand Mario wieder auf und stellte sich neben Jean-Claude. »Das war der Knackpunkt, der mich stutzig machte«, sagte er. »Dadurch stieß ich auf eine Information, die alle Rätsel mit einem Schlage löst.« Mit einem wissenden Lächeln sah er in die Runde, von einem Gesicht zum anderen, bis Fridolin murrte: »Na was denn nu? Spann uns doch nicht auf die Folter.«

»Die Twin Towers«, erklärte Mario, »wurden ja Ende der Sechziger Jahre erbaut. Also habe ich mir mal die New Yorker Bauverordnung von damals vorgeknöpft. Und die untersagte dem Baudezernat die Ausgabe von Lizenzen zur Errichtung von Wolkenkratzern, wenn der Bauherr nicht ebenfalls für den Notfall eine zufriedenstellende Methode zum Abriss der Gebäude vorweisen konnte. Und jetzt kommt's.«

Marios Kehle schien heute besonders ausgetrocknet zu sein, denn er griff wieder zum Glas, das inzwischen abgekühlt war, und trank es in einem Zuge aus. »Schauen wir uns kurz ein paar Videoclips der Abrissfirma *Controlled Demolition* an.« Er drückte eine Taste. »Hier stürzt ein 27-stöckiges Hochhaus in Phönix im freien Fall in sich zusammen. Hier ein Hotel in Las Vegas mit 21 Stockwerken. Hier ein Wolkenkratzer in Sao Paulo, hier ein 17-stöckiges Handelszentrum in Saudi-Arabien. – Und hier die Zwillingstürme und Building 7 in Manhatten. Sehr ihr irgendeinen Unterschied?«

Er sah mich an, Ich zuckte mit den Schultern. Mario grinste.

»Ja, die Clips sehen sich verblüffend ähnlich. Im Gegensatz zu einem Brand wird die Bausubstanz bei kontrollierter Sprengung so zerstäubt, dass sie senkrecht in sich selbst zusammenstürzt. Dennoch gibt es einen Unterschied: Wegen der enormen Höhe und der stabilen Stahlskelett-Bauweise musste man für die Türme etwas Neues ersinnen, damit sie möglichst lotrecht zusammenfielen, ohne ein größeres Umfeld zu beschädigen. Daher wurden unter dem Firmament in 77 beziehungsweise 50 Meter Tiefe als ›*Notfallsystem zur atomaren Zerstörung*‹ große thermonukleare Sprengladungen mit einer Sprengkraft von jeweils 150 Kilotonnen TNT eingebaut. Also winzige Atombomben, deren Sprengkraft senkrecht nach oben geleitet gerade ausreichte, die Bausubstanz bis etwa zur Höhe des 80. Stocks in Atomstaub zu verwandeln. Dasselbe atomare Notfallsystem wurde später auch im Sears Tower in Chicago installiert. Die riesigen Staubwolken, die beim Abriss der Twin Towers aufgewirbelt wurden, sind also nichts anderes als Atomstaub.«

»Atomstaub?« rief Fridolin. »Aber der ist doch verstrahlt. Da müssten ja alle Helfer Schutzanzüge tragen.«

»Natürlich müssten sie. Aber wie willst du das begründen, wenn die Türme laut McRoy angeblich durch brennenden Flugzeugtreibstoff einstürzten? Nur die hohen Tiere, die bei *ground zero* nach dem Rechten sahen, wollten sich natürlich nicht verstrahlen lassen und kamen in Schutzanzügen auf das Gelände. Das zeigt, wie menschenverachtend die Firma McRoy und Co. denkt und plant. Sie nimmt in Kauf, dass alle Helfer auf *ground zero* hochgradige Strahlenschäden davontragen, die Jahre später zu typischen Strahlenkrankheiten wie Lymphdrüsenkrebs, Leukämie oder multiplen Myelomen führen.«

»Ausgeschlossen!«, meldete sich Roger, ein Amerikaner, der gut deutsch sprach. »So was würde unsere Regierung niemals zulassen.«

»Stimmt!«, sagte Mario. »Wer sich noch nie mit Geheimdiensten und Operationen unter falscher Flagge beschäftigt hat, der hält derart kriminelle Aktionen für völlig ausgeschlossen. Und genau das weiß McRoy: dass ihm keiner so etwas Abscheuliches zutraut. Je unmenschlicher die Aktion, desto weniger wird sie geglaubt. Aber Jean-Claude hat gute Arbeit geleistet. Er hat Feuerwehrleute und andere Zeitzeugen befragt, die in den Türmen waren und rechtzeitig fliehen konnten.

Erst diese Bauvorschriften rücken alles ins rechte Licht. Sogar die Tatsache, dass der Südturm eher einstürzte als der Nordturm, obwohl er später vom Flugzeug getroffen wurde, und die Sprengung von Building 7 am späten Nachmittag werden verständlich, wenn man weiß, wie die gesamte Sprengvorrichtung verkabelt und von Building 7 aus geschaltet wurde. Und schaut euch bitte diese 50 m tiefen Sprenggruben an: Das geschmolzene Gestein in *ground zero,* wo die Mini-Nukes gezündet wurden, schwelt noch immer mit 2000 Grad Celsius.« Mario drückte eine Taste, und wir sahen tiefe, runde, heiß brodelnde Gruben.

»Wisst ihr übrigens«, warf Jean-Claude ein, »woher die Bezeichnung *ground zero* kommt?«

»Das ging doch durch die Medien«, rief Fridolin.

»Aber warum? Im Wörterbuch steht nur: ›***ground zero*** *(Militärsprache: Bodennullpunkt) Der Punkt am Boden senkrecht unter- oder oberhalb der Detonationsstelle einer Atom- oder thermonuklearen Bombe.*‹ Anscheinend ist der Fachbegriff nur aus Versehen vom Zivilschutz an die Presse durchgesickert und wurde dann schnell als Eigenname umgedeutet.«

»Dann bezieht sich also Nostradamus' Prophezeiung auf *ground zero*«, rief Gregorius dazwischen und strich sich den Vollbart.

»Welche Prophezeiung?«

»Der Vers, von dem Temperdu meinte, er beziehe sich auf eine Sprengung am Nullpunkt, im Zentrum der Welt:

Stillmächtiges Feuer vom Zentrum der Welt
erzeugt ein Zittern um die Cité Neuve.
Zwei große Felsen schaffen Krieg für lange Zeit …«

»Jetzt aber Schluss mit euren Verschwörungstheorien«, unterbrach ihn Albrecht und stellte eine mit grünem Samt umhüllte Figur auf den Tisch. »Es wird Zeit, wieder ein paar positive Schwingungen zu verbreiten. Ich enthülle jetzt meine neueste Kreation. Zwar noch nicht in Bronze gegossen, aber das Tonmodell, das heute fertig wurde.«

Allgemeiner Beifall. Albrecht richtete eine Lampe auf den Samt und sagte feierlich: »Der Wald hier ist so wunderschön, und wir fühlen uns alle so wohl hier, dass ich Lust hatte, eine Skulptur zu schaffen, die untrennbar mit der Freiheit Amerikas verbunden ist.« Er zog den grünen Samt zur Seite und enthüllte eine Mini-Ausgabe der Freiheitsstatue. Tosender Applaus. Einer nach dem anderen stand auf und trat an die Figur.

Plötzlich machte sich ein furchtbarer Gestank bemerkbar. Irgendjemand musste tagelang Bohnen, Zwiebeln und Knoblauch gegessen haben, um diese Art von Bombe loszulassen. Alle sahen sich um, rümpften die Nase und verdrückten sich dann so schnell wie möglich.

Und jetzt geschah etwas, das mir vorkam wie ein Déjà-Vu: Wie in Albrechts Geschichte vom zerbrochenen Kopf stieß jemand beim eiligen Rausgehen gegen die Tonfigur, Albrecht sah sie kippeln, sprang hinzu und wollte sie auffangen, aber es war zu spät: Im nächsten Augenblick lag das Symbol der Freiheit Amerikas in vielen kleinen Tonklumpen am Boden.

»Tja ... Amerikas Freiheit im freien Fall«, meinte Jean-Claude. »Das wär's dann wohl ... Ich habe gehört, ihr habt Léonce zum Gewinner gekürt. Ich muss ganz ehrlich sagen: Ich hatte in New York Wichtigeres zu tun, als seine Geschichte im Twins zu überprüfen. Nachdem ich also verloren habe, weil ich Mayas Geburtstag mit dem des alten Herrn verwechselt hatte, bin ich bereit, den Preis zu zahlen und Léonce zu finanzieren, solange er hier bleiben will.

Andererseits rate ich jedem, freiwillig aus dem Herrschaftsbereich von McRoy und Co. zu verschwinden, bevor wir hier wie Benjamin behandelt werden. Im Zuge der ›Terrorbekämpfung‹ wird die Freiheit der Bürger sicher bald Schritt für Schritt eingeschränkt. Ich fliege nächste Woche in die Schweiz und lade euch alle ein: kommt mit! Dort gibt es genauso schöne Plätze wie hier, wo wir zusammen als Gruppe leben können. Und ich zeige Oskar die Stellen am Hochrhein, wo ich mein erstes Flussgold fand ... Wer will schon auf Dauer in einem Land leben, in dem Joschi McRoy und Genossen dermaßen unverfroren lügen dürfen? Die dreiviertel Million, die euch McRoy versprochen hat, könnt ihr sowieso vergessen. Ihr habt ja durch eure Geschichten bewiesen, dass ihr auch ohne Auszahlung reif seid für den Millionärsclub.«

Albrecht, Steinbildhauer mit rotem Kopf aufgrund von Bluthochdruck, legt mit Mario neue Waldwege an und erzählt die Geschichten »Brunnen für Devi-dschi« und »Wie mir der Kopf zerbrach«.

Benjamin, Bratschenspieler, will sich durch Fridolins Geschichte »Grashüpfer Benjamin« wieder der Gruppe der spirituellen Sucher anschließen.

Dagobert, schwäbischer Millionär, unterstützt Oskars Schatzsuche und erzählt die Geschichten »Die schwebenden Schwaben« und »Selten so gerannt«.

Fridolin, graziler Musiker, spielt Geige zu festlichen Anlässen, erzählt die Geschichten »Fridolins Beweis« und »Wie ich meine eigene Welt aufmachte« und schreibt an Benjamin das Märchen »Grashüpfer Benjamin«.

Gregorius, bärtiger Möchtegern-Spekulant, lädt die Mönche im Spirituellen Resort zum Millionärsklub ein, geht mit Oskar auf Schatzsuche und erzählt die Geschichten »Hoch oben im Riesenrad« und »Nándini«.

Jan, Dichter, regt den Geschichtenwettbewerb an und erzählt die Geschichten »Atlantas alte Heimat«, »Temperdus Eselsbrücke« und die Rahmenhandlung »Als Bettelmönch reich über Nacht«.

Jean-Claude, hakennäsiger Finanzfachmann, überprüft die Fakten der Lügengeschichten und erzählt die Geschichten »Punkt 12 bei Mayas Vater«, »Verrat« und zusammen mit Mario »Die wunderwahre Lügengeschichte des Joschi McRoy«.

Léonce, früher Chefkoch, jetzt Tellerwäscher und Hobbymaler, erzählt die Geschichten »Im Freien Fall« und »Wie ich verdoppelt wurde«.

Mario, schlanker, elegant gekleideter Architekt, legt mit Albrecht neue Waldwege an, hilft Jean-Claude bei seiner letzten Recherche und erzählt mit ihm zusammen »Die wunderwahre Lügengeschichte des Joschi McRoy«.

Merlin, Mystiker, auch »der bucklige Merlin« genannt, erzählt die Geschichten »Selige Sehnsucht« und »Wie die Göttin zu mir kam«.

Oskar, Schatzsucher, dick, rothaarig, mit plärrender Stimme, spielt in Pierres Geschichte »Beidseits der Trennwand« und in Dagoberts Geschichte »Selten so gerannt« eine wichtige Rolle.

Pierre, Schriftsteller, verteidigt die »literarische Wahrheit« und erzählt die Geschichten »Beidseits der Trennwand« und »Der Durchbruch«.

Sascha, Schauspieler, erzählt die Geschichten »Fremder im Dorf« und »Riss in der Schattenwand«.

QUELLENVERZEICHNIS

Brunnen für Devi-dschi – erschien im April 2005 auf schreib-lust.de

Der Durchbruch – erschien im Buddelbuch, Buch Habel, Wiesbaden, 2000

Fremder im Dorf – erschien im Mai 2004 auf schreib-lust.de

Fridolins Beweis – erschien im März 2005 auf schreib-lust.de

Im freien Fall – erschien im Dezember 2004 auf schreib-lust.de

Riss in der Schattenwand – erschien im Mai 2005 auf schreib-lust.de

Selige Sehnsucht – erschien im August 2004 auf schreib-lust.de

Selten so gerannt – erschien im August 2003 im Veda-Journal

Temperdus Eselsbrücke – erschien im November 2004 auf schreib-lust.de

Verrat – erschien im September 2004 auf schreib-lust.de

Wie ich verdoppelt wurde – erster Preis beim Kurzgeschichten-Wettbewerb im Juli 2004 auf schreib-lust.de

Der Autor

Jan Müller studierte freie Malerei und Germanistik und arbeitete als Übersetzer, Journalist, Werbetexter, Grafiker und Illustrator. Er veröffentlichte Märchen, Geschichten, Gedichte und Lernspiele in Zeitschriften, Anthologien und auf Internet-Plattformen. Sein Märchen »Polepole auf Schatzsuche« erschien bisher in sieben Sprachen. Seit 1982 ist er Mitglied einer internationalen Gruppe zur Erforschung höherer Bewusstseinszustände.

Die Illustratorin

Stephanie Wolff lebt mit ihrem Mann als Musikerzieherin und Musikerin in Mexiko. Sie lernte Buchillustration in Jan Müllers Workshop »Genial Zeichnen lernen« und illustrierte dieses Buch als Abschlussarbeit ihres Zeichenkurses in enger Zusammenarbeit mit dem Autor. Dies ist ihre erste Veröffentlichung als Buchillustratorin.

DANKSAGUNG

Alles in diesem Buch ist frei erfunden und erlogen. Damit ich aber lügen konnte wie gedruckt, ohne dass mich eine Unwahrheit zu Fall brachte, war ich auf die Hilfe vieler Menschen angewiesen. Diesen möchte ich hiermit herzlich danken.

Mein Dank geht an den vedischen Meister der Bewusstseinsforschung Maharishi Mahesh Yogi, der den Schauplatz des Geschehens schuf; an den meisterhaften Erzähler der Nacht Rafik Schami, dem ich das lebhafte Erzählen ablauschte; an das willige Ohr Katja Behrens, deren Zwischenrufe das Erzählen bunter machten; an Lektorin Sylvia Englert für ihre wertvollen Tipps und Kürzungen im Manuskript; an meinen Lektor Gé van Gasteren für seine vielen Vorschläge und Korrekturen; an Friedrich Wolf Schuster und andere Probeleser, die nicht namentlich erwähnt werden möchten.

Mein Dank gilt der Illustratorin Stephanie Wolff für ihre Phantasie, ihre Ausdauer und Flexibilität, mit denen sie die ersten Bildentwürfe so lange änderte, bis die Bilder mit dem Text verschmolzen.

Mein Dank geht an Dimitri Khalezov, dessen »Dritte Wahrheit« mich zum krönenden Abschluss des Geschichten-Wettbewerbs inspirierte, und an alle geschilderten Erzähler und Personen, die zwar frei erfunden sind, aber dennoch in wunderwahrer Weise durch ihr Dasein, ihre Steckenpferde und Berufe, ihre Gestik, Mimik, Sprache und Verhaltensweise meine Phantasie belebten und in diesem Buche als gedruckte Lüge weiterleben.

Suche im Ring des Wissens
Roman, magischer Realismus

Auf der Suche nach seinem gekidnappten Halbbruder reist Danni in den „Ring des Wissens", ein geheimes Sperrgebiet, das die vedische Mandalastruktur zwischen Manifest und Unmanifest widerspiegelt. Dabei gerät er zwischen die Fronten eines Geheimrings, der die Ringformel kennt, mit der man das ganze Universum verschwinden und erscheinen lassen kann. Die eine Partei huldigt dem Dunkeldrachen und will die Menschheit ausrotten, damit der Schädling Homo sapiens nicht auf andere Planeten überspringt. Die andere Partei will dem Menschen helfen, seine angeborenen Erbanlagen zu entfalten, damit er wieder im Einklang mit Mutter Erde lebt und aufhört, ein Schädling zu sein.

352 Seiten vom Autor illustriert
Taschenbuch ISBN 978-3945004180
Hardcover ISBN 978-3945004357

Patañjalis Yoga-Sutra
Yogakraft durch Samadhi & Sidhis
aus dem Sanskrit neu übersetzt und mit
Erfahrungen und Maharishizitaten kommentiert

PATAÑJALIS
YOGA-SUTRA

Yogakraft durch
Samadhi & Sidhis

Jan Müller

Im Yoga-Sutra, dem klassischen Werk über Yoga, fasst Patañjali den Sinn menschlichen Daseins in 195 prägnanten Sutras zusammen. Sie sind als Lehrplan und Gedächtnisstütze für den Wissenden gedacht und lassen sich in weniger als einer halben Stunde rezitieren. Sein Telegrammstil und die Vieldeutigkeit der Sanskrit-Begriffe führen dazu, dass das Yoga-Sutra immer wieder neu übersetzt und dabei aufgrund der persönlichen Erkenntnisse und Erfahrungen der Autoren verschieden gedeutet und erklärt wird.

In der Übersetzung dieser Ausgabe wird der Stichwortcharakter der Sutras beibehalten und der erklärende Kommentar durch Beispiele eigener Erfahrungen aus über 50 Jahren praktischer Anwendung der Yoga-Techniken veranschaulicht.

325 Seiten, Taschenbuch ISBN 978-3945004272
Hardcover ISBN 978-945004289

Der Kreis der Augenblicke
Gedichte und Kurzprosa

Jan Müller:
Der Kreis der Augenblicke
Gedichte und Kurzprosa

Alfa-Veda-Verlag

Der Kreis der Augenblicke spiegelt den ewigen Kreislauf zwischen Individuum und Verschmelzen mit der Allseele wider, den jedes Geschöpf, jedes Teilchen, jede Galaxie als Lebensspanne durchläuft, wenn der Schöpfer beim Ausatmen durch seinen Odem die ganze Schöpfung erschafft und beim Einatmen wieder in sich aufnimmt.

Wenn ich langsam wieder werde,
was ich stets gewesen bin,
dämmert mir das Umgekehrte
und verkehrt der Wesen Sinn.

Alle Wesen sind im Grunde
Teile aus dem Gegenteil,
mit dem Gegenteil im Bunde
werden alle Wesen heil.
Und ich stehe neu gewonnen,
wie seit ehe ungeteilt,
alle Risse sind zerronnen,
alle Schmisse sind verheilt.

304 Seiten, Taschenbuch ISBN 978-3945004142
Hardcover ISBN 978-3945004302

Polepole auf Schatzsuche
Ein Märchen der Morgenröte
mit Brettspiel »Fahrt zum Spiegelsee«

Als das Gold im Bergwerk erschöpft ist, verlieren alle Goldgräber ihre Arbeit, und das ganze Dorf beginnt zu hungern. Der kleine Polepole aber hofft noch immer, im Inneren des Berges Schätze zu finden. Er macht sich auf in das verlassene Bergwerk und entdeckt dort ein Zauberreich, den Inneren Urwald, wo er wilde Abenteuer bestehen muss, bevor ihn seine Reise nach Innen zum Ziel seiner Wünsche führt.

Die Geschichte eignet sich besonders für Bewusstseins-bezogene Bildung, da sie den Weg des Geistes nach innen veranschaulicht. Im Brettspiel "Fahrt zum Spiegelsee" am Ende des Buches können Kinder ab 5 Polepole auf seiner Reise durch den Inneren Urwald begleiten.

Ganzseitige Farbbilder von Raymonde Guidotti
40 farbige Seiten, Paperback Großformat
ISBN 978-3945004128

www.ingramcontent.com/pod-product-compliance
Lightning Source LLC
Chambersburg PA
CBHW070848120626
46556CB00002B/916